高过头顶的句子

魏天无 著

宁波出版社
NINGBO PUBLISHING HOUSE

图书在版编目（CIP）数据

　　高过头顶的句子 / 魏天无著 . -- 宁波：宁波出版社，2022.11
　　ISBN 978-7-5526-4500-2

　　Ⅰ . ①高… Ⅱ . ①魏… Ⅲ . ①随笔 - 作品集 - 中国 - 当代 Ⅳ . ① I267.1

　　中国版本图书馆 CIP 数据核字（2021）第 256298 号

高过头顶的句子
GAOGUO TOUDING DE JUZI

魏天无　著

责任编辑	苗梁婕
责任校对	谢路漫
封面设计	马　力
出版发行	宁波出版社
	（宁波市甬江大道 1 号宁波书城 8 号楼 6 楼　邮编　315040）
网　　址	http://www.nbcbs.com
印　　刷	宁波白云印刷有限公司
开　　本	889mm×1194mm　1/32
印　　张	11.75
字　　数	320 千
版　　次	2022 年 11 月第 1 版
印　　次	2022 年 11 月第 1 次印刷
标准书号	ISBN 978-7-5526-4500-2
定　　价	80.00 元

如发现缺页或倒装，影响阅读，请与出版社联系调换　电话：0574-87248279

目录

/ 辑一　连环如画的记忆 /

003　追星星的孩子

007　子弟学校的故事

012　图书馆不是天堂的模样

019　黑暗中的一员

022　试着活下去

025　内在引导

029　真爱与偏见

032　撞身取暖的人

035　我想去桂林

038　"基友"张老汉

042　说说韩东

045　顾城二三事

048　在灵魂平静之后

051　在尘世获得幸福

056　雪中的海子

063　今天开什么花

/ 辑二　日常的诗意与爱 /

069　余秀华的左手

072　我如果爱你……

075　挺拔之树与娇艳之花

080　唯有爱不能遗弃

085　日常,或者艺术

091　张二棍，我想找你喝酒

097　诗意与城市

100　"最武汉"的诗歌地理志

105　雪，落在艰深的大海上

109　不是"我"，是诗歌在说话

113　听那诗的声音

117　写作的难度与诗的极限

121　"春天里的闲意思"

128　他的诗里有幕阜山夜半钟声的回响

134　"你无名，我便爱着空旷"

141　第十一朵紫罗兰花开了

146　谁是那个"被生活用旧的"人？

152　蹲在自己的树上，像叶子一样摇晃

160　春风里·火葬场·蚂蚁们

164　如何成为琥珀里的那只昆虫？

/ 辑三　经典的芬芳 /

173　卡夫卡："优雅的温柔"

182　"在你与世界的斗争中，你要协助世界"

188　笼与鸟

191　一切的峰顶

194　羞涩的博尔赫斯

197　博尔赫斯的反讽

200　两个巴尔扎克

205　波罗的海岸边的穆齐尔

209　疾病是一所修道院

212　伊格尔顿这个老头

215　不合时宜的平庸

220　小说家的怪癖

223　小说家的想象力

228　"我要像新的一样好"

231　墓志铭的故事

234　今天，你梦了吗？

237　关于春天的诗句

240　铁路时刻表、副食购物单与便条

/ 辑四　　纸上河山 /

245　"慢慢走，欣赏啊"

248　一枝递给你的小花

251　风雨与鸡鸣

254　何处是怀抱

258　亲爱的母亲

261　带手绢吗?

264　不宣而至的书

267　你好,薇依

270　不朽之木

274　读书与自由

277　杰作之外

280　当毒舌遇上毒舌

283　蠢话的由来

286　性别定式

289　纸上河山

292　作为见证的文学

297　虚幻与真实

300　难以消受的礼物

303　乡愁的离散

306　乐山睡佛与鲁迅

309　电视毁灭文明？

312　摇摆不定的罗盘

315　"这就是水"

/ 辑外　在人的道路上 /

327　文学：在专注、执着与爱之中

332　为人生的文学

337　真无观：阅读、写作与文学批评

346　文学杂碎

362　后记

辑一 连环如画的记忆

追星星的孩子

二〇一五年六月,参加学校组织的农村生源自主招生面试。面试通过 QQ 视频进行,考官三人一组,全程录像。

面试持续了整整一天,让我印象深刻的有几点:一是绝大多数农村学生没有电脑,他们或是在亲戚家,或是在网吧上网参加面试。二是大部分学生是所谓的"留守儿童",父母在外地打工,由爷爷奶奶照看。每当提及父母和爷爷奶奶,他们都忍不住哭泣,以至需要考官转移话题。三是他们的自信和开朗,很容易感染人。一位来自云南大山深处的女孩告诉我们,校长根本不同意她们报名,说报了也没用,不会被录取的。她和几位小伙伴偏不信邪,自己完成了所有的报名手续,又相约赶到城里的网吧等待面试。"一定要试一试,不试怎么知道呢?试过了就没有遗憾了。"女孩开心的笑容真的让人觉得很温暖。

有一位甘肃考生，本来安排在上午面试，伹他的视频信号一直很不稳定。考场工作人员通过 QQ 询问得知，他没有电脑，使用的是手机，而手机信号又非常弱，根本无法传输画面。不得已，工作人员一次又一次地把他往后调。直到下午面试快要结束时，他仍然无法正常上线。工作人员告诉我们，他跑到了附近的一座山顶上，寻找信号。我们三位考官商量了一下，决定放弃视频面试，改用语音聊天方式打分，一旁负责监督的纪委工作人员当即表示同意。当工作人员在 QQ 群里联系他时，他已退群了。

我们几位的心情难以描述。我甚至不敢去想，当他疲惫又懊恼地从山顶上下来，又偶然在群里看到工作人员发出的最后信息时，会是怎样的心情。

不知怎么就想起了陆蠡的散文《海星》：

孩子手中捧着一个贝壳，一心要摘取满贝的星星，一半给他亲爱的哥哥，一半给他慈蔼的母亲。

他看见星星在对面的小丘上，便兴高采烈地跑到小丘的高顶。

原来星星不在这儿，还要跑路一程。

于是孩子又跑到另一山巅，星星又好像近在海边。

孩子爱他的哥哥，爱他的母亲，他一心要摘取满贝的星星，献给他的哥哥，献给他的母亲。

海边的风有点峭冷。海的外面无路可以追寻。孩子捧着空的贝壳，眼泪点点滴滴入海中。

第二天，人们发现了手中捧着贝壳的孩子的冰冷的身体。

第二夜,人们看见海中无数的星星。

当年刚考入大学中文系的时候,在图书馆二楼的馆藏图书中借到这本同名散文集,全本抄写下来。那时吸引我的是,散文居然可以这样写,当然还有那个单纯的、为爱所驱动的孩子的执着和失落。

对那位未能谋面的甘肃考生来说,我的伤感也许显得矫情,因为他仍然可能通过高考进入大学。但当我在课堂上讲起这件事时,我依然无法控制自己的情感。一位学生在课后的作业中写道:"魏老师哽咽了,很少感动的我流泪了。来自山村的我,知道信号不能穿过大山,也希望天下的孩子,无论生在哪里,都能相对平等地走在路上。我庆幸自己已经迈出了一小步,又担心没有机会的孩子们。我的担心并不会有用,我也不想消费别人的不幸,唯有拼命地努力……文学教给我们爱,感受爱,给予爱。"

是的,我教给学生的正是文学教给我的:感受爱,给予爱。

附录:

找信号的人

张执浩

我的朋友魏天无给我讲过
一个故事,故事的主人公

生活在祁连山深处

那天他要通过 QQ 视频参加

农村生源自主招生面试

到了约定的时间

却没有出现在视频中

事后考官们才知道他没有电脑

他当时正翻山越岭寻找手机信号

我无数次想象过这样的

镜头：一个青年举着手机

奔跑在山岗上

山顶摇晃，永远不够高

他一边跑一边对着镜头大呼小叫

再也没有更高的山了

再也没有比先前诅咒过

如今还需要再诅咒一遍的生活

我曾无数次陷入在这样的生活中

张开嘴巴，却一言不发

子弟学校的故事

我们兄弟仨的小学、初中生涯,是在省水文地质大队子弟学校度过的。那所学校早已废弃。如果你了解当年有志和优质青年,如何狂热地投身为祖国找石油、找矿产的事业,就应当明白,在当年的石油队或地质队,什么叫作"五湖四海",什么叫作"卧虎藏龙",也就会明白那所只招地质队子弟的学校的师资力量和教学水平,不是一般的高。我和弟弟先后考上大学,读了研究生,高中毕业参军的哥哥通过艰苦卓绝的自考拿到中文本科文凭,就是最好的证明。

我们经常在一起回忆那些老师。哥哥印象最深的是"文革"前毕业于厦门大学的物理老师、本家魏老师。他高高瘦瘦,戴一副黑框眼镜,现在想起来长得很像闻一多先生。他的口头禅是:"这题多简单啊,啊,多简单!像吃红烧肉一样简单!"由于我们那时很少有机会见到红烧肉,对他的教诲也就不甚了了。弟弟印象最深的是极其严厉的教语文和书法课的王老师,他"文革"前毕业于北京师范大学,"文革"结束后调回了老家河南,在郑州大学任教。他的儿子跟我是同班同学,和我另一个同班同学一样都叫王军,一个叫大王军,一个叫小王军。大王军的妈妈也是那所学校的老师,跟我的父母是河北老乡。小王军,也就是王老师的儿子,头很大,特别聪明。每逢下雨天我们就会唱起歌来:"大头大头,下雨不愁。人家打伞,他有大头。"我们这一届学生正赶上学制改革,是第一批初中、高中都读三年因而寒窗了十一年的学生。小王军的年龄本来就比我们小,又因为跟着父母调回河南,那里的初中、高中仍然是两年制,硬生生比我早两年考入武汉大学物理系。等我进了师范大学,他常常不辞劳苦步行穿过原来的武汉测绘学院来找我,我却对他爱理不理的,心里莫名有股火,不知道是对湖之北,还是对河之南。教育的不公平,似乎早已存在。

我一直念念不忘的两位老师都有文艺范儿,他们为我日后成长为文艺青年打下了坚实基础。他们的学历没法跟魏老师、王老师相提并论,更没法跟后来的我比;他们也没有教师资格证、普通话等级证、四六级外语证、计算机等级证……我怀念的其实是那样一个不讲文凭和学历,只看真才实学的时代,那样一个还没有数字化——比如"985""211""百千万""双一流"——的中国。地质大队每到冬季季节性歇工,分散在省内各地的分队集中到大队部做政治思想教育,叫"冬训"。时间一到,大队部院内涌现出许多野外帐篷,像是行军打仗的。冬训必有文艺汇演和球类比赛,子弟学校是文艺汇演的主力,节目都由这两位老师组织策划。

其中一位肖老师,女性,湖南人,师范学校毕业,教音乐。学校唯一的一台脚风琴,在她的脚下和手下发出美妙动听的旋律。不知是不是因为我妈妈是学校书记的缘故,有一年冬训准备文艺节目,她钦定既不是湖南人也没有任何音乐细胞的我,出演湖南花鼓戏《沙家浜》的男一号:郭建光。这是一项重大的政治任务,我们全身心投入到排练中,先要学说"福男话",再学唱腔,再学一招一式的表演。我弟弟常常艳羡地趴在教室窗外看我排戏,每天向家里人报告进展。

也许是上天注定,在我渐入佳境的时候,一次体育课上,我用力过猛,跳高的时候居然跳出了沙坑,重重地摔在地上,左臂骨折。我心有不甘,打着夹板、吊着绷带依然参加排练,但终被觊觎已久的男二号二黑子给取代了。我的演艺事业就此结束,"到那时,身强力壮跨啊啊啊战马,驰骋疆场把敌杀!"成了一个遥不可及的梦想。二黑子读完高中顶父亲的职留在队里,现在作为劳务输出,在非洲的一个小国打井。某天深夜他打来越洋电话,非要给我唱几句《沙家浜》,说是可以唤醒我们曾经度过的美好时光。

教体育课的是蔡老师,男性,也没什么正规文凭。他同时上地理课。教这两门课真的不需要多大的本事。你想想,在水文地质大队,随便抓一个人讲地理都是一套一套的,给今天地质大学的学生讲课都绰绰有余。教体育?对长年生活在野外的地质队的小孩,体育还要教吗?他的魅力在于他的业余爱好:拉二胡,会跳舞,会唱歌!而且颜值很高。

那一年冬训,他负责编排歌舞表演《逛新城》。他亲自扮演阿爸,从大队部广播台找来年轻美丽的女播音员出演女儿。晚会现场,他穿着一件地勘队员常穿的中间系着腰带的土黄色棉袄,鼻孔里夹着八字胡,左手拿一个长长的烟锅袋。他精心设计的小细节——用右手时不时地捋一捋胡子——怎么看怎么像一位新疆老大爷,带着闺女去拉萨逛新城。女声甜美、乖巧,男声宏亮、深沉,有一股磁力:"阿爸呀,(呀!)快快走,(哦!)看看拉萨新面貌。/女儿耶,(唉!)等等我,(哦!)看看拉萨新面貌。快快走呀,快快行呀,哦呀呀呀呀呀。"尤其是反复出现的"哦呀呀呀呀呀",尽显老人的风趣、俏皮,在日后被我们一遍遍地模仿。

后来我们的体育老师换成了科班出身的刘老师,毕业于古城墙里面的荆州师专。现在想起来,他长得有点像刘翔。刘老师是武汉人,对于一直在县城打转转、偶尔去一趟沙市的我来说,武汉是个很神秘的、很大很大的城市。记得考上大学去武汉报到前,高中同桌、同是地质队子弟的董江曾严肃地告诫我,武汉的汽车多得不得了,马路你都过不去。刘老师初来乍到,年轻气盛,对野性十足、调皮捣蛋的地质队子弟毫不客气。有一次课上他揪着大队长的儿子波波的耳朵说:"你给我老实点!你老子不就是个县团级嘛!"这是我平生第一次听到"县团级"这个词,却不解其意,听刘老师的口气好像就是个芝麻官。但芝麻官的儿子波波肯定是地质队最牛的"官二代",也是最痞里痞气的学生。

大概是小学快毕业的时候,有一天上课,任课老师久久没有出现。我们面面相觑,不知发生了什么。波波突然站起来,高声说:"老师搞破鞋,在大礼堂开会做检查呢!"见没人理会,他走上讲台,在斜靠在墙上的、木质的黑板上,用白色粉笔画了一个女人的半身裸体。见女生都别过头去,他恬不知耻地笑着,又用红色粉笔在女人的乳房上重重地点上了两个点,扔了粉笔走出教室,不知所踪。我们谁也不敢动,我都忘了当时的我是不是班长,只想着他说的"破鞋",会不会挂在老师的脖子上。

不知道是什么时候,那位老师走进了教室。他看见了黑板上的裸体画,没有言语。他拿起黑板擦擦了起来。但那两个红色的点,像是刻印了进去,怎么也擦不掉。

图书馆不是天堂的模样

学校的新图书馆落成这么多年,除了偶尔去里面的报告厅开会,没去借过一本书。这与我教师的身份颇不相称。据说我最勤奋的学生,一年借阅了三百多本书,上了图书馆年度借阅量的排行榜。有时上课路过图书馆,会邂逅已退休的教研室同事。打过招呼后看着他走进图书馆的背影,我就想,他一定是每天泡在馆内的古籍善本室里,听不见外界的动静。当然,这只是想象而已,我甚至不知道图书馆是否存在"古籍善本室",只知道同事是研究古代文论的,泡图书馆就像别人泡咖啡馆一样,是生活习惯的一部分。

我喜欢自己买书,在新书网与旧书网买书的频率差不多,区别是前者一来一大包,后者一般是薄薄的一本。我遇到的旧书网的每一位老板都极其小心地把书包好缠好,仿佛担心它们在路上会像瓷器一样碎掉,以至每一次收到快递,我都是咬牙切齿的,用手、用剪刀,与牛皮纸、胶带、硬纸板、泡泡袋搏斗。买书花钱,换来的是方便:你可以在书上勾勾画画,包括把不该出现的错别字圈出来;你可以在任意时间打开来看;你可以喝着茶抽着烟看。如果是本好书,你可以在值得重读的篇目上画一个圈、两个圈、三个圈;如果大失所望,你可以随手丢到准备处理掉的废纸堆里,然后告诫自己,一定要惜墨如金。告诉自己,如果某一天你的书成为旧书,要对得起旧书店老板那样认真而仔细地为它加持。

有时到手的旧书,是从大大小小的图书馆、阅览室流落出来的,有标签、编号、印章,甚至还保存着封面后的卡片袋和借书登记卡。这让人感觉特别亲切。逝去的时光又返身来找你絮叨陈年往事。

我记忆中的师大图书馆还是旧馆的模样,在现在的文华公书林。进大门一楼左手是文科借阅处,右手是理科借阅处。第一次进入文科借阅处的感觉是震惊,继而是绝望:这么多密密麻麻地站立在一排排书架上的书,什么时候可以读得完?而这只是图书馆藏书的一部分。每一本书,似乎都在宿命般地等待那只伸向它的手,带它回家。熟悉借阅处的布局后,我常常不由自主地走到最偏僻的角落里,翻一翻那些久已无人翻动过的、顶部已暗黑的书。当我在泛黄的、空白的借阅卡上写下名字和日期的时候,一种"我是第一个读者"的虚荣感油然而生,而书依偎在我的怀中是那样的温顺。还书之后,每隔一段时间,我会去看看复归原位的那本书,看见借阅卡上仍然只有我一个人的名字,孤寂的,怅惘的。书架上的每一本书都在羡慕它们身边可以随意走动的人。

旧馆的二楼是文科生、理科生自习室,三楼有馆藏图书室和过期报刊阅览室。馆藏书只能现场阅读,不外借。本科时我曾在这里抄录过很多诗集和散文诗集。等到我读硕士做学位论文时,过刊阅览室成了我频繁出入之地,几乎每天到这里查阅"文革"时期报刊。和馆员混熟了之后,他允许我进入室内自行查找报刊。那时已有了复印机,在一楼的楼梯间里,正对着大门。我每天抱着装订成册的报刊往返于三楼和一楼,久而久之,腰部竟有了异样的酸痛感。而在读本科时,最喜欢去的地方是四楼的现刊阅览室,那里有非常齐全的最新的文学杂志。每一期《飞天》杂志的《大学生诗苑》是必读的。

　　说起来,我浏览文学期刊的习惯是跟着父亲养成的。读中学时,尽管父母的工资很低,紧巴巴地养活着三个不省心的儿子,父亲还是订了很多文学期刊,我记得的有《诗刊》《小说选刊》《小说月报》《中篇小说选刊》《文汇月刊》。初中从省水文地质队大队部的子弟学校毕业后,我考上了县一中,住在学校里,周末才能回家,一到家我就搜寻父亲拿回来的最新期刊。八十年代初那几年的全国优秀短篇小说奖、中篇小说奖的获奖篇目,我基本上都可以猜中。除了这些,父亲还订有《电影文学》,长春电影制片厂主办的,每期刊发好几部电影文学剧本。这让我疑心父亲不满足于写诗,写通讯报道,写小说,还在雄心勃勃地创作剧本。这种越来越强的怀疑也蛊惑着我。周末有时不回家,一个人溜到电影院反复观看同一部电影,琢磨对白、分镜头、蒙太奇、画外音。我也雄心勃勃地准备创作一部电影剧本,叫《天边那一抹朝霞》,女主角是我暗恋的一位女生。剧本已有了开头,很唯美,很抒情,但"大都好物不坚牢,彩云易散琉璃脆",无声无息的开始往往意味着无声无息的结束。我后来把高考的失利 —— 语文的失利 —— 归结为青春期的这种心猿意马,异想天开。我错过了心仪的那所大学,落到了师范学院。我的第一志愿填报的是历史系,一心想着躲开不着边际的文学,但命运非常诡异地把语文只考了七十六分——相当于百分制的六十三点三三分——的我,抛给了中文系。

年轻的父亲魏民在河北宣化地质学校读书时的图书馆是什么样的?他给我年轻的母亲刘玉兰写过诗吗?我没有问过他,也还没有问过母亲。那时,父亲已是一位名副其实的诗人。他和同乡、同学康平联名创作的诗歌在《诗刊》发表,参加过河北省青创会。他曾经向我们兄弟仨描述过每当接到一笔稿费,如何与康平叔叔一同去街上买火烧驴大快朵颐。父母当年去读地质学校而不是选择继续升高中,与家境的贫寒有很大关系:地质学校不收学杂费,国家还有补贴。父亲有本作品剪贴簿,按时间收集着他发表过的作品,作品旁贴着剪下来的期刊名和期数。除了《诗刊》,当年河北省作协的刊物《蜜蜂》也经常刊发父亲的诗作。《蜜蜂》的诗歌编辑是丁江,父亲在我们面前一直称他为"丁老师"。丁老师"文革"时被打成右派,被迫离开了杂志社,也离开了家乡。很多年来父亲都在打听丁老师的下落,后来得知丁老师居然就在荆州师专中文系教书,和自己同在一座古城。父亲把丁老师请到家里来吃饺子,母亲后来告诉我,丁老师说,那是他这么多年来吃到的最正宗的家乡的饺子。丁老师到我家吃饺子时,我已离开古城到省城读大学,无缘相见。如今,丁老师和父亲一前一后,离开了人世。

我在学校图书馆借过的印象最深刻的一本书,叫《语言的艺术作品——文艺学引论》。那是我在中学教书六年后返回母校读硕士,导师王先霈先生指定我去读的。自诩读了不少书、选择了文艺学专业的我,对这本书一无所知,连书名也没听说过。我在图书馆二楼教师和研究生借阅处找到这本书时,它正灰头灰脑地躲在一个角落里冬眠。仿佛历史的重演，我在空白的借阅卡上第一个签上姓名和日期——也许，卡片已更换过？封面标明它是瑞士学者沃尔夫冈·凯塞尔所著，陈铨翻译，上海译文出版社一九八四年出版，那一年我刚读大一。说印象深刻是因为对当时的我来说，它太难啃了；但导师要我读，它自然是很重要的。当年读书我习惯做读书卡片，卡片是从洪山商场文具柜买来的。这本书我做了数十张卡片，仍然不得要领。现在我知道，它属于广义上的西方形式主义文论，从"内部"探讨文学作品的构成要素及其关系。有过这种阅读经验，后来再去读类似韦勒克、沃伦《文学理论》这样的著作，就很容易接受。我至今还在本科生的文学理论课上引用凯塞尔的说法："正如一个受过音乐训练的人比一个毫无经验的、把一支复杂的曲子只听作一连串声音的人，更理解这支曲子，同样，一个受过文学训练的人也比一个只把一部文学作品作为一种刺激来经验的人，更理解这部作品。""一切文学理论工作首先是帮助人们正确地阅读伟大的和难解的艺术作品。只有能够正确阅读一个作品的人，才能够跟人正确地谈论它，也就是正确地解释它。"所谓"正确地阅读""正确地解释"，无非是要求读者把文学当作文学来看待，而不是想当然地把它视为作家诗人自我表达的工具。一部文学作品有它自己的生命力，就像那些蜷缩于图书馆角落里的书籍，它们的心脏在跳动。我后来在旧书网购得此书，书中夹着一张江苏扬州市新华书店的发票，日期是一九八五年一月八日。书很干净，没有任何笔迹。有意思的是，二〇一四年，扬州大学文学院姚文放先生发表文章，说明沃尔夫冈·凯塞尔是德国学者，而非译者译后记中所言的瑞士学者。他的这本德文著作一九四八年由瑞士伯尔尼的弗朗克出版社初版，到一九六九年已再版十四次。而一九六〇年一月,他在德国的哥廷根去世。他不会知道有这样一本中译本,也不会知道通过中文译者,通过导师,这本书影响了我这个后生对文学的认知,尽管中文版可能没有机会通过再版来更正一时的疏漏。这是人的命运,也是书的命运。

相比于高大、肃穆的图书馆,我更喜欢在狭小、晦暗的中文系资料室里查阅文献,那里只对教师和研究生开放。很长一段时间,中文系资料室位于二号教学楼一楼南侧的几间相通的房间里。进门先是一间小小的来访接待室,在这里登记后你可以向左进入过刊陈列室,再蹑手蹑脚地走入资料员办公室。我读博士时有四位老师在这里办公,我或者其他人从他们的背后向右拐入一间更大的密室。密室的一边是阅览室,一边是图书陈列室。我在二〇〇三年的一篇札记中写道:

> 资料室有着书架、书顶上的灰尘一样的安静。阅读者与书刊的关系,同书刊与不动声色的灰尘的关系如出一辙。
>
> 春天的气温升得太快。风从四个房间所有的窗户涌进来,夹杂着树叶碎响和鸟的鸣叫。
>
> 一层楼里唯独资料室没有安装电话,我对此并不诧异。不只是我,密室庇护和宽容了孤独和沉默。
>
> 我长期占据着阅览室窗边的一角,只有我看到窗外樟树和雪松在光影中的交织,在风中倾斜的探视。

二〇一六年六月,在一场疾风暴雨中,二号楼前西侧高高耸立的、与东侧同样高大的枫杨遥相呼应的雪松,轰然倒下。它是我在资料室读书间隙常常凝视的那一棵。它的根部已被白蚁掏空。不久,资料室搬迁到了图书馆对面的田家炳大楼窗明几净的一楼。

有人假借博尔赫斯之名,编造了一个善良的谎言:"如果有天堂,那里应该是图书馆的模样。"对于晚年双眼仅留存一点模糊光亮的博尔赫斯来说,书籍的存在是一种痛苦的磨折,除非在天堂,在上帝之手的触摸下,他再度拥有一双孩童般明澈的眼睛。我疑心这些擅于编造、传播"名人名言"的人,还没有养成认真读书的习惯;我希望他们真心喜欢的不是"图书馆的模样",而是其中的每一件藏品,尤其是那些如凯塞尔所说的"伟大的和难解的艺术作品"。在博尔赫斯留下的最后的对话中,他说:

  阅读可以是一个创造的行动,其创造性并不逊于写作。正如爱默生所说,一本书是万物中的一物,一件死物,直到有人将它翻开,然后才可能发生审美这件事,也就是说,那个死物复活了……(《八十五岁的经典》,陈东飚译)

黑暗中的一员

但凡经历过二十世纪八十年代大学校园文化的人,都会对当时各类讲座火爆、拥挤的情景记忆犹新;听讲座成为那时学生的课余生活不可或缺的一部分,其重要性不亚于课堂听讲。今日校园,你时常会看到三五成群的中老年校友,一边散步聊天一边四处指点,很可能某个人正在说起他当年趴在哪个阶梯教室的窗台上,或者坐在教室中间过道的冰冷台阶上,听完了某某某的精彩绝伦的讲座。

我的硕士生、博士生导师,学者、文艺理论家、文艺评论家王先霈先生,多年前常应邀去各所大学讲座。在结集出版的《王先霈演讲访谈录》中,他说到,有一次在武汉大学演讲到中途,大楼里所有的电灯突然灭了。他没有停下来,在一片漆黑中继续讲,学生们则在黑暗中继续听,没有任何骚动。听者的安静固然是出于对师者的尊重,大概也是因为被演讲本身所吸引。我想,这样突发的事件,这样的场景,将会长留在很多听者的脑海里,被一再回味。曾经有媒体记者这样描述听王先生讲演的印象:"演讲时,他从不带讲稿,人往讲台上一站,从从容容,娓娓道来,不急不徐,行云流水一般。不煽情,不搞笑,总能让台下听众眼睛发亮。他演讲的魅力来自以丰厚学养点亮人的智慧。"

及至十年前我有幸回到导师和众多老师的身旁,成为他们的同事,发现讲座在大学校园里不仅变得如同鸡肋,而且从不少讲座题目和介绍上也可见其迫切的实用性和唯恐不能吸引人的花哨性。即便是专业性很强的学术讲座,相当一部分不过是礼尚往来,以增进彼此友谊。有一次讲座结束后,我看见学生们不仅没有退场,转而一窝蜂地跑向后排,围着一个主事的人打卡签到,不禁愕然。别的高校其实也大同小异,后来也就见怪不怪了。

二〇一五年主讲新开设的新生研讨课,特意请王先生出山,给我的学生漫谈一次文学。久不出外讲座的先生欣然同意。在课程伊始就安排先生讲座,本意是希望刚刚走出中学校门的学生,能及早亲近、感受大学者的风范和人格魅力。每一个初次接触先生的人,都会感应到他身上的气场;但我不知道在一群出生在一九九七年前后的学生的眼里和心里,他们的先生的先生会是怎样的形象。在学期末提交的课程作业中,我读到了很多学生对讲座场景的描述。一位名叫刘文颖的学生写道:"王先霈老师是我们班导的老师,提起他,班导总是一脸的敬重……王老先生身上有一种岁月打磨沉淀的气度,静谧而深厚,让人感觉到十分的舒服。那天夜里比较冷,风特别大,刮得窗外的树叶簌簌作响。他娓娓道来,沧桑沙哑又柔和的声音在这个不大不小的房间里回旋,穿过风吹进了我们每一个人的心。"

学生们在作业里不约而同地提及先生讲座中说到的一件小事:

一九九二年,王先生到复旦开会,与南开的罗宗强先生住一个房间。晚上睡觉前,两位先生躺在床上聊天。当王先生提到华中师范大学张舜徽先生时,罗先生突然从床上坐起身来。王先生不解其故,问他怎么了。罗先生说,谈张先生怎么能躺着呢!那不站起来能行嘛!罗先生比王先生年长,说得很真诚;在两个人的房间里,没有丝毫做秀的必要。我跟随王先生多年,也常去先生家中聊天,还是第一次听他谈起这些记忆中不会轻易消失的琐事。其实,这些大学者在日常生活里都是亲切、和蔼的。王先生说到住在同一个单元楼里的章开沅先生时也是怀着敬意。他说,章先生八十九岁高龄了,还是自己去靠近校大门的北区食堂排队买饭。他的前面有刚放学的挤作一团嬉闹的附小学生,周边的民工,电脑城里的打工仔打工妹,"章先生站在后面一脸的禅意"。

章先生是我本科时的校长,我已记不清听过他多少次的讲座,而他至今仍然在为学生作讲座。我心目中的"男神"是章先生,只是没有机会表白。有一天去王先生家,在单元门前遇见章先生正用钥匙打开门禁。见我过来,章先生把门拉开,摆手让我先进。我惶恐不已,脱帽鞠躬,叫了声"章校长"。

一位名叫刘敏的学生的作业标题很有诗意:"你为我打开阁楼的窗,于是我看到了更远处的风景"。他们的大学如今不再是高高在上的阁楼,校园里全新的多功能、高科技建筑一幢幢涌现,智慧教室也令人惊艳,但文学仍然是我们观察世界的一扇扇窗。幸运的是,文学院大楼的木质窗棂,还有着久经岁月的斑驳雕花。

我们都回不到那个并不遥远的时代了,但我还是愿意厕身于黑暗,成为其中的一员。

试着活下去

米兰·昆德拉的小说《生活在别处》曾风靡一时，一度成为小资读物。"生活在别处"也成为当时文青的口头禅。就我的浅薄理解，这句话的含义与钱锺书先生的"围城"如出一辙：我们正在过的生活不能叫生活，只有遥远、陌生、未知的生活才能叫生活，尽管理智告诉你，即使真的到达那里，"别处"的生活依然会像幽灵一样召唤着你。总之，一旦你过上了某种生活，它旋即会成为你迫切要背离的，而它很可能正是其他人所向往的。

生前多次到访中国的英国社会学家斯图亚特·霍尔，被称为"当代文化研究之父"。他常说的一句话是：任何人都是从另一个地方来的。如果说，"生活在别处"具有现代主义小说常有的揭示人的心与身、灵与肉的冲突、分裂的主题，那么，霍尔的口头禅则不仅仅指涉全球化时代文化的碰撞与融合，同时道出了人们常有的浮萍般流转的漂泊感、疏离感——今天,任何人都是波德莱尔笔下的"浪荡子",或者歌德诗中的"浪游者"。

就说我自己吧,祖籍河北,但从未去过父亲的故乡饶阳,只是在五岁多时牵着两岁多的弟弟随母亲回过曲阳。我对那里残存的印象仅限于漫山遍野的枣树,在树下捡拾红枣吃,以及一种很脆很香的烧饼。几年前随妻子去保定的河北大学开会,中途溜到近旁的地道战旧址高家庄。那里满街叫卖一种叫"抗战饼"的小吃,似乎接近我儿时尝到的烧饼的风味。

我出生在湖北沙洋,当年它只是一个小镇,被《人民画报》誉为"汉江边的一颗明珠"。由于父母工作在野外地质勘探队,每到一地都驻扎在城镇之外,因此我对沙洋镇毫无印象。二〇一五年荆门油菜花节期间,我在四十多年后第一次重返故地,郊外的比邻江北农场监狱的地质勘探队,早已不复存在。

六岁时随父母搬迁到荆州古城外的水文地质队大队部,在子弟学校读完小学和初中,考入城内的江陵中学。我的脚和手比眼睛更熟悉那座中国南方保存最完整的古城墙的一砖一石。平日寄宿校内,学会了一口江陵话,以致很长一段时间,父母和兄弟都以异样的眼光看着我。地质队聚集着来自五湖四海的人,以普通话为"官方语言",我成了父母兄弟眼中的"异乡客"。

上大学使我第一次有机会来到武汉,这里的车水马龙让人在街道上迈不开步子。我的大学坐落在一座由"鬼子山"改造的桂子山上,台阶上不时可见的墓碑让少年的心满怀忧伤。像许多来自小县城的同窗一样,满脸尘灰地寄寓在这座不断膨胀的城市的躯壳里,深知这里不属于我们。在争先恐后地逃离之后,我却奇迹般地返回这里,重新扎下脆弱的根茎。

记得高中时一位早熟、忧郁的女生曾偷偷递给我一张纸条,问我"生活是什么?"我自诩有诗才,便用文绉绉的诗歌轻易地处理掉了如此深奥的问题。我依稀记得其中一句是:"生活就是你,你就是生活。"女生高考前提前考入湖北艺术学校(武汉音乐学院前身),后来听说去了俄罗斯,后来听说受了什么刺激而在家静养,再后来就杳无音信。

现在的我当然不会再写那样矫揉造作的诗句了,但也想不出有什么更好的答案,可以替换掉我青春期的无病呻吟。我能想到的只有瓦雷里名作《海滨墓园》中的一句:

"起风了!……只有试着活下去一条路!"

内在引导

一九八四年,我和高中同学董江到武汉读大学。我们在高中是同桌,也都住在荆州古城外水文地质大队的大院里,父母是同事也是同乡。我在师大读中文,董江在武大读的是图书情报学。那一年高考完后是先填志愿,后知分数。填志愿时,高中的老师和同学,我们的父母和他们单位里的知识分子们,都不知道大学还有一个图书情报学系。我当时很奇怪地问他为什么选这个专业,他看着我说,等我毕业了就可以分到图书馆,那里有很多书,一辈子也读不完。

进大学不到一个学期,董江从武大横穿老武测找到我,很认真地说,图书情报学不是一门真正的科学,他不能再浪费时间了。此时我已知道武大的这个系在国内高校属一属二,不明白的是刚读大一的他怎么会有这样大逆不道的想法。不过他确实爱书,每次去他的紧挨着老水院的宿舍,他都要打开旧木箱搬出新买的书让我过目:何其芳的《画梦录》、汪曾祺的《晚饭花集》等等。毕业后我去了海南的一所中学教书,董江则以专业第一的成绩考取四川大学哲学系宗教专业研究生。后来听说,他研究生毕业后没有去北京对口的国家机关,也拒绝了父母希望他回家乡的请求,为了爱情去了长沙,与大学同窗结婚,供职于社科院研究精神文明建设。一九九四年我回母校读硕士,一年后的某一天他突然现身,说要考托福去美国,言语间流露出一定要出去走走,否则枉来世上一遭的想法。待我若干年后再打听,董江已读完宗教学博士去了美国名校访学。

董江,这个单纯得有些可笑、古怪得令人生疑、执着得有些可怕的人的身上,有着许多二十世纪八十年代中后期的社会环境和校园文化烙下的印痕;如果他成就了自己,他必得感谢那个时代和那所大学没有给他的成长设置障碍,而是让他异想天开的个性、充沛旺盛的精力和怀疑一切、藐视一切的自信,得到最大限度的发挥。他对专业的选择完全出自个人的兴趣,听凭内心的召唤,而不知功利为何。当他用自己的眼睛和头脑得出有关本专业的大逆不道、近乎荒唐的结论后,他迅速地开始另一场意志和精神的不知疲倦的冒险,而不知何为失败。大学就像培养冒险家及其成功者的乐园,为他提供了一方面应付本专业课程,一方面有大量时间去自由听课和读书的机会。这一代大学生可能没有谁不知道风云一时的武大校长刘道玉的名言:与其坐在课堂上听一位乏味的老师的授课,不如自己到图书馆去读书。虽然没有追问过董江,我同样相信他对宗教学的孜孜以求仍然出自内心的热爱,这种热爱可能只是源于一本书,一夜卧谈,一次讲座,或一次好奇的去武昌胭脂路神学院教堂的造访。这个常有着惊世骇俗之言、放荡不羁之行的人,对于爱情却有着近乎古典的美德,专一可靠,深沉持重,一诺千金。为了爱情他可以背叛父母的苦心,可以屈身在乏味无聊的研究所里寂寂无闻,而在爱情中等待人生的再一次出击。

是的,八十年代的大学给了我们深信每一个人生来就与众不同,因而每一个人都可以按照自己的意愿和方式去生活的信念,也给了我们大胆追求爱情的机遇和幸福。发源于那时的"爱在华师"确属空穴来风,我所在年级的六个本科班,毕业后成为夫妻的不下十对;如果算上跨年级、跨专业谈恋爱而成婚者,那数字一定是惊人的。而且,比董江夫妻更富戏剧性的是,这十几对中有好几对毕业分配时都是天各一方,甚至一方在广西一方在西藏,经过多年的艰辛努力才最终生活在一起。而当我读研究生时,大学的爱情已经和学校的专业设置、课程安排、就业指南一样散发着实用、便捷的气息。学生的爱情观变得非常理智和现实,爱情过早地在一个青春奔放、如火如荼的阶段丧失了激情和诗意。我在本埠媒体上不断看到师大的男生在女生宿舍楼前,用九十九朵玫瑰或九十九根蜡烛摆成心形来求爱引起围观的报道。他们自以为别出心裁,其实不过是套中人,是时尚文化的俘虏。我不知该为谁、为何感到悲凉,为这个大学、为大学中的人,还是为我衰老、过时的心态?多年来我常常漫步在那条作为"爱在华师"标志的"情人路"上,它的一侧先是盖起了出版社和成人教院大楼,后来对面突现了逸夫楼,再后来逸夫楼旁矗立起高大的田家炳化学楼。一座气势更加咄咄逼人的理科综合楼正在紧张施工。熙熙攘攘的人群每天在这条原本荒僻的小道上川流不息,他们的课要从早上八点排到晚上九点四十分,他们要上各种辅修课和培训班以便拿到各式各样的证书,他们要听如何求职和美容的讲座。有一天我在一辆辆呼啸而过的教练车的车厢里看见端坐的靓丽的女学生,恍惚间"不知有汉,无论魏晋"。

被九十年代大学解构掉的,当然不只是我们这一代人理想中的爱情,爱是构建我们独特而健全、不媚俗不盲从的人格的一个重要部分。而他们,从填报志愿那一刻开始,就被外在的可怕的势力左右着,挤压着,他们的一举一动都可能被这个时代幕后的文化导向的细线牵引着,而成为曾被八十年代多元共生文化所激烈抨击的"平面的人""没有胸膛的人"。所以,假如用杰姆逊《后现代主义与文化理论》——八十年代中后期在大学校园里最受追捧的书——中提到的三种文化形态来比附,七七、七八级学生时代的校园文化是"传统文化",受"传统引导",他们抱着时不我待、珍惜机会的强烈使命感和感恩心态发奋读书,立志报效社会。八十年代的大学校园文化则是"现代文化",尽管他们较早接受了后现代文化的洗礼和熏陶。他们是"内在引导"的人,独立和自由、怀疑和反叛是他们的文化人格。九十年代的大学校园文化则演变为"后现代文化",受制于"他人引导",而"'他人引导'的人却不再知道到底什么是正确的"。

这当然不仅仅指向身心俱疲、东奔西走的学生。二十世纪最后一年的开学典礼上,母校一位年轻新锐的领导对新生进行"激情教育"。我注意到见诸新闻的该领导对"爱在华师"的绝妙阐释,大意是:"爱在华师"有什么不好?爱,就是爱祖国,爱人民,爱社会主义……绝对正确。而"情人路"只有消失。

真爱与偏见

坦率地说,在这个时代,我喜欢羞涩、腼腆的作家诗人,不喜欢那些锋芒毕露、成竹在胸地批判这批判那的作家诗人。前者往往是谦逊的、真诚的,后者则是便宜且讨巧的——常常被人视为"敢说真话"。不过这"真话"里难见对自己应当在其中承担什么责任的反省。

二〇〇六年调回母校任教不久,在学院网站上看到一则新闻:武汉地区三所重点大学的文学研究生举办青年学术沙龙,讨论主题为"'八〇后'对'八〇年代':告别还是继承?"。参加沙龙的研究生是"八〇后",特邀谈话嘉宾是几位二十世纪八〇年代校园文化的亲历者。其中一位嘉宾说,他个人感觉八〇年代的青年将个人命运与国家前途紧密相连;"八〇后"似乎更多地考虑自我,考虑怎样实现个人利益的最大化。而且,在他看来,八〇年代的人相信真爱。他的发言立即引起许多学生的反驳。新闻中写到,我所在学院的一位研究生站起身来质问道:"你们说我们'八〇后'是没有责任的一代,不追求真爱,可是现在社会上包二奶的人是谁呢?是'八〇后'还是'八〇年代'?"现场响起了一片掌声。

这位特邀嘉宾是我的朋友,一位诗人、艺术家,在武汉开着一家很有特色的国际青年旅社。事后,我向他求证,他只是笑而不语。作为"躺着也中枪"的人,我在课堂上提到此事,只是希望和学生一起反思:我们批驳他人的目的是什么?是为了对话与交流,以便把问题引向深入,共同探寻真理,还是为了让他人折服,以显示自己的正确无误?特别是,当我们质疑和反驳他人的时候,要提醒自己,不要使用与对方相同的思维方式,也就是,不要重蹈嘉宾的线性思维模式,以致以偏概全。如果现场确实一片掌声,那么在一片叫好声里,凸显的正是叫好者反讽意识的匮乏。

察觉他人的偏见是容易的,警醒自己的偏见是艰难的,在警醒的同时努力去克服自我的偏见,尤为困难。在这方面,文学研究能否助力于我们呢?文学研究归根结底是对文本的解释,解释就意味着去发现或释放文本中的那些差异性因素。也因此,文学解释者是否具备反讽意识就显得特别重要。西方哲学解释学代表人物伽达默尔说:"……必须从一开始就对文本的异己性保持敏感。但这种敏感既不涉及所谓的'中立',也不意味泯灭自我;而是为自己的先存之见与固有理解容让出一块空地。对自己偏见的觉察是件重要的事,因为这样,文本才能呈现出它所有的他性,以及它那相对于读者固有理解的真理。"倘若不能在文本面前敞开自己,以便去感受和容纳文本的"异己性"或"他性",接受它们对自己"先存之见与固有理解"的撞击甚至粉碎,我们就会把所有文本都强行规整到自己的偏见中去,丧失了接受新知、丰富自我、拓展经验的可能性。可以说,对自己的偏见毫无觉察的人,将永远徘徊在文学的大门之外。

我在八〇年代大学校园里找到了真爱,当然毫不怀疑我的学生们也会获得真爱。我想说的只是,学会在他人面前敞开自己,宽容异己。但结局是,你将失去众人"一片掌声",只收获一颗芳心。

撞身取暖的人

诗歌曾经多么辉煌?朦胧诗人当年明星级的待遇离凡人太远,还是说说我自己吧。

一九八五年,大一的我往校广播台投了一首诗。诗歌播出后,时任校广播台编辑的历史系学生张执浩给我送来一张油印的稿费单,我们就此相识。稿费是五毛。什么概念呢?可以在食堂买十个肉包子,或者,买两份回锅肉,一份吃着,一份盯着。——我说的是校广播台发的稿费单。

一九九四年回母校读研究生,因为专业学习的需要,也因为好友的不断邀约,我放弃诗歌转而写评论。诗评发表后,一直不见稿费,便去问好友。我还记得他那种眼神,意思是:稿费?给你发出来就不错了。自那时起,我便知写诗歌和搞诗歌评论的人,实际是一路货色,忍受着毫无道理的待遇,还要抱着一颗感恩之心。

前不久收到一本诗歌合集,收有我的评论文章。但凡各种选集收录作者文章,不打招呼,无须同意,已成惯例;给样书已算仁至义尽,至于稿费,哪怕五毛,也是痴心妄想。

尽管我有我的主张,我不会责怪该书主编,哪怕我主张的仅仅是作为写作者最基本的权利(多年来有大量的诗人、评论家自掏腰包出版选集,另当别论。我对他们一如既往地致以敬意)。但当我翻阅后记,一路看着主编的感谢从学校的高层干部、中层干部、基层干部、同僚、左邻右舍到入选诗人、责任编辑,唯独不见那些如我一样在懵懂中被收进集子里的评论者。我自然无权要求致谢——我的写作不是为了致谢——并且,以我这样做惯了评论者,似乎在他人眼里已坐稳了"评论家"位子的人的心态,我还得感谢,在这样一个时代,把我的评论收进集子并促成集子历经艰辛出版的那些人。

这就是我作为诗歌评论者的真实处境,与诗人一样。但不同的是,我还得装作没有看见、听见诗人对评论者的冷嘲热讽、谩骂诋毁。

主编是我尊敬的长辈,我借此事说出可以借他事想说的,相信他会一笑了之。我更想表达的是,我从内心深处感到诗人与评论者团结一致的必要。是的,停止相互无聊的人身诋毁,超越学理的谩骂,以及毫无原则、既败坏评论者也败坏诗人名声的吹捧。应当前所未有地感受到诗人和评论者作为一个共同体生存下去的必要。这个共同体按照奥登的说法,"是有理性的人组成的,因大家有着对某事物的共同热爱之心而团结在一起";与之相反,"大众"则是乌合之众,"一群虚无之徒,他们只是表面上的联合,他们只是对一些事物感到担心、害怕,这种害怕心理的实质是他们一想到自己要作为理性的人要对自我的发展负责任就感到恐惧"(《耐心的回报》,叶美译)。能够结成共同体的人,既是理性的,也是对自我发展负责任的;既不会恐惧,也不会自怨自艾。

诗人余笑忠曾在诗中写道:"寒冬在加深。一群乡村小学的孩子/在墙角彼此撞来撞去。他们这样相互取暖。"当年的历史系学生、诗人张执浩赞赏不已,并由此生造出"撞身取暖"作为诗集名。我不清楚是否如乐观者所言,诗歌的寒冬已经过去;我所知道的是,世事愈发无常,世态的确炎凉,尤其是你选择了做一位诗人或诗歌评论者。我们仍然需要"撞身取暖",不仅仅是在寒冬。

我想去桂林

从前有首歌特别流行,叫《我想去桂林》。唱的什么已记不太清,但有两句歌词一直在脑海里回旋:"可是有时间的时候我却没有钱……可是有了钱的时候我却没时间……"换成俗语就是:有牙没馍,有馍没牙。

桂林我是去过的,而且是两次。头一次与妻子背包,从市区漓江游船码头开始,用了两天一夜,徒步漓江。途中在江边的一个小镇上过夜,纱窗外的蚊虫疯狂进攻了一晚,令人头皮发麻。徒步漓江最有意思的是,只要你走到无路可走的时候,一定有个抽烟的男子蹲在江边的草丛里,问:"过江吗?"然后不知从哪里拖出一个竹筏。第二次带父母和侄女去度假,凌晨四点下了火车,被出租车绕路;强行叫司机停车后,又被一黑影跟踪,后来才知是个拉客的黑导游。

回想起来,我最早的单独出游是在大一,从武汉坐火车去哥哥部队所在地河南临汝县（现为汝州市）。临汝有两个站，怕我坐过了，半夜时分，哥哥和战友们分头沿着车厢边跑边喊我的名字，我在一双双被叫醒的懵懂的眼睛的注视中下了车。后来哥哥说，为了迎接我的到来，他的战友开着军用三轮摩托去买水果，结果车速过快，转弯时把老乡家的围墙撞倒，前轮撞瘪了，战友也挂了彩，又不敢声张，偷偷摸摸地赔了老乡钱，修好了车。临汝有座风穴寺，与白马寺、少林寺、相国寺齐名，被称为"中原四大名刹"。哥哥拍的黑白胶卷照片上显示，我一头长发，穿着时兴的武汉针织厂的运动服，眉眼似乎还没长开。

我和妻子喜欢旅行而不是旅游；旅行是行走，旅游是游览。背着背包在一片陌生的土地上随性而行，是一种乐趣，与在风景名胜人挤人蠕动的乐趣截然不同。我们曾在张家界天子山上住宿时遇到百年不遇的暴雨和山洪，第二天冒着生命危险下山时，与武汉体育学院的一对青年夫妻、广东的一对退休教师夫妇结伴而行，却因景区道路被冲毁，面目全非，大家在走哪条路上产生分歧。体院的夫妻与我们分手，另寻他路，终不知是否也顺利下山。也曾在五指山成为风景区之前，坐着破烂不堪的班车深入它的腹地，终因胆怯而退出。某年中秋节在合肥三河古镇的铁女寺中，与不明我们来历、操着我们家乡方言的、因骗钱不成而恼羞成怒的假和尚舌战……更多的时候，读书、写作累了，我们会直奔武昌火车站，看着哪个地名顺眼，就买票上车。

二十多年前的暑假在校园里遇见一位大学同学。他带着女儿出门旅游，顺道回母校看看。我至今还记得他挥舞的手势里的豪情壮志："我要走遍祖国的山山水水。"掐指算来，他的愿望看来是实现了。至于我们，好像从来没有像葡萄牙诗人、作家佩索阿那样问过自己：

"什么是旅行？旅行有何益处？任何落日都只是落日；你不必非要去君士坦丁堡看落日。"像背包客那样的旅行就能给自己带来自由感吗？佩索阿说："我可以从里斯本出发去本菲卡来获得自由感，而这种自由感甚至要多过人们从里斯本去中国。因为如果心中没有自由感，无论去何处都没有用。"当然，我们也不会像抑郁得令人喘不过气来的卡夫卡那样，因为一次不情愿的旅行，而在火车停站时，用深沉的口吻向极力游说他出行的布罗德说："在驶往死亡的途中有这么多的车站，这个过程实在是慢得很哪！"

不过，因为佩索阿和卡夫卡，里斯本与布拉格已列入我们终将会踏上的旅行地。

"基友"张老汉

诗人张执浩现在有越来越多的外号或别号,并且有逐年增加的趋势:老张,张老汉,浩子,浩哥,披头散发的老父亲,干爹……这也不能怨别人,谁让他把自己搞得那么像诗人,而现在像样一点的诗人想不火都不行。

二〇一五年的某一天,我把他和剑男、亦来几位诗人请到课堂上,让他们听一听学生们讨论诗,其中有他们的诗,然后指点一二。那天教室人满为患,后面靠墙还站了一排热爱诗歌也可能是热爱诗人的学生。张老汉开口就说:"我和你们魏老师是三十年的好基友!"在哄堂大笑中,我觉得这个世界真是变了,没有变的只有张老汉,这个学历史出身的人还是那么尊重历史。课后在校园里散步,张老汉的一句话更加深了我的这种印象——凡事他确实是从历史或者是历史唯物主义的角度出发下结论的——他感叹道:"老魏,我们以前见个诗人多么难啊！现在的学生，想见就可以见一大帮！"

我先声明一下，张老汉说我们是"好基友"在后，我给他写书在前，另外还写了很多我自认为很严谨、很客观的评论。当然我也不能否认或篡改历史，但我确实没有吹捧过他。学历史的有学历史的讲究，学中文的也有学中文的自尊。当年我们在同一所师大读书，他的西四舍在我的西六舍的坡上，他住二楼我住一楼，他可以隔窗看到我在做什么。他读历史，我读中文；但当年高考我的历史分比他高，他的中文分比我高。这就是命，也就是后来作为小说家的张执浩在一部小说中所说的，我们都在"试图与生活和解"。

因为我不是学历史的，所以不记得我们相识的具体日期，以及那天是否有大事件发生；也不记得我们的"基友"情谊是从何时开始萌发的。总之，大约在春季，在一个有着美丽月光的夜晚，有人来敲宿舍门。平常我们都不关门，但那天我和室友鬼鬼祟祟躲在房间里，正用脸盆清洗刚刚从校园里偷来的枇杷。听见敲门声，我们浑身一颤，以为是保卫科查来了，慌乱中把脸盆塞进了床底。打开门，一位矮个子的、留着两撇小胡须的男生自我介绍说，他是校广播台的编辑，编发了我的诗歌，给我送稿费单来了。稿费单是油印的，稿费是五毛——哦，在那个时代做一个诗人是多么幸福啊——乌云既散，我笑逐颜开，连忙从床底拖出脸盆，请他吃枇杷。他诡异地笑了笑，抓了几颗走了。后来，只要囊中羞涩、弹尽粮绝没烟抽的时候，我就跑到坡上去找他。他一准是躲在宿舍用布帘围起的狭小空间里，烟雾缭绕地读书、写诗，见我来了，然后大声朗读给我听。我每每听完就不解地问他，干吗不读中文系呢？他就会反问我，干吗不来历史系呢？这成了我俩的"斯芬克斯之问"。

校园诗人的故事很多,张老汉的故事尤其多,而且版本五花八门。最著名的一个是关于他醉酒露宿的。我记得那是大三去武大参加樱花诗赛,喝了酒半夜回校,走进大门就不见了他的踪影。一帮人四处喊叫、寻找,也没结果,只好打道回府。第二天问他,他说一个人晃晃悠悠掉进了附小附近的沟里,醒来后不知在哪里,就爬上一棵树,在树杈上睡了一晚。还有一个故事:大三我"升官"搬到老大礼堂西侧的校学生会宿舍后,有天夜里他来找我,手里拖着一个叮零当啷的玩意。我问他怎么了,他说有一个女生把他从前送的小电风扇还给了他。他一气之下摔烂了电风扇,一路拖着从西区来到了东区。我说哦,我们喝酒去吧。他低着头跟着我,手里还是抓着电风扇的电线不放,走一路响一路,引得路人侧目而视。我有点恼火,一把抢过来扔进了树林里。

关于第一个故事,张老汉不否认,说那就是历史,还强调历史不能忘记;至于第二个,他支支吾吾始终不肯承认,说我跟他玩文学。哦,敢情他历史、文学通吃。一百一十周年校庆的时候,他的"母系"给他申报了杰出校友,他受邀出席校方庆典。文学院院长碰到他,好不欢喜,热聊了半天后,才搞清楚他是历史系的校友。院长回来后遇到我一顿埋怨说,魏天无,怎么搞的,张执浩怎么是历史系的?我说中文系有传统,不培养作家。院长反问,那剑男是怎么回事?我说这我就不知道了,我都不知道他什么时候开始叫剑男的。当年他一口佶屈聱牙的湖北通城话谁都听不懂,现代汉语铁定是过不了关的,我就怀疑过他报错了专业,应该去读历史系。

张老汉七八年前给我写过一篇吹捧的文章,叫《真正独立的人》,我很珍惜。二○一七年寒假在电脑上编辑准备出版的诗歌评论集,正编到这里,快递小哥打电话让我下楼。待我回来,在四川读大学、放了假的外甥女正趴在电脑前看这篇文章。我问她写得怎么样,她不好意思地说,很好,然后抹着眼泪——我得再次声明,此处绝无文学的虚构——这让我很是震惊。如果有学生读张老汉的诗流眼泪,我一点不奇怪;读这样一篇"投之以李报之以桃"的文章也会被感动,莫非学历史的人的文字真的有魔力?以下是那篇文章的结尾:

> 这么多年来,我亲眼见证了魏天无生活的每一次变迁,从激情的校园,到梦境被悬置的海南,再到杂务缠身的今天。有一点却一直被他精心呵护着,那就是,他从不"失身"于任何潮流,在任何时候他都是"一个人"。他只在两次场合公开"赞誉"过我的诗歌:一次是在我写出《美声》以后,《星星》诗刊约请他写一篇评论,他以毫不掩饰的激动之情表达了自己对这首诗歌的喜爱。另外一次是在我的作品讨论会上,他开门见山地说出了内心的顾虑。他说道:我一直拒绝对张执浩的作品做出评价,因为我怕我的评价有失客观。所以这么多年来,我很少判断,只是描述。但是今天,我不想再刻意地保持不必要的客观了……
>
> 好吧,亲爱的朋友,今天,我也不想再刻意保持这么多年来紧紧揣在我内心中、几近溶化的那份敬意了。我想告诉你,从某年某月开始,我写下的所有文字都与你有关。

好吧,亲爱的张老汉,我问你:你说的话当真吗?你永不会变心吗?

说说韩东

老韩也就是韩东的那句"诗到语言为止"已严重地名言化,以至于引用者都不屑于指点出处,给我这样呆头呆脑搞研究的"学院派"一点提示,好让我按图索骥,去看看当年的小韩到底在说什么的时候灵光乍现,语惊四座,旋即被当作诗坛令牌传遍四海,至今不休。

我知道老韩厌倦了再提这事,因为他一向厌倦名言;自己厌倦的事一转身好像变成自己制造的,搁谁身上都是苦恼。但我呆头呆脑的主要症状是,凡事都想一探究竟。二〇一四年十一月,第八届"诗歌人间"活动如期举办,我与老韩在深圳相遇。之前在武汉的《汉诗》会上我们见过面,打过招呼,但老韩显然不记得了,我就假装忘了。同来参加活动的重庆诗人、管好几家杂志的老总李海洲说,从头到尾魏天无这家伙没干别的,就知道拿着个手机狂拍。我不知道有没有给老韩也留下如此不良印象,总之他的话很少,我的话也不多。我们都不擅长聊天,尤其不擅长如何开始聊那个天。不过想到机会实在难得,加上受到那天深圳美丽的滨海公园的大海、阳光、蓝天、白云的鼓舞,便开口问老韩那句名言的出处。他只说了句好像是刊发在当年《太原日报》上,至于那年是何年,也不记得了。

转年的一月,老韩和一帮诗人来武汉参加公共空间诗歌朗诵会。老同学、三十多年的"好基友"、"披头散发的老父亲"张老汉也就是张执浩,撺掇着要为我和魏天真刚出炉的书《真无观:与他者比邻而居》开个研讨会。会上轮到老韩发言,他慢条斯理地说——有录音为证,以下为口述实录——"我在微博上跟魏天无还是有互动的,然后在深圳第一次见面。我觉得你是一个比较内向的人,我大概也是这样,所以咱们的交流并不多。我也五十多岁了,也混了这么多年,再加上我们有文字上的互相了解。其实,我特别喜欢你。"然后余怒等也加入进来,纷纷表达"喜欢你",致使很高大上的研讨会严重跑题。

那次会上我没有当场表白我也特别喜欢韩东,那样会引起混乱,而且显得虚伪。我读小说少,几乎不跟老韩谈小说。搞当代文学研究的魏天真读的小说多,很早之前她跟我说,在她心目中,当代作家里真正具有职业写作精神和水平的,两个人,王安忆和韩东。我不知道她是不是也特别喜欢韩东;如果真是那样,场面就更加失控了。是年底,老韩来武汉为他自编自导的电影《在码头》找外景,我和诗人小引带他在武昌临江大道、天兴洲、昙华林转悠。电影是根据他的小说改编的,我没读过,老韩就微信发给了我。我边看边想起王安忆的《轮渡上》,很像的笔法,很接近的写作指向。

前几天写关于薇依的文章,记起老韩写过两首诗。上网搜索,搜出了诗人朵渔解读老韩的诗《西蒙娜·薇依》的文章。朵渔一上来就引了那句名言,可见未能免俗。结尾他说:"韩东的写作面孔异常严肃,他对待写作的态度亦如圣徒般让人冒汗。然而往往是这样:对写作的思考愈甚,写作行为本身往往越导向虚无。过分的清洁导致对完美的无尽追求,而'所有的完美都起着削弱性效果'(尼采)。"我边读边想,朵渔也是特别喜欢老韩的;因为这般,才严肃地批评他太苛求完美了。老韩是否也特别喜欢朵渔,我不清楚,我跟朵渔还没会上面。不过老韩在微信转发此文时说:"朵渔骂人不带脏字。"后面加了个[色]的表情。可见老韩也是特别喜欢朵渔的。他对我的表白,真的不能当真,否则也太呆头呆脑了。

顾城二三事

很喜欢顾城的诗。最早对顾城诗歌的评论《怎样细读现代诗歌——以顾城的〈远和近〉为例》发表于二〇〇七年。两年后，超星数字图书馆录制了我在一所高校的讲座，制作成四集视频《一代人的精神肖像——顾城和朦胧诗》，列入尔雅大讲堂的"名师讲座"。近十年来，我在文学院新生的文本解读课上都会专门讲解顾城的诗，以早期的《一代人》开始，结束于后期的《墓床》：

> 我知道永逝降临，并不悲伤
> 松林间安放着我的愿望
> 下边有海，远看像水池
> 一点点跟我的是下午的阳光

> 人时已尽，人世很长
> 我在中间应当休息
> 走过的人说树枝低了
> 走过的人说树枝在长

每次朗读《墓床》，我似乎都沉浸在自我的感受里，没有顾及学生的反应。我从诗里体验到的是噬心的伤痛，也是一种颓唐，又像是一种释然。

我读过的回忆顾城的文章中，有三篇印象极深：王安忆的《岛上的顾城》《蝉蜕》和舒婷的《灯光转暗，你在何方？》。两人都是顾城谢烨夫妇的老友和知己，她们的回忆自然弥足珍贵。王安忆的前文中，有大量记叙顾城夫妇漂泊海外，直至定居新西兰后的生活细节。其中最令人唏嘘感叹的，是顾城夫妇在"激流岛"上购买了房屋，为还贷而去农场买了两百只蛋鸡和饲料后的情景："养鸡业的第一个难题是他们始料未及的，这是世代生长在现代化流水线上的鸡类，它们祖祖辈辈居住在笼子里，它们竟不再会走路，它们还不会从地上啄食。为使它们吃食，顾城谢烨绞尽脑汁，好话说了无数。最后，他们终于想出一个好办法，把饲料放在一条木板上，然后一人一头地来回晃动，模仿流水线的饲料传送带，它们就这样开始吃食了。"我问学生，你们觉得这是现实还是马尔克斯笔下的"魔幻现实"？蛋鸡已"异化"至此，反躬自省，我们这些人是不是也像马尔库塞所言，已到了"唯异化非异化"的地步？

舒婷的文中也有对此的描述，接着记述了两人养鸡事业的挫败。根据当地法律，每户人家只允许养殖十二只鸡。执法人员勒令两人三天内处理掉多余的:"现在要召集鸡们没有那么容易了。顾城夫妇只好夜里捏着手电筒,满山遍野去捉拿被强光晃花眼的瞌睡鸡,顾城只敢捉脚,让黑眼睛妻子咬牙割颈,连夜煺毛剖肚。顾城说:舒婷啊,简直血流成河!"舒婷意在说明,有人借此渲染顾城天生就有血腥的杀气是不符实际的。不过,令舒婷没有料到的是文章结尾引发的轩然大波:"结局永远无法挽回,无法遗忘。只有谢烨有权宽恕。我深信,她已经宽恕过了。"这被看成是作者企图掩盖顾城是"杀人犯"的事实。网友们愤怒质疑的逻辑是:你舒婷不是九泉之下的谢烨,你怎么知道她宽恕了凶手?这听起来合情合理,其实经不起推敲:质疑者也不是谢烨,你怎么知道她不会宽恕顾城?说宽恕也好,说绝不宽恕也好,各自陈述理由即可,就像舒婷在文章中所做的那样;最莫名其妙的,是网上言论的戾气和霸道。

在文章结尾之前,舒婷有一问看来是被忽略了:"谁能真正还原黑子运动的轨迹,那个深渊的无限黑暗,那一脚踩下去的万念俱灰?"我觉得,谢烨也一定会喜欢《墓床》中的这两句:"人时已尽,人世很长 / 我在中间应当休息"。

在灵魂平静之后

我从不掩饰自己文学上的偏爱,常在课堂上说起诗。也因为与学生的生活经验相对接近,我会特别提到顾城、海子等诗人。在"自杀"已成大学校园敏感词的时代,谈论这些诗人变得愈发沉重。

海子广为流传的《面朝大海,春暖花开》曾入选人教版中学语文必修课教材,后来被移到选修课教材,再后来就销声匿迹。我大致可以猜到其中的缘由。我的很多大学同窗现在是各地中学的语文名师,他们不止一次地对我说,老师们在课堂上很难解答学生的疑问:海子既然如此热爱生活,怎么会走上不归之路?但是,好像没有人仔细探究,海子所热爱的究竟是怎样的一种生活,这种生活对于今天的我们有着怎样的意义。海子的好友、诗人西川说:"一个人选择死亡也便选择了别人对其死亡文本的误读。个人命运在一个人死后依然作用于他,这是一个值得我们深思的问题。"(《死亡后记》)

至于顾城的自缢与谢烨的死亡事件,引起的争议更大。人们会问:一位生活在童话世界里的童话诗人,怎么会变成"杀人凶手"?当诗人舒婷二〇一三年在回忆顾城谢烨的文章中提到"宽恕"时,更多的愤怒在积聚:一个被害者如何宽恕"谋杀者"?难道因为顾城是个诗人,他就享有被赦免权吗?然而,在这些质疑背后,我看到的是人们以自己的生活逻辑,去度量所有的人的习性;是拒绝以"了解之同情"的态度,去对待那些与己不同的人。这样的习性和态度,与文学的精神是背道而驰的。

文学的效用是帮助我们体验那些我们不曾体验过的人生,了解那些与我们截然不同的人的生活状态和心理活动,从而培育我们宽容、平和地对待和接纳他人的胸怀。当然这并不是说,我们要去认同文学世界里的任何一个人物或事件,而是说,世界是多元的不是单向的,是立体的不是平面的;如果一个人坚持他的与众不同,那么就需要尊重他人对与众不同的坚守。

这也正是我跟学生谈论顾城、海子的原因,说的是文学话题,我更关心的是如何建构健全、独立、不卑不亢的人格。我的学生可能一辈子都不写诗,也没有成为诗人的愿望;但是,面对这样的诗人和这样的写作,首要的和基本的态度是尊重。如果今天的人们如此推崇和看重自我选择,就应当去尊重他人对自我道路的选择——"尊重自我"所内含的,不是唯我独尊,唯我自大,恰恰是尊重他人,包括尊重那些你一辈子都不想成为的人。

作家王安忆在回忆顾城谢烨的文章中说:"……总之,他们想过了,做过了,安息下来。墓冢就像时间推挤起的块垒,终于也会有一天,平复于大地。谬误渐渐汇入精神的涧溪,或入大海,或入江河,或

打个旋儿,重回谬误,再出发,就也不是原先那一个了。"(《蝉蜕》)

我知道其实所有的争议都无法平复,安息亦是一种奢侈。后来者会不断提及他们,或赞美,或叹息,或批判,或鞭挞。这些并不重要,重要的是当我们谈论他人时,如何尽量摒弃自我中心意识中的局促与褊狭。

一九八六年十一月,顾城把自己的诗集《黑眼睛》送给一位好友,并在扉页上题字:"在灵魂安静之后 / 血液还要流过许多年代"。

在尘世获得幸福

海子的诗《面朝大海,春暖花开》广为传颂,大有进入经典之势;尤其是在春暖花开时节,面对花团锦簇,很多人的心中会默默响起这首诗的旋律:

> 从明天起,做一个幸福的人
> 喂马,劈柴,周游世界
> 从明天起,关心粮食和蔬菜
> 我有一所房子,面朝大海,春暖花开
>
> 从明天起,和每一个亲人通信
> 告诉他们我的幸福
> 那幸福的闪电告诉我的

我将告诉每一个人

给每一条河每一座山取一个温暖的名字
陌生人,我也为你祝福
愿你有一个灿烂的前程
愿你有情人终成眷属
愿你在尘世获得幸福
我只愿面朝大海,春暖花开

这首诗曾被选入教材,后又被删除。据说,教师很难回答学生的疑问:一位如此热爱生活的诗人,怎么会在两个月之后自杀呢?学生有这样的疑问很正常,而我觉得,首先,认为热爱生活的人不会自杀,这本是一种惯性思维,是"以己度人"。这种人人都有的思维惯性,很可能正是诗人和诗歌要破除的。教师此时正好可以引导学生,在文学文本面前要学会"敞开自己",避免用一己的"固有理解"和"先存之见"(伽达默尔语)去迫使文本就范,那样就丧失了阅读文学的意义。当然更重要的是,我们需要和学生一道去探讨,诗人所热爱的生活,究竟是一种什么样的生活。

曾有人质疑:"面朝大海",怎么可能看到"春暖花开"呢?这种质疑本身可能含有讽刺,但却质疑得很好:"面朝大海"确实不能看到"春暖花开",所以诗人写的不是现实情境,而是乌托邦,是桃花源。诗表达的不是对世俗生活的热爱,是对"幸福"生活的一种理想。这可以从诗反复说到的"从明天起"的"明天",以及结句的"我只愿面朝大海,春暖花开"的"只"字中感觉到。此外,"大海"这个看似寻常的意象在诗中所携带的文化寓意,也不应被忽视。写大海的现代诗,中国读者最熟悉的恐怕是普希金的《致大海》,这首诗也被选入人教版初中语文必修教材。某种意义上,自从普希金欣喜若狂地离开那座软禁了他两年的孤岛,饱含深情地写下这首诗,"大海"就成了"自由的元素"的象征;而他自己,也充满着成为拿破仑、拜伦那般的"自由的斗士"的激情:

> 再见吧,自由的元素!
> 这是你最后一次在我的眼前
> 滚动着蔚蓝色的波涛
> 和闪耀着骄傲的美色。
>
> ……
>
> 我多么爱你的回音,
> 爱你阴沉的声调,你悠远无尽的音响,
> 还有那黄昏时分的静寂,
> 和那反复无常的激情!

高尔基说:"我开始读普希金的诗,如同走进了一片树林的草地,到处盛开着鲜花,到处充溢着阳光。"这很容易让我们联想到阅读海子的《面朝大海,春暖花开》的感受。"面朝大海",同时也意味着面朝自由,伸开双臂去尽情拥抱那值得热爱的理想生活。

然而,不仅是学生依凭阅读直觉,也有一些评论家、学者仰仗对海子诗歌创作历程的勾画，认为这首诗的抒情重心是对世俗生活的热爱。一本出自某高校学者之手的解读海子的专著认为，这首诗反映了海子要从早期的对虚无缥缈的理想的追求，回到大地，去过普通人的生活。其理由是，诗中所写的"喂马，劈柴，周游世界""关心蔬菜和粮食""有一所房子"等，都指向的是普通人的日常生活。对此我只能说，海子的诗再次向我们这些世俗之人展示了它对生存的悖谬情境的洞穿，也让那些还保有些许纯真情怀的人意识到：不仅在海子那个时代，即使是今天，按照自我的意愿去过一种最简单的生活，是"幸福"的；这种"幸福"对绝大多数人来说，始终是一种理想，难以企及——我们真的如海子所愿，"和每一个亲人通信"了吗？

需要强调的是，海子笔下的乌托邦、桃花源并不是海市蜃楼，它存在于大地之上，只是被世俗之人的世俗之心遮蔽了。这让人想到海德格尔所评述的荷尔德林的著名诗句"人诗意地栖居"——多数时候，就像我们有口无心地念着"面朝大海，春暖花开"，我们也都只是不假思索地跟着传媒和众人说着这句话，从没有深究过它的真实含义。海德格尔是这样解释的：

> "人诗意地栖居"这个短语的确仅仅来自于一位诗人，并且在事实上来自一位不能应付生活的诗人。对现实生活视而不见，这是诗人所取的方式。诗人用梦想来代替行动。他们所制作的东西仅仅是想象出来的……人的栖居可以被认为是诗和诗意的吗？当然可以，但只有这种人才可以这样认为：他远离现实生活并且不想看到今天人的历史——社会生活（社会学家称之为集体）的存在状态。（《……"人诗意地栖

居"……》,成穷、余虹等译)

海子的这首诗确实可以看作对"人诗意地栖居"的形象化表述,但那不是人们望文生义所理解的风花雪月式的浪漫。海德格尔清楚阐释了荷尔德林这句诗的真谛:一是诗人是"对现实生活视而不见""用梦想来代替行动"的人,舍此则无所谓"诗人"。二是诗人是远离现实生活和集体存在状态的人。可悲且可怕的是,有多少此中的人,还在用惯常的思维和理解方式,"误读"诗人。诗人之孤独,并不是他想要的,却是他不得不面对的。

  一眼看上去,《面朝大海,春暖花开》给人印象最深的一个词是什么?"幸福"?"温暖"?我觉得是"温暖"。这不仅体现在"陌生人,我也为你祝福"这几句,也体现在之前的"给每一条河每一座山取一个温暖的名字"。诗人是用语言为万物命名的人,他在命名中与万物建立起亲密的联系。无名无姓的山川意味着被漠视,被遗忘,诗人希望能拥抱它们入怀,相互温暖。而在集体存在状态中不自知的我们,却依然习惯性地捂住各自身上坚硬的铠甲,抱怨这个社会的冷漠无情。即便如此,海子并没有对人的这种存在状态给予蔑视,正如我们在诗中读到的,他同样给予陌生人以祝福,祝福他们按照自己的意愿"在尘世获得幸福"。问题似乎仅仅在于,在尘世获得幸福的我们,能够对远离集体存在状态的人,给予同样的祝福吗?

  答案在风中飘。

雪中的海子

二〇一八年十二月三十日,武汉终于迎来了一场大雪。我没有看到这场雪。我和魏天真站在安徽怀宁县高河镇查湾村的风雪之中。这里的雪与武汉的雪是同一场雪,又像是另一种雪。

越野车在手机导航的指引下,从高河的乡道右转进入"美丽查湾海子故里",在目的地附近停下。拉开车门,风卷着雪裹挟着我们。我看到左前方一幢方方正正的两层建筑物中间的"海子纪念馆"字样,同时瞥见左后方的一尊塑像背对着我们。那会是海子吗?魏天真踏着积雪走过去,留下一串清晰的脚印。确实是海子的半身塑像,花岗岩质,基座四周一圈被雪覆盖的矮树丛。他戴着眼镜,笑得很灿烂。我在照片中从未见过有这种灿烂笑容的海子。他的脸庞,也一改我从照片中留下的瘦削的印象,显得圆润而饱满。他的胸前、肩头和长发的头顶已落满了雪,更多的雪花在风的扇动下,络绎不绝地从他的左后侧飞旋而过,基座上红色的"海子"二字似乎在翻飞的雪花中摇曳。塑像的背后是由四块青绿色的弧形墙体围成的诗墙,内侧墙面黑底黄字镌刻着海子的诗片断,分为"爱情篇""麦地篇""家园篇"和"经典篇"。这些诗都是我们熟悉的,有些诗我们在课堂上讲授过,比如《重建家园》。其中,从《四姐妹》中节选的诗的最后一句被堆积的雪掩埋,拨开去,是那句"不和鸟群一起来"。位于"经典篇"的第一首诗是《遥远的路程》的节选,写到的正是雪。完整的诗篇是这样的:

> 我的灯和酒坛上落满灰尘
> 而遥远的路程上却干干净净
> 我站在元月七日的大雪中,还是四年以前的我
> 我站在这里,落满了灰尘,四年多像一天,没有变动
> 大雪使屋子内部更暗,待到明日天晴
> 阳光下的大雪刺痛人的眼睛,这是雪地,使人羞愧
> 一双寂寞的黑眼睛多想大雪一直下到他内部
>
> 雪地上树是黑暗的,黑暗得像平常天空飞过的鸟群
> 那时候你是愉快的,忧伤的,混沌的
> 大雪今日为我而下,映照我的肮脏
> 我就是一把空空的铁锹
> 铁锹空得连灰尘也没有
> 大雪一直纷纷扬扬
> 远方就是这样的,就是我站立的地方

海子曾经目睹的元月七日的大雪，提前来到我们身边，就在我们驱车赶来他的故乡他的家园的时候。有那么一刹那我觉得，当年的他站在异乡的更大的雪之中，想到的或许就是故乡的雪，就像此时此刻的我们所看到的，在诗墙的背后，"雪地上的树是黑暗的，黑暗得像平常天空飞过的鸟群"。"诗和远方"今天已成为人们说到海子时的习语，仿佛它们是连体婴儿，生就对"眼前的苟且"不屑一顾。也罢。其实，他的"远方"何尝不是他遥远的故乡，珍藏在他诗歌的内部，那个雪落即融的柔软的方寸天地。那个"远方"，就是一个人走了极其遥远的路程，去了数不胜数的陌生的地方，最终那一刻才能返回的地方：那个果园就在身旁静静叫喊的地方，那个唯一一块埋人的地方。那把"空空的铁锹"，是我后来在他的故居门前看到的那一把刚刚铲过雪的铁锹，歪着头靠着墙角，好奇地打量着怎么也落不完的雪。

三百公里之外的我们，算是从"远方"来的吗？不过我们驱车走过的这最后一小时的路程，确实干干净净。似乎是风雪在引路，并允许我们把车辙和脚印，短暂地留在它身上。

诗墙后面是海子纪念馆，一楼大门的对联是："叶落秋高感大美不言出海子，花开春暖知泰初有声是天德"。已是中午时分，不知是不是过了上午的开馆时间，大门被 U 形锁锁住。透过玻璃，看见馆内正中央是海子仰面躺在大地上的那张黑白照片，两侧的展示板上，粘贴着用泡沫雕塑的他诗中的常用词语：大地、雨水、麦子、太阳、月亮、村庄⋯⋯这些白色的词语，此时如同雪地一样恬静。

纪念馆右侧，隔一条路是海子故居，匾下有"最美农家"的标识，大门还贴着去年的春联，门廊上方有两个宫灯造型。门前铲过雪，浅灰的水泥地面又被一层薄雪覆盖。那把铁锹斜倚墙角，容纳了些许飞进来蜷缩在它身上的雪花。"大雪使屋子内部更暗",好像没有人,推也推不开。尝试了几次,发现门是左右梭动的。问了声:"有人吗?"堂屋右侧小屋内传出一位老人的声音:"谁呀?"我对魏天真说,一定是海子的母亲。进了堂屋,拉开右侧小屋的纱门,一位老人坐在屋内,拿着一本书。是海子的母亲。我们做了简单的自我介绍。老人家头戴紫色的有帽檐的绒帽,系着绿色围巾,身穿大红棉袄,坐在一个可以电加热的木制方形烘笼上,双腿放在笼内,腿上盖着有些褪色的红色毛毯。她关切地问我们吃饭了没有,要不要在这里吃,并告诉我们,管纪念馆的人出去开会了,今天可能看不了了。趁着魏天真和老人家聊天,我回到堂屋。堂屋正前方墙壁上挂着钟鸣天题写的"海子故居"四字,右侧是二〇一七年八月去世的海子父亲查正全的遗像。正中间有篇关于故居的前言,其中说到,怀宁县自东晋义熙年间建县以来就有"诗歌之邦"的美誉,东汉时期的《孔雀东南飞》乃千古绝唱;明末清初兴起的徽剧以及后来的黄梅戏,也是诗歌艺术的变异。近现代笔耕不辍且享誉诗坛的人物依然不在少数,有"麦地诗人"之称、"诗歌英雄"之谓的海子是其中最杰出的代表人物之一。前言两侧是海子的照片和大学毕业照。前言下摆放着一张案桌,案桌上有两个花瓶,一个小店的营业执照,一尊毛主席的半身瓷器像,一个"法律明白人户"的光荣牌匾。案桌前有一张方桌和两把椅子。堂屋两侧墙壁上挂着海子生平介绍和他的生活照,评论家、诗人等的诗评摘选。左侧墙边的小桌上,摆放着《2019年中国新诗日历》和《青年诗歌年鉴(2017年卷)》。

堂屋左侧另一间房是海子书屋,也是海子故居档案室,我没有进去,回到了老人家身边。魏天真正说到她曾在很多视频中看到过老

人家,包括今年六月在桂林的朗诵,那次活动德国汉学家顾彬也参加了。我记得老人家当时朗诵的是《月光》:

> 今夜美丽的月光　你看多好!
> 照着月光
> 饮水和盐的马
> 和声音
>
> 今夜美丽的月光　你看多美丽
> 羊群中　生命和死亡宁静的声音
> 我在倾听!
>
> 这是一支大地和水的歌谣,月光!
>
> 不要说你是灯中之灯　月光!
>
> 不要说心中有一个地方
> 那是我一直不敢梦见的地方
> 不要问　桃子对桃花的珍藏
> 不要问　打麦大地　处女　桂花和村镇
> 今夜美丽的月光　你看多好!
>
> 不要说死亡的烛光何须倾倒
> 生命依然生长在忧愁的河水上

月光照着月光　　月光普照
今夜美丽的月光合在一起流淌

视频中老人家的声音平静、平缓。她用安庆口音读出的"月光"二字,"月"字短促如入声,"光"字响亮而延宕,比之普通话有种说不出的味道。今夜的查湾会有月光吗?会和雪花一起流淌,在他的塑像上,在他的诗句上,在他故居的屋顶,在他仰面躺下的地方?

老人家为自己优秀的儿子而骄傲。她告诉我们,明年三月海子去世三十周年的忌日,将有很大的活动,西川要来。魏天真好奇地问她读的是什么书,老人家阖上书,是《地藏菩萨本愿经》。

手机导航上无法查询海子墓,我们向老人家打听。她向我们指示了大致的方向,说要开车过去,走路不行。老人家的方言听不太懂,后来听明白是在查氏祠堂附近。我在手机上查到"查氏祠堂公交站",请老人家确认后便告辞离开。我们开车往来的路上走,见一处路口立着"查氏祠堂"的石碑,便停车步行。"大雪一直纷纷扬扬",道路一片雪白。小路的两旁只有一两户人家,不知道祠堂在哪里,我们不时地走向小路两旁的原野寻觅一切形似物,再回到路上。顺着无人踏过的积雪往前走了数百米,在左侧看见两块半圆形的赭红色的高大墙壁,应该是这里。从两侧墙壁中间走过去,是海子墓的背面。两侧墙壁上黑底白字镌刻着诗评家、学者、诗人对海子其人其诗的评价。墓的正面立着"海子墓"的石碑,碑前有几束落满了雪的绢花,两侧各有一株火炬状的柏树,白雪点缀其上。墓前摆放着酒瓶、花篮等,墓的两侧壁龛中,左下侧镶嵌着海子肖像的瓷像,右下侧镶嵌着两块玛尼石。墓上长满了茅草,插着几枝绢花。

我们没有带祭奠的东西来。我们不是来祭奠的,在这样一个不曾料到的雪花纷飞的时节。我们两手空空,就这样在风雪之中站着。风在刮,雪还在下,越来越大。我没作声,只听见魏天真说了一句话:一个和我们年龄差不多的人,躺在这里。

海子墓对着旷野,对着无穷的远方。白雪覆盖下,一条笔直的小路伸向旷野的深处,两旁是枯黄的茅草,几株零落的松树正在兀自成长。我们在没有痕迹的雪上走着,听闻着远处人家传来的狗吠,想起我曾让学生解读的海子的《黑夜献诗》中的几句:

> 你从远方来,我到远方去
> 遥远的路程经过这里
> 天空一无所有
> 为何给我安慰

此时天空有雪,那有着虚无色彩的精灵,落在这里,也飘向那里。

今天开什么花

于我,有的诗一碰之后不能再碰。再碰即罪过,被诅咒。我说的是诗人张执浩的这首《今天开白花 —— 给易羊》:

红花开过了,今天开白花

茉莉,地米

玉兰的表情像你在哭

晚些时候

我会从地下室升上楼顶

长江穿过桥孔

没有人在意那些随心所欲的

漂浮物

半边月亮,越数越迷茫的星星

> 你已不要人间
> 我亦不堪烟火 （2009）

我读到的"今天"永远是今天,不会是昨天,也没有明天。我读到的花只可能是"白花",昨天是,今天是,明天亦是。我读到的茉莉、地米、玉兰只能是茉莉、地米、玉兰,不可能是隐喻、象征、拟人。它们在诗中,由不得你不吐字轻柔。

如果说诗是秘密,它不是用来分享的;诗如果真的是秘密,唯一的原因是,它把回响限制在了它的内部。

但诗又不仅仅是秘密,因为某一天,它必须说出来,并且要指着那个人说,但不期望有回音;它必须被人读出来,但要背着那个人读。所有这些回音在诗中扩散,再被悉数收回,仿佛花朵在四季轮回中并无盛开与闭合。

你若知道这首诗触及死亡,那么,死亡早已不是什么秘密;活着的人给死去的人写诗也不是;大白天围观跳桥的女人不去劝说、拉扯也不是;一个人趁着夜幕从桥上飞身一跃也不是;一个人迟早要死而她就那么决绝、悄然地预支了死亡也不是……

甚至活着也不是秘密。从前诗人觉得活着是耻辱,后来是死皮赖脸,后来是怒火中烧,后来是妥协与和解,后来他决定在虚妄的写作中虚度这本该虚度的一生,以纪念那些可以虚度却失去了虚度机会的人。

所以诗人,你必得从地下室"升上"楼顶。你所远眺和俯瞰的与她当初所见并无不同:长江穿过桥孔,自西北向东南流逝。已经有许多漂浮物漂过,还有许多在继续漂。你不可能在语言里把它们的动荡摁下去,就像你曾经在故乡的池塘摁下一朵水花,其实是为了另一朵水花的升起。

我遇到过诗中所写的易羊,和她一起在张执浩那里吃饭。她毕业于张执浩妻子所在的音乐学院,是一所学校的音乐教师。我猜测她和我同龄,因为她的名字里有个属相。她瘦削,脸色苍白,说话轻声细语,这些在她那个年龄并无特别之处。

只是一次偶然的相遇,就像已经和将要有很多的偶然在晚饭时发生,在夜色中结束。

"她得了绝症。"诗人趁无人的时候低声耳语道,伴随着一声叹息。我和妻子惊讶不已,就像是另一个偶然。

她安静地坐在那里,吃得很少。这并不奇怪。

不能对偶然有所期许,这是偶然自己决定的,即使她还挣扎于世;但绝不能取消偶然,这是诗歌自己决定的,并郑重地交付给写诗的那个人。

现在,诗给了你想象中的情景,但阻止你继续想象下去:茉莉、地米、玉兰的表情就是被泪水打湿的手帕的表情;或者不是,只是无辜。

"晚些时候",一首诗以纪念的方式告知了你所不知道的事情。一个消失了的日期出现在结尾,在一个人消失之后。

"晚些时候",绝望还是会重复出现:长江继续穿过桥孔,它无处可去;漂浮物还会漂,在桥墩处可能会有一个盘旋;写诗的人继续回到地下室,指望语言在四面坚固的水泥中发芽:

你已不要人间

我亦不堪烟火

辑二 日常的诗意与爱

余秀华的左手

风暴渐渐平静的时候,是平静地认识一个人的最好时机:风暴中心的人已出离漩涡,而制造风暴的人已去往另一片海域。

我说的是余秀华。

曾有很著名的诗人说,谁说余秀华的诗好,谁就是他的敌人。这不像是诗人说的话;潜伏在"敌人"用词里的"斗争哲学"对诗歌的伤害,看来并没有随着斗争时代的终止而结束。如果让我违心使用这样的词,我会觉得,当前诗歌最大的敌人,正是那些与人为恶、与世界为对手,而不是与人为善、与世界为伴侣的人。

在余秀华两本热销的诗集中,位于第一首的都是《我爱你》。她的诗,可以用《我爱你》中的四个字来概括:"人间情事"。而作为生活中的普通人,也作为诗人,她对此的基本态度是三个字:"我爱你"。这些"人间情事"出现在诗里并被诗所唤醒;在现实中,它们"恍惚如突然飞过的麻雀儿",是惊恐不安的。在诗里,在想象的世界里,春天的每一样事物都如此美好,春天的意味对于你和我是一样的;但在现实世界里,在她的眼里,你与我的区别就是稻子与稗子的区别。对农人来讲,它们的区别是如此显赫——稗子长着一副稻子的模样简直就是它的莫大罪过。一棵必将被刈除的稗子对稻子的依恋,并且能够长久下去,这就是诗人对这个美好春天的最大梦想;这个梦想对她自己而言,也不啻于一种罪过。

余秀华的诗,基本上是从这样一种视野出发的。这是她非常独特的地方。

《我爱你》是首爱情诗。余秀华的诗中,爱情诗占了很大的篇幅和分量,也引发了很多的关注。我并不想说这是因为余秀华是女性,女性诗人比男性诗人更喜欢书写爱情;也不认为她对爱情诗的钟爱,映射着她现实生活中爱情的缺席。后一种可以不断复制的关于诗是诗人"心理代偿"的分析模式,只能解释诗的发生,并不能说明诗在发生之后的分蘖、抽穗和灌浆。我更倾向于把它们看作她所书写的"人间情事"中非常自然、也是非常重要的一部分。余秀华的爱情诗,体现的是诗人对人间的爱,对现实的爱。诗人如此热衷于书写爱情,是因为她明白,作为肉体的人,我们都只能是短暂的、残缺的——这是稗子和稻子拥有的唯一相同的地方。而诗人与其他人的不同仅仅在于,她懂得"在白色的纸张上,人们能达到更高层次的抒情,远胜过在卧室的床单上"(布罗茨基《第二自我》,刘文飞译)。所以,类似《穿过大半个中国去睡你》这样的诗,它们是、也只能是"白色的纸张上"的一种"更高层次的抒情"。试图把诗与现实中的人或事对应起来的读者,是只有靠猎奇才能捱过庸常生活的人;他们爱的不是诗,是他们自己。

二〇一五年五月,湖北省作协为余秀华举办诗歌研讨会。研讨会结束,我请余秀华为她的两本诗集签名。她用右手按住左手,再用左手握着笔吃力地写着,我帮她按住诗集以免移动。那一刻,我想到了《我爱你》中的诗句:"这些美好的事物仿佛把我往春天的路上带／所以我一次次按住内心的雪／它们过于洁白过于接近春天。"对于"按住",我似乎多了一点理解;也似乎明白了,为什么她把自己的第一本诗集,取名叫"月光落在左手上"。

我如果爱你……

这篇短文将把余秀华的诗《我爱你》和舒婷的名篇《致橡树》做个简单对比。理由是：它们都是爱情诗，都是女性诗人所写。最重要的是，两首诗的核心意象都是成对出现的，也都被用来指涉男女两性。

《我爱你》中的一对核心意象，是比肩而立、彼此相望、渴望相爱而只能拥有"白色的纸张上"的爱的稗子与稻子：

> 如果给你寄一本书，我不会寄给你诗歌
> 我要给你一本关于植物，关于庄稼的
> 告诉你稻子和稗子的区别
>
> 告诉你一棵稗子提心吊胆的
> 春天

关于这一对意象,余秀华曾在诗歌研讨会上解释说:"我是稗子,你们是稻子,我不管怎么努力,最后还是一个身体残缺、不能和你们平起平坐的人,这就是现实生活。""提心吊胆"构成这首诗 —— 也是她的爱情诗 —— 的情感基调;也将充满"美好的事物"的春天,定格在惶恐不安上:是"过于洁白"的春天让"我"萌生了与之相适宜的美好情感;但也正因为如此,这份美好的情感反倒让"巴巴地活着"的"我",内心生出雪的寒意。对稗子来讲,爱是一种罪过,只能加速它的灭亡;它的罪过在于,它太像稻子而不是稻子。

《致橡树》中,有两棵作为理想的、近乎完美的男女爱情象征的树:比肩而立、彼此抚摸与倾诉的橡树与木棉树。文学史通常把这首诗看作是新时期诗歌中女性意识觉醒的标志,它也被认为是一篇关于"伟大的爱情"的宣言。不过在我看来,即使这首诗真的传达了"女性意识的觉醒",也恰好证明了这个社会男权中心意识的根深蒂固;它暴露出舒婷是一位深受中国传统文化,也就是男权中心文化浸染的诗人:没有什么比把男女两性"自然而然"地定位在伟岸挺拔的橡树和柔情万种的木棉上,更能说明这一点 —— 我们每个人头脑中"自然而然"的想法,都是特定文化长久熏陶的结果。就像这个世界不会有无缘无故的爱,也不存在"自然而然"的观念。

我并不想说余秀华的诗是对舒婷诗的某种替代,因为正像《致橡树》中呼吁的,每个人都应该立足于自己的那一片"坚实的土地",每位诗人也都是从这里出发,去观察和体验现实人生。但是,在如此相似的诗歌结构中所出现的这两对意象,存在着不容忽视的差异:"相触在云里"的橡树与木棉,在一位年轻的新秀手中,降低或矮化为稻子与稗子;两性之间的误解依然存在,但发自女性的激烈的、声震云霄的呐喊,让位于另一位女性的"提心吊胆",一种惶恐不安的低声细语。即使是在舒婷后来出于"纠正"目的而写的《神女峰》中,我们听到的仍然是大胆号召、积极鼓励的声调,这种声调在余秀华的诗里已销声匿迹。

我欣赏舒婷诗里只有那个特定年代才有的理想主义精神,以及对看似不可能实现的理想的坚忍追求。同样,如果我觉得余秀华的诗更为贴近大地,那是因为今天的现实已不是昨日的现实,今天的诗歌似乎也不再有昨天的豪迈、激昂、斩钉截铁、不容置疑,更多的是惶恐——是稗子对稻子的守护者们以不言自明的"正当理由"轻易除掉它们的惶恐。换言之,只要对"异己"的杀伐不停止,惶恐就不会有消逝之日。

多年来围绕当代诗歌展开的种种言说,仿佛只是证明了这样一件事:诗歌并没有自诩为真理,却在事后一再被证实为真理,包括舒婷诗中"伟大的爱情"的理想仍然会在现实中灰飞烟灭;也包括,面对余秀华的诗,以毋庸置疑的"正当理由"必置之于死地的那些聒噪。

挺拔之树与娇艳之花

舒婷的《致橡树》一直被当作新时期诗歌女性意识觉醒的一个标志,也是一篇关于"伟大的爱情"的宣言。人们普遍认为,它的女性意识主要体现在两个方面:一是女性是独立的而非依附的;二是女性的意愿应当得到倾听,必须获得尊重。的确,我们可以体会到诗中"我"的形象的坚毅、果敢,这种坚毅、果敢并非来自外表的强悍或"伟岸",而是来自柔弱身躯内的信念的坚贞和决绝;正是这种外在形象与内心意志的反差,震撼着读者头脑里那些看似坚硬却又不堪一击的成规与习见。人们常说,爱到深处情更深。如何去"爱","情"归何处,这些看似了然却未被认真省察的问题,在诗人这里撩开了面纱。

《致橡树》中的女性抒情者毫不压抑自己的声音,她的声音也不是从前的女性主人公的自语或自慰式的语调,而是一种公开的告白。抒情者所期待的听众是所有的人;"我"的声音不仅指向"你",也指向那些陷入情感泥沼而不自知的男与女。同时,由于抒情主体是"我","你"——男性——处于被审视、被诘问的境遇中;读者可以很清楚地了解"我"的感受和想法,却无从知道"你"的信息。读者对"你"的"知情权"(了解"你"的情感与情绪的权利)是被剥夺了的。这种"剥夺"在抒情主体那里可能是无意识的,也受限于诗歌文体形式,但无疑是由于"我"的主体意识空前凸显以致遮蔽其他的结果。或者说,当抒情主体把同样是、本来是丰富的、充满差异的个体男性,归拢成一个"你"进行质疑、抗辩的时候,"你"对"我"的所欲所求似乎是众人皆知、无须多言的,由此导致了文本中"你"的形象的单一性:

> 你有你的铜枝铁干
> 像刀,像剑,
> 也像戟;
> 我有我红硕的花朵,
> 像沉重的叹息,
> 又像英勇的火炬。

"铜枝铁干"下的三个喻体,即刀、剑和戟,不仅是对"铜枝铁干"的具象化描绘,而且都是在一个层面上铺开,强化甚至固化着男性的阳刚与英武。与此形成反差的是,"红硕的花朵"下的"沉重的叹息"与"英勇的火炬"两个喻体,不仅使用了通感这一特殊的、高级的比喻,赋予静止的花朵以蓬勃燃烧的生机;而且,"红硕的花朵"虽也象征着女性的阴柔与天生丽质,但她同时被给予了与男性对等的"英勇"与威猛。诗中的"我"确实是一个"特殊"的女性形象,她不仅要求获得与男性同样的独立地位和生存空间,而且因兼具"男性气质"而优于男性:比"铜枝铁干"温暖,比"刀""剑""戟"美丽。

但问题也正出在这里。"我"可能没有意识到,当男性被比作"伟岸"的"橡树",而"我"又以"红硕"的"木棉花"自比时,建构在这两个核心意象之上的整首诗,对男女性别差异的认识及其要传达的意旨,已经与现代女性意识扞格了。也就是说,诗人的本意是借助"我"的宣言,抹去两性之间既已存在而不应当存在的不平等,恢复女性长期被贬抑的地位;但是,挺拔之树与娇艳之花的比喻,无意间却反射出两性不平等的既成事实已被认可,并积淀在女性的意识深处。这一方面印证了"女性是被塑造而成"的女性主义观点,另一方面,"被塑造而成"的女性如果对此毫无察觉,并不予以反思,当她以"差异"为名要求平等、自主时,两性之间新的不平等也在孳生,而且是以牺牲或贬抑男性形象来完成的,正如从前男性对女性所做的那样。

追问诗人为什么不能让"我"和"你"化身为两棵同样的树——"我"为什么就不能是"伟岸"的橡树,或者,"我"和"你"为什么不能同时是橡树或木棉树——也许是荒唐可笑的。但是,当诗人让"我"自然而然地以"木棉树"自居,而把男性"顺手"定格在"橡树"上,我们和诗人都没有觉察,我们共同为之欢呼与赞颂的女性意识的觉醒,依然被成规所拘牵,被偏见所笼罩。就此而言,诗中所要传达的女性意识,依然而且需要"依附"男性意识而存在,女性依然无法摆脱附庸于男性的地位。这种相互纠结、难以厘清的女性意识,使得诗歌文本成为宣泄女性不平之气的通道;文体形式上的庄重、严肃,因为所指对象的虚化而被削弱。

附录：

致橡树

舒 婷

我如果爱你 ——
绝不像攀援的凌霄花，
借你的高枝炫耀自己；
我如果爱你 ——
绝不学痴情的鸟儿，
为绿荫重复单调的歌曲；
也不止像泉源，
常年送来清凉的慰藉；
也不止像险峰
增加你的高度，衬托你的威仪。
甚至日光。
甚至春雨。
不，这些都还不够！
我必须是你近旁的一株木棉，
做为树的形象和你站在一起。
根，紧握在地下，
叶，相触在云里。
每一阵风过，
我们都互相致意，

但没有人

听懂我们的言语。

你有你的铜枝铁干,

像刀,像剑,

也像戟;

我有我的红硕花朵,

像沉重的叹息,

又像英勇的火炬。

我们分担寒潮、风雷、霹雳;

我们共享雾霭、流岚、虹霓。

仿佛永远分离,

却又终身相依。

这才是伟大的爱情,

坚贞就在这里:

爱——

不仅爱你伟岸的身躯,

也爱你坚持的位置,

足下的土地。

唯有爱不能遗弃

作为小说家、散文家的池莉的《池莉诗集·69》，不是用来证明她也是一位诗人 —— 诗人无须证明；总是想方设法证明自己是"诗人"的人，离诗歌还很远 —— 也不是让众人用以验证并顺便感叹"生活不止是眼前的苟且，还有诗和远方"。异口同声中既不会有诗，也不会有远方；或者说，异口同声是生活中最大的"苟且"。池莉接受采访时，曾把我们这个时代迅疾蔓延的套话、行话斥之为她的流行病专业中的"鼠疫霍乱"，也就是语言中丛生的毒瘤。它们正是诗人要抵抗和瓦解的；也正是势不可当的它们，一再让诗歌陷入"苟且"的泥潭。"事实上，正因为现实生活如此严峻焦躁干涩，我们才需要把每时每刻都过出诗意来，不在远方，就在眼前，就在手里。没有自我，你已经死去。没有文学，社会肯定干涸。不管怎么翻天覆地，规则总是规则，真理总是真理。"池莉如是说。

何以为诗人？我想，首先要有对生活的持久热情。唯有持久才会产生热爱，唯有热爱才会有倾诉的欲望。短暂的燃烧的激情并不可靠。其次是对语言的信任和依赖，基于对语言可以让最个人的隐秘而纷乱的情感"窖藏"的信心。诗本质上是一个人的吟唱，在他/她不得不吟唱之时。至于何者为诗，何者为分行的文字，自有新诗以来就争议不断。许多的争议出于，人们总想以自己认可的关于诗的理念，来迫使他人"就范"。这些人极少意识到，诗与理念有关，但并不是理念本身；有关诗的理念不可能是永恒不变的。此外，并不是所有的写作者都是为"诗的理想"而写作，或者说，为了在经典里占据一席之地而写作——后者是令人生疑的——还存在着为"生活的理想"而写作的诗人。而所谓诗的方式与非诗的方式的区别，在我看来，主要有以下几点：一是借用黑格尔的说法，文字是否诉诸精神活动，所用材料是否为"内心观照"提供动力；二是是否采用"意象思维"方式；三是是否具备一定的韵律；四是是否具有言语多义的特征（参阅拙作《新诗标准：在创作与阐释之间》）。

诗人剑男认为，池莉"小说的语言冷静客观，呈现的是底层老百姓普通而卑微的生活；诗歌则与小说刚好相反，语言细腻急骤，表现的是热烈浓郁的个人情感"，认为"小说和诗歌就像她的左右手，一只手按住生活，一只手抚着自己的内心"（《像盐一样平凡，像盐一样珍贵——评〈池莉诗集·69〉》）。评论家刘波坦承，初读池莉的诗歌感觉"总是怪怪的"，而细读之后的感受是，"池莉的多数诗歌都持守这样一种风格，起始总有些咄咄逼人，在创造渐次展开与深入后，最终都是春风化雨，言辞柔中带刚，刚柔相济，切入与命运的对话中"（《如何穿透生活来安放自我——关于池莉的诗歌写作》）。而我觉得,池莉诗歌有一个温暖的核心,恰是这种温暖使她历经劫难却对诗不离不弃,那就是爱:去爱那爱的本身,去爱那成为爱的一切,而不需要条分缕析的理由:

> 大约总是这样
> 爱只能负责"爱"这个字
> 不能负责爱的能力
> 也不能负责另外一个字:相爱
>
> 是不是所有的世界大战
> 最深层次的心理原因
> 都微小得
> 难以启齿
> 都像我一样　（《爱与诗句》）
>
> 在这片杂草丛生的大地上
> 我的狙击手
> 无论你披挂多少伪装
> 你都更像庄稼
>
> 但,我决定没有发现这一点
> 我还决定
> 一如既往　采摘
> 无中生有的蘑菇

> 开枪吧　当然
> 狙击手当然会不失时机开枪
> 而我所躺之处　血流成河
> 荒原应声变成沃土　（《荒原与沃土》）

池莉的诗，全无现代诗歌里常见的神秘主义的色彩与气息，她的体验是个人的，表述也是清晰的。当我们要表述爱的时候，很难不被陈词滥调所裹挟：爱的悲伤，爱的忏悔，爱的宽容，爱的无怨无悔，爱的丧心病狂……诗每每在这里遭遇生活与诗意的双重"狙击"：你的爱的体验是刻骨铭心、独一无二的，但你传达爱的体验的文字是日常的、公用的；你的爱无与伦比，但你不得不使用的言辞，会与平庸的爱勾肩搭背、眉来眼去。所有以语言为"存在之家"的人，都会感到日常语言被污染，在堕落，它们已难以言传人类的最精细、最微妙的情感，最终像乔治·斯坦纳所言，导致的是语言所对应的现实——感觉也是现实——的急剧减少。我愿意从这个角度去理解池莉《洁癖》一诗所蕴含的意图：唯有不间断的"清洗"之后，才能"指望一个干干净净的真实/降临"。但是看起来，池莉采取的策略是，把那些很难说清楚的感觉说出来，直到它们变得似乎"清晰"。于是，言辞被鼓动，开始像藤蔓一样无畏地攀缘。而最好的写作状态，根据许多有经验的诗人的描述，是一种混沌莫辨的情状；或者，按照已有的共识，诗起始于感觉，而非清晰的理念，也不是为一种理念去寻找"诗意的表达"。美国诗人华莱士·史蒂文斯认为，从"我想要什么样的诗"的意义上讲，诗本身有无意识的一面，虽然在写诗之前你并不知道你想要的诗是什么样子的，或者即便在写出之前你知道。某种程度上，"诗人的创作就是机械的;也即是,诗是非理性的,是他无力去改变的"(《诗歌中的非理性因素》,李海英译)。这里的无意识或非理性说的是诗歌所促发的现实与诗人的感受力之间的交互活动;诗是这种交互活动的生动呈现,而不是将某种理念贯穿到底。

池莉在诗集后记中叙说了她的诗歌写作"大事记",以此表明诗之于她的非同小可的意义。这里有对生活、对与生活相伴相生的诗意的经久不息的热爱,不妨说,也有对写诗这种古老活动的一份神圣感。最令人感慨的,是后记的结尾:"诗集一旦出版,恐惧不治而愈。有生之年,不再屈服于羞辱,不再过度害怕他人,不再总是更多地感知生存的可憎。"当池莉感叹"平和降临,终于",事实上也就验证了史蒂文斯的断言:"一个人写诗是出于置身于和谐与秩序的愉悦。"(《诗歌中的非理性因素》)

日常,或者艺术

> 一只蘑菇与一只木耳共一个浴盆
> 两个干货飘在水面上
> 相互瞧不起对方
> 这样黑,这样干瘪
> 就这样对峙了一夜
> 天亮后,两个胖子挤在水里
> 蘑菇说:"酱紫,酱紫……"
> 木耳听见了,但木耳不回答
> 蘑菇与木耳都想回神农架

二〇一五年十月,403国际艺术中心,湖北经视《悦读》栏目录制现场,主持人挑出诗人张执浩的这首《蘑菇说木耳听》,好奇地问:

诗可以"酱紫"写吗?他的潜台词是:诗可以写得这么日常吗?对诗歌读者来说,这不会成为一个问题;对偶尔接触当下诗歌的读者而言,这样的诗确实会给他们带来困惑。困惑是因为,诗长久以来被视为"高大上"的艺术,与普通读者的日常生活没有太大关系;或者说,是他们日常之外的"奢侈品",闲暇时光的"古玩品"。诗之所以给人们留下如此印象,多半是因为他们受古诗的影响太深。尽管古诗中用口语写日常生活者并不罕见,比如"床前明月光,疑是地上霜",但由于它们已成经典,历代不断累积的阐释,使其中的人间烟火味被稀释殆尽。

没有永恒不变的日常生活,也没有永恒不变的诗歌写作。有人把张执浩称为"中国诗坛最正常的诗人",看起来是个出人意料又不同寻常的判断;但这判断其实不是针对他写了什么,怎么写——写日常生活者无以计数,每位诗人也都有自己的处理方式;不同的日常生活与不同的处理方式之间,很难分出个高低,何况读诗者的趣味各个不同——而是指他的诗给人留下的平和、温情、饱满的印象,能打动人,可抚慰人心。一般意义上说,诗作为对现实变化最敏感的文体,作为诗人心灵的发声器,不可能不立足于他每时每刻的日常生活,哪怕他写的是历史。诗是日常的,意味着每个人的日常都容纳了已经和可能发生的一切:是"现实"的,也是"魔幻"的;是"宏大"的,也是"琐碎"的;是"个人"的,其实也是"集体"的。当然,我无意否认,当"日常生活"开始大面积出现在二十世纪九十年代的诗歌文本中,并成为写作风尚的时候,诗人们想抵御的是与意识形态形影不离的"宏大叙事"。但这些诗人可能没有意识到,所谓"宏大叙事"也是他们想要和正在抵御的另一个时代的人的日常生活:郭小川、贺敬之,包括郭沫若的诗,是不是他们日常生活的写照呢？如今,风水轮流转,日常生活几乎成了诗的另一种牛气冲天的"宏大叙事",成为诗歌文本"政治正确"的体现:私人的、无厘头式的、梦呓式的所谓日常,并没有弥合而是加剧着现时代人与人的失联状态。如果我们设身处地为这些诗人着想,甘愿承认这样的诗恰好以这样的方式揭示了这种状态,也仍然会觉得他们缺少一双眼睛,一双渴望互不相识的人们拥抱在一起的眼睛。并没有谁禁止诗歌去展示或渲染生存的残酷,然而,与其他艺术一样,其目的是提醒自我和他人尽可能减少这世上的残酷,而不是以残酷取乐,以残酷博名。不少书写日常生活的诗是冰冷的,它们没有遏制而是顺应着如下现实:温情正一点一滴地从我们的日常生活中蒸发,并让其中的每个人变得更加冰冷。

张执浩的诗是有温度的诗,那种散发在字里行间的人性的温度,那种内心的热爱,那种对日常生活的美好、良善的默默注视和体察。我相信读者完全明白诗中的蘑菇和木耳写的其实就是你和我。你和我共有一片天地,一座家园,一处山林,却往往莫名所以地"相互瞧不起对方",哪怕你我拥有完全一样的命运:被采摘,被贩卖,被浸泡,等待变成他人嘴中的佳肴。这是诗人眼中的日常生活,但不是他想要的诗中的日常生活;换个说法,诗不可能是对他眼中日常生活的"如实"描摹,是他对其"应当"如何的一种期许。他把这种期许赋予了文字,让文字有了光泽,并让这光泽辉映了日常生活,让它散发出柔和的光芒:此时,蘑菇以它习惯的方式说话,木耳在倾听;在后者的默然中,蘑菇感受到了与它共通的某种情感,并以默然回应。

艺术,包括诗歌在内,是对日常生活"应当"如何的期许。凡高在写给弟弟提奥的信中说:"当我画一个太阳,我希望人们感觉它在以惊人的速度旋转,正在发出骇人的光热巨浪。""当我画一棵苹果树,我希望人们能感到苹果里面的果汁正把苹果皮撑开,果核中的种子正在为结出果实奋进。"他自述画笔下的麦田时说:"我现在完全被衬着群山的广大无边的麦田吸引了。平原辽阔如海洋,美妙的黄色,美妙的、温柔的绿色,一小片犁过与播下种子的土地的美妙的紫色——这片土地被开了花的土豆画上了绿色的格子;在这一切的上面,是带着美妙的蓝色、白色、粉红色、紫色调子的天空。"(《亲爱的提奥:凡高自传》,平野译)凡高精彩绝伦的创作当然来自他的日常生活,来自他对自己乱七八糟的日常生活的所见所感所思;但没有一位艺术家会让他的创作"停留"于日常。当凡高指着画幅对我们说:"瞧!这就是我的日常生活,我全部的日常生活!"我们已被他强大的心灵漩涡、情感风暴吸摄进去,而感动于艺术家在度日如年、孤独无助的日子里的"美妙的、温柔的"平静。"如果生活中不再有某种无限的、深刻的、真实的东西,我不再眷恋人间……"凡高如是说。而"无限的、深刻的、真实的东西"正被当今的所谓艺术家、诗人所抛弃。不,应该说,他们本身无力拥有这些东西。这些东西不属于他们是因为他们对日常生活无动于衷;他们的心失去温度;他们的孤寂只是一种吃喝,而不是为了与这个世界上更多的孤寂的人,默然相对。土耳其作家帕慕克在诺贝尔文学奖获奖演说中,细说了面对父亲留给他的手提箱的矛盾、困惑、彷徨,也述说了文字建造的"纸上风景"带给他的无以言表的快乐和幸福。他说:"一切真正的文学作品都来自这种幼稚的、满怀希望的信念:所有的人都是相似的。"基于人与人的相似,作家召唤着读者,读者找到了知音,各自不再觉得自己是这世界上最孤独、最不幸的人;文学对人心的抚慰是它永不衰竭的力量,是这力量鼓励着我们继续在艰难、在贫困中跋涉。作为小说家的帕慕克这样看待他的身份和工作:"小说家也许看上去整日都在游戏人生,但他其实怀有最深的信心,自信比任何人都更为严肃地看待人生。""严肃"并不是指作家板着面孔,自以为不同凡响,而是基于他对人生,对日常生活——对帕慕克来说,就是伊斯坦布尔的街道、桥梁、人民、狗、房屋、清真寺、喷泉、怪异的英雄、商店、著名的人物、黑暗的地点、白昼和黑夜所构成的真实的世界——怀有的"最深的信心",也就是帕慕克在他的未能如愿以偿地成为文学家,却倾心于文学的父亲身上感受到的:"他热爱生活及其中所有美好的东西"。(以上引文见《父亲的手提箱》,邓中良、缪辉霞译)

  诗人张执浩说,诗歌不是写出来的,而是"活出来的",如同杯子里的水满溢出来。我喜欢这个比喻。我觉得更多的写作者是在往杯子里加水,并美其名曰"充实"——一位写作者若要靠文学来充实人生,那他的文字又靠什么来获得丰沛的力量呢?文字不是你手里的拐杖,"支撑"着你走下去——你踉跄时,文字是晃动的;你扑倒时,文字被尘灰呛到;你攀岩时,文字是你手抓脚蹬的岩石,直到你把影子刻进岩石。日常生活不是诗,但其中有诗,你需要一个庞大而强健的胃,去容纳、消化、吸收其中的悲欢离合。

> 我买到了蛾眉豆。
> 这让我满心欢喜。
> 蛾眉豆
> 这么好听的名字,
> 我都不好意思说出口。

> 因为她，
> 我离你又近了许多。

这首诗的简单源于日常生活的简单，它的美好源于日常生活的美好，既是当下每个人的日常生活，"蛾眉"一词中也有古人日常生活的痕迹。是的，美好，如此而已。你可以把它看作日常生活本身，也可以视之为日常生活中的微言大义。这个"满心欢喜"的、热爱厨房和床的、每日跟大妈们一同逛菜场的大男人，自称是一个悲观主义者——这就是我们每个人日常生活的写照，充满矛盾和裂隙，但并未影响我们始终如一——悲观主义者之所以没有陷入绝望，是因为他有一颗悲悯之心、良善之舌；是因为他觉得如果日常生活已冰冷下去，我们就应该贴上身体去温暖它，"唤醒"和"复活"它。在最新出版的诗集《欢迎来到岩子河》的跋中，张执浩说："所有远在天边的事物都有近在眼前的时刻，所有微不足道的东西都有值得我们反复审度的道理。这也符合我对生活的理解，作为一个悲观主义者，我乐于发掘我们内心深处承受虚无、枯燥和'向死而生'的勇气和能力，并从中窥见人之为人的秘密，说服自己将这不值得一过的人生尽可能活得丰满结实些。"这之后就有了满溢而出的诗，有了因之而热爱诗歌的人，也就有了更多的对生活的热爱，有了"陌生人，我也为你祝福"，以及彼此的拥抱。

张二棍,我想找你喝酒

第一眼看到那个名叫张二棍的诗人的照片,我就喜欢上了他,想找他喝酒。诗人照片看得多,这样的感觉很少发生,连我自己都奇怪。

事后反省,可能是因为他土得掉渣但又极其喜庆的名字,也可能是因为这个名字与照片之间有说不清道不明的联系。照片中的他一身略显暗淡的靛青色对襟大褂,右肩灰色褡裢,左手正欲抬起,仿佛要对拍照者说,别照。他的笑是憨憨的,黑框眼镜后面的那双眼,眯成了一对相向而游的小蝌蚪,短而淡的眉毛宛若摇曳的水草,和我一样的短发凸显了他宽宽的焦黄的额头。照片的背景可能是大同城内某座古色古香的建筑,回廊上人影绰绰。

我后来在网上看到他的另一些同样给人以喜感的照片,其中的一张,他蹲着搂着两个黑小孩,地上放着一条拆开的点心一类的食品,估计是扶贫济困的。那是他在非洲打井时的留影。这让我想起某天深夜,手机响起,显示屏上的号码十分诡异。我迷迷糊糊地接通后才知道,是我的一位发小,他从另外一位发小那里偶然得知我的电话,激动得用卫星电话打过来。他正在非洲某个我没听清楚名字的小国顶着骄阳打井。他叫二黑子。告诉二黑子我的电话的那位发小叫骡子,如果他昨天还在深圳,今天就可能扛着钻杆到了神农架。二黑子和骡子可能没有读过同样在非洲打过井的同行张二棍为所有打井的兄弟们写的诗《写给钻探的兄弟们》:

> 钻探,十七点五米
> 或者更高
> 钻杆,一百斤左右
> 或者会轻点,日复一日地劳作
> 再坚韧的钢铁也会慢慢磨损
> 这些被你们熟稔和热爱的细节
> 我写进这首诗里
> 而你们,早已写进生活的深处
> 仿若原始班报表,认真而具体
> 我散落在乡野间的兄弟啊
> 拥有着野花的姓氏
> 并以来自地心的石头
> 命名,一场经年的约会
> 我的兄弟,在机台上探求真相的兄弟
> 你们爬在钻塔上的时候

或者更高

高于高耸

老实说,这是一首中规中矩的"地矿诗歌",适合参加国土资源系统国庆征文并在颁奖典礼上声情并茂地朗诵。重要的是,我的只有义务教育学历的兄弟肯定读得懂,并且感同身受;但我的兄弟二黑子并不拥有"野花的姓氏",张二棍也没有。

你可能猜到了,我对张二棍的亲切感,最初来自他地质队队员的身份和职业——217地质队这样的代号,是辉煌历史的遗存,代表着曾为新中国建设所做的特殊贡献。我在湖北水文地质大队的家属院里长大(大队部起先在湖北荆门沙洋的汉江堤外,我五岁多时搬迁到现址古荆州城新南门外。现在更名为湖北水文地质工程地质大队),父母年轻时都奋斗在野外地质勘探一线,父亲因此患有地质队员的职业病——胃病。更早一些,父亲还在河北宣化地质学校读书的时候,就和同学康平联名在《诗刊》发表组诗,并受邀参加了河北省的青创会。我在地质队子弟学校读完小学和初中,考入县城一中住读,周末回家除了翻阅父亲订阅的《诗刊》《小说选刊》《电影文学》等刊物,不时会从跟随父母南征北战多年的樟木箱子里搬出他们的影集。黑白照片上,父母穿着登山鞋,手拿地质锤,仔细端详着岩矿标本,或者在与同事交谈着什么。自然,厚厚的影集里也有旗帜,有篝火,有钻机,有湍急的大江大河,有阳光下峭壁旁的一张张满是汗水的笑靥。

当然,我对张二棍的亲切感与对他的诗歌的亲切感是无法分开的;我不知道是不是可以说,诗与人合一的古老理想,在张二棍身上得到了再现。他的诗是朴素的诗,亦是感人的诗;朴素与感人,几乎是好诗的双核,却在当下诗歌中变得稀有。他的诗与他的职业和生活经历咬合在一起,但又超越了传统意义上的"地质勘探队员之歌"一类的"山野诗",也迥异于文人骚客以亲近自然之名行亵渎自然之实的"山水诗"。直接点明"朴素"二字的诗是《在乡下,神是朴素的》:

> 在我的乡下,神仙们坐在穷人的
> 堂屋里,接受了粗茶淡饭。有年冬天
> 他们围在清冷的香案上,分食着几瓣烤红薯
> 而我小脚的祖母,不管他们是否乐意
> 就端来一盆清水,擦洗每一张瓷质的脸
> 然后,又为我揩净乌黑的唇角
> ——呃,他们像是一群比我更小
> 更木讷的孩子,不懂得喊甜
> 也不懂喊冷。在乡下
> 神,如此朴素

这样的神仙我不能不喜欢;这样的神性与人性浑融一体的朴素的乡村生活场景,是神与人共在共享的。而张二棍写得最好的、最能打动人的诗,是《穿墙术》:

> 你有没有见过一个孩子
> 摁着自己的头,往墙上磕

我见过。在县医院
咚,咚,咚
他母亲说,让他磕吧
似乎墙疼了
他就不疼了
似乎疼痛,可以穿墙而过

我不知道他脑袋里装着
什么病。也不知道一面墙
吸纳了多少苦痛
才变得如此苍白
就像那个背过身去的
母亲。后来,她把孩子搂住
仿佛一面颤抖的墙
伸出了手

唉,墙是疼痛的;墙是苍白的;墙是颤抖的母亲的安稳的怀抱。那一刻,我相信所有的读者,都愿意伸出一双颤抖的手,接过孩子的疼痛,环抱他没有了抽泣只剩下无声泪水的头。

读张二棍的诗很容易让人想起美国诗人罗伯特·弗罗斯特的论断:"每一首诗,每一篇短篇小说,都是由信仰而不是机谋写成的。"(《诗教》)一个人的文学信仰源自生活信仰;或者说,对生活的信仰决定了写作者是把文学视为生活的一部分,视为对生活合乎自我的表述,还是把写作当作与他人博弈的武器,以获取幻觉中生活的额外犒赏。张二棍曾谈到写诗的初始动机:"那一刻,我想记住一个倒在锡林郭勒草原上的老牧人,我想记住他的瘦弱,记住那天的大风,记住他被动物撕咬过的模糊的脸……感谢诗歌,我记住了,并且不断地记录着,用诗歌的方式!这个不断记录的过程,藏着一个人的卑怯与骄傲,妥协和坚持。"(《获奖感言或自言自语》)正是记住与记录,以抵抗当下每一个个体都容易患上的遗忘症,赋予张二棍的诗歌以朴素的底色、感人的旋律。

怀揣一颗朴素之心,把写作当成生活的一部分而不是附属物,把用语言表述生活的能力看作上天的恩赐而不是据以自满、自负的资质,这样的诗人越来越少;诗歌中越来越多的、且被巧妙掩饰的机心,使写作变为张牙舞爪的矛与盾,从而背离了写作的初衷——诗歌源于我们有话要对生活说,我们不得不说,我们只能这样说,但我们总觉得这样没有说透,却因此对生活有了更多的热爱与敬意。

我想去找张二棍喝酒有如下几条理由:第一,源于相似的生活环境和经历,我们有话可说。第二,大同我没有去过,据说很不错。第三,我想验证一下诗人周瑟瑟在未见其人只读其诗的情况下,夹杂在诗歌评语中有关诗人的画像,是否属实:"脱掉了人们惯用的包装诗歌的华丽外衣,露出健康的肌体,原来诗的本质是这样清瘦,还带有泥味,像一个在太阳底下沉默劳作的民工,散发诗的汗气,咕隆咕隆喝下一大瓢凉水,粗大的喉结,紧实的肌肉,没有多余的肥肉,没有诗的富贵病……"(《诗歌周刊》二〇一三年度诗人推荐人评语)喜欢喝酒的诗人周瑟瑟给喜欢喝酒的诗人张二棍画像,居然不带一个酒字,却依然让人有酣畅淋漓之感。这是一件不同寻常的事,应该喝一杯。

诗意与城市

在武汉地铁四号线铁机路站内,一位保洁阿姨告诉前来采访的《优良》杂志记者,她最喜欢诗歌牌上那句"走得太慢的人,有时候会掉到自己身后"。这位退休后选择继续工作的女人,觉得这句话给人以很好的忠告。

二〇一六年一月,保洁阿姨喜欢的诗句的作者、网络诗坛大佬、重庆诗人李元胜来武汉参加第四届公共空间诗歌朗诵会。聊天时,我和公共空间诗歌的推手、诗人张执浩说起这件事,他显得非常惊讶。他知道武汉地铁诗歌在国内的影响,当然也知道自己的诗《走得太快的人》就在其中,但他不会想到这样的喜爱和评价出自一位普通劳动者。我在微博上翻出这篇报道,@了他。转发时他说:"这是我的重要文学成就。"

而我,印象最深的是二〇一四年第三届公共空间诗歌朗诵会时,

在洪山广场地铁站现场摆放的诗人王寅的《朗诵》:

> 我不是一个可以把诗篇朗涌得
> 使每一个人掉泪的人
> 但我能够用我的话
> 感动我周围的蓝色墙壁
> 我走上舞台的时候,听众是
> 黑色的鸟,翅膀就垫在
> 打开了的红皮笔记本和手帕上
> 这我每天早晨都看见了
> 谢谢大家
> 谢谢大家冬天仍然爱一个诗人

这首诗不但很应景,还真实描绘了诗人参与公共空间诗歌交流活动的所见所感。近年来,这类活动越来越频繁、密集,也越来越受欢迎。二〇一五年五月二日,武汉—南宁双城诗会在武昌403国际艺术中心举办,两地四十多位诗人相聚一堂。当晚的朗诵会吸引了近千名观众,而艺术中心的小剧场只能容纳四百人左右。

　　武汉不是第一座也不是唯一一座在轨道交通线上悬挂诗歌牌的城市,但没有哪一座城市像武汉这样坚持了四年之久,投放的诗歌牌如此之多:从二〇一二年第一届的三百七十二块,上升到二〇一五年第四届的九百八十二块,涵盖了新诗诞生以来中国大陆、港澳台地区诗人的精短佳作,也有英国、法国诗人诗作和为纪念莎士比亚、汤显祖诞辰四百周年所做的特展。作为入选诗歌的评审者和朗诵会的主持人，每逢有人问到究竟有多少人会在地铁站阅读诗歌，我也是一头雾水。江汉大学学生所做的一项调查，部分解答了我的疑惑。二〇一四年夏天，学生们在地铁站进行走访和问卷调查，六百二十五份有效问卷显示：接近百分之五十四的市民表示在乘坐地铁时留意并阅读过诗歌牌。尽管这是一个颇为乐观的数据，我还是觉得，公共空间诗歌最重要的功能是营造一种氛围，让公众感受到诗歌就在身边；读与不读，读懂与读不懂，自有其机缘和慧心。

　　武汉的三条轨道交通线在二〇一五年五月十四日已突破十亿人次流量，每天平均有一百四十万人次乘坐地铁。这个数字还在不断刷新。诗意城市需要的是点滴营造和培植，它并不指望把每位市民都变成诗歌爱好者，只是告诉你，城市交通线的墙壁上除了商业广告和牛皮癣，还有因为你走得太快而忘了的诗。

"最武汉"的诗歌地理志

曾经是《大武汉》杂志的忠实读者,每期在手,习惯性地先阅读诗人车延高的专栏《诗歌眼睛里的大武汉》。这倒不是因为我对诗歌有特别的嗜好,我好奇的是,一位工作、生活在大武汉的异乡人,如何以诗的方式书写这座"每天不一样"的城市的市井人情、旖旎风光、名胜古迹,又以诗的何种书写方式,来面对一本"最武汉"的城市生活杂志所设定的读者群。

如今,专栏中的诗汇集成眼前的这本诗集《诗眼看武汉》(武汉出版社二〇一八年版),其中包括曾经引发轩然大波、被指摘为"羊羔体"的《徐帆》《刘亦菲》——它们是组诗《让荧屏漂亮的武汉女人》中的两首,另一首为《谢芳》。诗歌读者坚执于个人的诗歌观念而把他人的写作归入"不好的诗"乃至"非诗"之列,本不足为奇,也无可厚非,所谓"趣味无争辩"在诗歌文体阅读中比在其他文体阅读中更为彰显。不过,任何一种诗学观念都是特定历史时代、社会环境的产物,都是有局限的,也都有可能发生变化;我们无须把一己之观念打扮成放之四海而皆准的真理,并以此绳索所有的诗歌写作。在某一历史阶段,我们可以在什么是诗或"好诗"的问题上形成共识,但这些共识恰恰产生于差异性的写作之中,而不是让暂时的共识成为抹平差异写作的铁砂掌。同样,没有一首诗是在"真空"状态下产生的;诗人的创作意图,诗人创作时的特定场域,诗歌进入传播渠道的媒介/载体,诗歌因之所面对的不同读者群……这些因素合力塑造着诗歌文本及其形态。有意无意地将文本"孤立"起来审视,且以个人之好恶随意臧否,已成为文学阅读的痼疾。

风波过后的诗人一脸平静,平静到以"羊羔体"为自己诗人身份的标识。他依然看到"风还在天空翻着比云厚的稿纸/一行清泪一行浊泪写着会走的诗"(《南岸嘴》),他在叩问铁门关的同时也就是在叩问自己,鞭策自己:"允许叶片挽救自己,扔掉/迷离凄楚的哀鸣/把生命交给有冲动的漂流,去追/吟诗诵赋的长亭短亭"(《叩问铁门关》)。遗存着"码头文化"深深印痕的大武汉,以其宽广、旷达的情怀,包容、庇护着南来北往的形形色色的客人,也忠厚地面对着一个并非宽容也缺少善意的远非理想的世界。诗人所想望的世界,在《琴断口》中有着毫无曲折隐晦的表达:"是啊,知音死了,还有那么多人要活/灵巧的指头为什么不劝劝生锈的心/水流向前,生者不该被昨天伤害/一个亡魂也不该让你拒绝活着的人"。

诗人车延高以一百四十五首诗精雕细刻着大武汉的林林总总,其间有恒心,亦有雄心。诗歌作为语言的艺术,有其自足之美,也有其记录和见证一个急剧变化的时代,一个既焦灼不安又心怀坦荡的城市或乡村的审美功能,当然亦承传着即景生情、情景交融而又不失其赤子情怀的中国诗歌的抒情传统。即便把诗人的这些作品从"命题作诗"的特定情境中暂时抽离,我们依然可以确认,真诚——对这片土地的真诚,对这片土地上的人民的真诚,对热气腾腾的、充满市井气息的生活的真诚——是诗人期望诗歌产生"核当量"的不可动摇的基石。这一写作意图或观念也许并不新颖,然而,优秀的诗人对诗歌文体的认知从来都是素朴的、平淡无奇的;那些看似激进、叛逆的诗人,在其写作生涯的晚期,都会不约而同地回归对诗歌常识性的认知,那就是,诗与生活之间看似简单实则妙不可言的关系。诗人车延高从不否认灵感或灵性之于诗人的重要性,但他相信,"灵感不会凭空产生,灵感一定有自己横空出世的根基和土壤,这就是厚重的生活积累和对生活细致入微的观察。从这个意义上说,灵感是风从生活和承载生活的土地上吹来的神奇的种子"(《车延高诗歌及诗观》)。在诗集中,写得最好的诗篇是那些吟诵自然风景与登临名胜古迹,追昔抚今以至于慨然涕下的诗篇,如《琴断口》、《南岸嘴》、《汉阳树》、《问津书院》、《一滴汗给晴川阁奠基》、《叩问铁门关》、《白沙洲》(外三首)、《游归元寺偶得》(外一首)、《月光下的蔡锷路》、《不凡的龟山》(外二首)、《长春观》等。在这些精短的诗篇中,诗人展示了他"锁定"吟咏对象,冥思静想,以或雄浑或细腻的情感推动诗句高速旋转的能力。如《想起〈木兰辞〉里的句子》中:"大漠,残阳泣血,冷月安抚无数孤魂 / 一个英雄风干满眼的泪,命走刀锋 / 马革裹尸处,白骨无音,血吐出一片片的花。"诗人所使用的词语或意象并无特别之处,但在意象的叠加之中,在语句的旋转之中,营造出冷峻、孤傲与决绝的意境。又如《汉阳树》中:"一段情飘落唐朝 / 诚动天地的诗集走出一位诗仙/幸运的双手伸出,接住/一枚从汉阳寄来的书签。"诗人在让动静转换、虚实相间的古老抒情技艺复活的同时,也就复活了一段沧桑历史。诗集中的长诗《哦,长江》《穿越黄鹤楼》等也呈现出生气灌注、气韵流畅的特征。相较而言,诗人书写人物,尤其是现实人物,以及城市的新生事物或新兴地标时,则显得较为拘谨。诗人的执着在于,他希冀每一句诗都能够饱满、出彩,都能与散文句式有所区别,有时会让人感觉诗写得太紧而不够放松。诗人有能力让其诗句如他笔下的江水,虽九曲回肠、百转千回,却是顺势流淌。

诗人车延高曾以划火柴为喻来说明诗歌的发生:"要擦出火,除了有磷头,一定要有擦皮。这个擦皮,其实就是生活——你在生活当中找到这个点,一擦就着了。"(《藏锋者车延高》)对他而言,生活就意味着用双脚去丈量这片土地,用眼睛去凝视为人所忽视乃至漠视的角落,用最精练的语言为这座积淀着深厚历史也创造着诸多奇迹的城市,留下一部诗歌地理志,任人评说。

附录:

琴断口

车延高

不去考证那把古琴损坏的程度
只问,有没有人想去修复它

琴断口不仅是过去的地名
它有强调的口吻,在等一句对白
断过的弦可以在断过的地方接上
是啊,知音死了,还有那么多人要活
灵巧的指头为什么不劝劝生锈的心
水流向前,生者不该被昨天伤害
一个亡魂也不该让你拒绝活着的人
泪突然间醒的,从楚国的眼眶落下
月湖盛满夜的沉重,月影梳理野草
伯牙、子期就坐在记忆守护的坟上
灵魂洁净,两袖清风
真正的符号夷为平地,尘埃
覆盖一切
现在空和有是相逢一笑的剑与鞘
两颗心的想念缔约,废除了距离
琴断口,你的流水有韵
述说一柄古琴摔出的佳话
听话听音,我知道今天一定比昨天重要
弯腰,我把时间扶起
去古琴台拨弦,听高山流水

雪,落在艰深的大海上

在我们和盲女之间横亘着的是什么?我们可以赞美:盲女盲目,但内心是明亮的。我们可以自愧:我们看得见,但心中晦暗无尽。

万里无云,但天空并不见得明亮。

诗人余笑忠两年间两次写到盲女。第一首叫《春游》,一个看上去普通平常、了无诗意的诗题下,会出现什么?

> 盲女也会触景生情
> 我看到她站在油菜花前
> 被他人引导着,触摸了油菜花
>
> 她触摸的同时有过深呼吸
> 她触摸之后,那些花颤抖着

重新回到枝头

她再也没有触摸
近在咫尺的花。又久久
不肯离去 （2014）

我曾在课堂上用课件逐行展示这首诗,让学生揣摩诗人会怎样处理人人都可能面对过的事物或场景。当第一行诗出现时,我希望学生能注意到"触景生情"对盲女的意味,对你我的意味,是不是有什么差异。诗人希望你在"触"字上多停留一下,多品味一下,这样你才可能进入盲女此刻在油菜花前的情境。当我们读到第二节"她触摸之后,那些花颤抖着／重新回到枝头",我相信我们的心中也会有颤抖:花的颤抖是一种被人抚摸的喜悦,是向触摸者致意,抑或是不太适应?盲女看不见花的表情与举止,但看得见花的那个人内心在翻滚。

诗并非总是出乎意料的产物,像许多人所理解的那样。诗不是用来考验读者的心智的高低或经验的多寡 —— 那样的诗人也太过自信 —— 它首先考验的是诗人自己,它总会给诗人出难题。而对细节 —— 事物的细节与语言的细节 —— 的迷恋是余笑忠的诗的特点。他觉得,诗人必须像布罗茨基所说,具备在浑茫中展示语言趋于明晰的能力,意识趋于清醒的能力,视觉趋于明辨的能力,听觉趋向精准的能力。如果说这首诗的诞生有如神助,恐怕得归功于诗人精微的写实能力;甚至可以说,这首诗从头到脚都是在记叙,记叙诗人陪盲校的孩子们去户外感受春天的一次活动。这不像抒情诗人所为,但好的抒情诗人都是完美的写实主义者。所以加缪说:"在艺术中,绝对的写实主义将是绝对的神。"(《加缪手记》第二卷,黄馨慧译)

一年后,诗人写下另一首《二月一日,晨起观雪》。诗题一如既往,"绝对的写实主义",一如"春游",像老师给小学生布置周记的命题。诗人"晨起观雪",我们观诗人如何"观雪":

> 不要向沉默的人探问
> 何以沉默的缘由
>
> 早起的人看到清静的雪
> 昨夜,雪兀自下着,不声不响
>
> 盲人在盲人的世界里
> 我们在暗处而他们在明处
>
> 我后悔曾拉一个会唱歌的盲女合影
> 她的顺从,有如雪
> 落在艰深的大海上
> 我本该只向她躬身行礼　(2015)

首节是写实吗?像,又不像。但"沉默"带出"清静",带出"兀自",带出"不声不响",是为写实;或者说,后三者对雪的写实返身飘落在"沉默"上,剥去其情感而使之变身为表情、姿态的写实。第三节则展示了盲人和"我们"的差异,这种差异在清晨的雪的反光中变得如此显赫。然而,盲人和"我们"共处一个世界、一片雪景之中。现在轮到"我""触景生情":"我们在暗处而他们在明处"提示着这个世界不仅是我们的世界,也是他们的世界;世界正是多重目光交织而成的。尊重世界的差异意味着尊重世界的多重目光。最后一节最惊心动魄的句子是"她的顺从,有如雪/落在艰深的大海上"。为了生存,顺从已成为唱歌的盲女的习惯,乃至宿命。但"艰深"不是大海的过错,是它的宿命;有些雪没能落在大地上,也是它们的宿命。诗人的忏悔在于,当他拉着盲女合影时,他放大了盲女歌手与"我们"的差异,以致把她当作迥异于我们的"另类"。

无论盲女的内心是否明亮,我们确实常常处在诗人所说的"深邃而普遍的黑暗"中:

> 我们如此孤独。在隐语和行话中
> 我们愈加孤独。比如沙漠中的海盗
> 比如失明者眼中
> 最后的微光　（余笑忠《"深邃而普遍的黑暗"》,2011）

在失明者,比如博尔赫斯的眼中,那"最后的微光"是什么,我们永远无法确切地知道。我们知道这世上有很多的东西在屏蔽着我们,让我们不是盲人却形同盲目。我最终相信,内心充满光亮的人,是那些能够推己及人,又能够由人反观自身而悔过的人,像诗人所信守的那样,"怜人惜物"。

由澎湃的激情转入宽容的同情,按加缪所言,是衰老的标志。我接受这种衰老,并对世上依旧澎湃的激情,保留同情。

不是"我",是诗歌在说话

小安的诗单纯明了,素朴大方,无造作扭捏之态,却极可能让初读者迷惑、诧异,甚至质疑:诗可以这样写吗?这样的诗有什么意思?

诗要有意思,最好有意义,却不问这意思、这意义是什么,指什么,又执拗地把诗的意思、意义锁定在"高大上"主题,或"励志"精神上,并以此取舍或判定诗之价值——这是人们面对诗的最初级也是最高级的反应。很少有人去反思:我们如此看诗的眼光有问题吗?

文学是对人之存在可能性的勘探,诗尤为如此。这个世界有多少种可能性,世界中的人之生存有多少种可能性,文学与诗就有多少种可能性;世界与其子民存在的可能性无以穷尽,显然,文学与诗的可能性就会不绝如缕。

我们对世界、人生、他人及其文学与诗歌有多少种刻板印象,诗人就会前赴后继,就会夜以继日,就会坚忍不拔,去捣碎它们。就像美国学者、作家苏珊·桑塔格说的,面对现有的一切,你要学会说:"但是";或者,"或者"。前提当然是,诗人首先要敲碎自我头脑里"现有的一切"。

诗人就是那个经常告诉你"但是"以及"或者"的写作者。

诗人张执浩说,小安这组诗里有一些近乎天才的"走神"。天才这个词并无拔高之意:天才者,不过在别人熟睡之时摸着月光上路的形单影只者。"走神"则点中了小安的诗歌特质;"走神"的人以她/他的文字让人"出神",甚或让人有灵魂出窍之感。"出神"的还是那个人,但又好像变了一个人,变了说话的方式、语调,以至发现自己身上有了某种不一样的味道;"出神"的人看世界,觉得世界也变了,变得迷人,变得神秘,也变得豁达、开朗、幽默:

> 东边也是蓝
> 西边没有
> 在我心里
> 一蓝到底
> 少年人　出家门
> 走到东走到北
> 有多少个少女会
> 抛弃羞涩
> 组成一支军队

"也"字在首行很突兀,让我们停留,让我们猜想。而为什么"西边没有/在我心里/一蓝到底",你可以说它无厘头,没道理,但人不是全靠讲道理活着,还有很多东西是道理框也框不住的,尤其人在少年。他的白日梦是纯色与纯净的,是他最喜欢的纯色与纯净。他东走走西晃晃,没有目的,却有着纯净的羞涩,因为——所以——他希望少女们都能"抛弃羞涩",集结起来,浩浩荡荡,以便让他不改本色,就这样独自游荡。

小安的诗里不是"我"在说话,是诗自己在说话;或者说,"我"在诗里所以"我"的声音成为诗的声音的一部分。诗外的那个"我"说的是日常话、常规话;诗内的"我"说的话打乱了常态,就像方言土语冲入遮天蔽日的标准语。你可以把诗自己的话叫作对日常语言的"陌生化",其实它只不过是喜欢兴之所至的漫游,喜欢密林小径,别有洞天的世界也还是这个世界。你可以说"诗意地栖居"之地是陌生之地,其实它就扎根在这个世界,而不是飘摇于天堂;你当然也可以说,我们陌生于这些是因为我们自己缺少神游,甚至很可能忘了人还有可以神游这回事。而钻进诗里的"我"带领着诗外写诗的"我",带着诗外看诗的我们,神游。这种感觉如果很奇妙,是因为我们忘了这其实也是我们曾经的生活常态。所以,是谁的手在桌子底下摸,又将摸到谁的手(《摸手游戏》);是谁在指挥下雨谁来指挥打雷,那个"我"有没有机会和可能把太阳指挥出来(《这是怎么一回事》);是谁那么无聊捉一个男的做压寨的,无聊到最后连自己都受不了了(《江洋大盗》);谁能够形容一下凤尾竹那种疯狂的摆动,让人也像吃了春药一样受不了的摆动,究竟是一种什么状态——这些都不重要;重要的是诗一旦开口说话,就自顾自地说下去,直到你受不了,或者,直到你恍然于生活有很多很多种可能性。

我极不愿意把小安诗里的现实叫作什么"魔幻现实""奇异现实"——这些说辞业已成为刻板印象——我想说的是,我们就这么轻易地把我们不曾体验过的现实,甩给了另一个世界,也就甩给了我们眼中的仿佛逍遥于外太空的诗人们,还有比这更魔幻、更奇异的每天都在上演的现实吗?而诗人们自然乐得在那里落脚,盖房子,劈柴生火,生儿育女;不是因为他们瞧不起我们因而自绝于我们,是因为他们深信他们的诗将会比他们活得长久,因此,他们的诗将会代他们亲身体验比他们多得多的现实。当他们阖上眼闭上嘴,双手交叉放在胸前,他们的诗还会继续说它们想说的:

观世音观世音明年我来喊你

听那诗的声音

文学文本首先是一个声音的系列,借由声音衍生出意义;字词的声音在前,完整的意义在后。美国学者M.H.艾布拉姆斯除了把读诵或默读时"在读者意识中被想象出来的声音"列为诗歌的第二维度外,还别出心裁地将"构成一首诗歌的众多词语的语音发出的行为"当作诗歌的第四维度(参见《诗歌的第四维度》,茹恺琦译)。魏天真则说:"诗的读者和其他读者不一样,毋宁说是在倾听。读者倾听诗歌中的声音,他/她关注的是谁在说话,对谁说,说话的语调和语气是怎样的,并由此判断发出声音的人的立场和态度,由此理解诗人为什么这样写,为什么发出这样的声音。"(《诗是声音的雕像》)

从这个角度说,李南诗中传递出的悲悯与愧疚、渺小与无助、良善与敬畏等隽永意味,是新世纪诗歌所匮乏的,因而是值得评说,值得赞扬的,但并不是她独有的;宗教意识与情怀也不是。事实上也不是。李南的独特在于她的声音基本上是平抑的,这平抑既来自她"在路上"的阅历所带来的平和与平静,也来自皈依基督教后所领受的"精神力量"的恩典。这平抑所散发的柔和光线,照临到读诗人的身上和心上,让他们宛若置身于高原的星空下,平原的夕照中——星空与夕照,正是李南诗歌的背景与底色,也是她文本的写实性/象征性语境。在这语境的压力下,诗人原本平抑的声音,在读诗人心中摇曳起来,如星辉散开,如夕阳在渐渐的收敛中有了更为斑斓、玄妙的光谱。

"在广阔的世界上",诗的开篇显示出写作者的立足点是无边的阔大;而"我想"这个在语义上有些多余的短语,收束着也统领着全诗:"我"在广阔的世界上,在万物之中;"我"的感怀出自这世界中的万物,万物有备于"我","我"也有情于万物。到第三行,诗人在世界、万物上漫游的视线开始移动到具象上,但禽兽、树林、旷野这些集合性名词,显现的仍然不是单独、个别的具象,而属于类象,以维护"万物是一致的"的表意。全诗最动人的两句"星宿有它的缄默,岩石有自己的悲伤"中的星宿、岩石也是如此;同时,我们要注意星宿与岩石之间的对应关系——在天为星宿,落地为岩石——也在呼应着"万物是一致的"的感念。故此,"我"与它们(星宿与岩石)之间当然也是"一致的"。从声音上说,第三行第三个类象前突然出现的修饰语"沉寂的",开始把"我想"的略有上扬的调性压抑下来,又被"悄悄"的叠声词加强,及至"缄默"与"悲伤"给读诗人带来些许的忧伤与怅惘。但正如我们前面分析的,"广阔""我想"与"悲伤""风霜"中具有昂扬韵的字眼,以及重复出现的短句结构"要 …… 要 ……",平衡了全诗可能出现的过于低沉的情感。

在另一首《小小炊烟》中,评论家刘波曾深刻揭示了李南诗中"小与大""轻与重"的辩证元素,是如何造就文本的张力的(《拒绝背后的坚守与信念——李南论》)。事实上,李南的诗歌结构往往是由大及小,再由小回跃到大。《在广阔的世界上》一诗由世界、万物起笔,到具象/类象展开,再以"时空的风霜"收尾,是典型的李南的诗歌结构,不同于许多诗人惯常的以小见大的结构模式;后者是把"小"作为跳板,他们希望凸显甚至炫耀的是他们自己的高于世界或万物的"慧眼"与"慧心",而这在李南看来不啻于步入迷途。李南诗中的大—小—大—小……的循环结构,实际上可以看作诗人世界观和写作观的体现,也就是她所说的,每一位诗人都需要找到自己的"方向感"(李南《诗人的方向感》);同时,体现在"小与大""轻与重"之中的还有这样一种写作"方向":如何让诗中的生活与情感既是"原初的",又是"艺术化了的"(参见赵卫锋、李南《本色生活——从外表到内心》,李南《在首届河北诗人奖颁奖仪式上的答谢词》)。这当然不只是李南,也是所有写作者都要面临与探索的艺术问题。这一问题涉及的是艺术文本的双层结构:表层结构与深层结构。诗歌文本的深层结构固然重要(艾布拉姆斯认为,诗歌的意义维度即"你听到的词语的意义"是最重要的),但我们不可能越过前者去谈论,尤其无法越过前者去评述李南诗歌的独特性。她的被有意平抑下去的音质,源自一颗谦卑之心、虔诚之心,更来自前述的"万物是一致的"的生存哲学。

附录：

在广阔的世界上
李 南

在广阔的世界上，我想
万物是一致的。
禽兽、树林、沉寂的旷野
要呼吸，要变化
在悄悄之中发生……
星宿有它的缄默，岩石有自己的悲伤
要倾诉，要流泪
还要披上时空的风霜。

写作的难度与诗的极限

"我仍在梦想着一种词语与精神相互吸收、相互锤炼,最终达到结晶的诗歌语言。"(王家新《"走到词/望到家乡的时候"》)"对词的关注",对"结晶的诗歌语言"的梦想,似乎必然把诗人导向一个"不合时宜"的信念:"有难度的写作"或曰"写作的难度"。王家新认为杜甫诗的价值在于其难度,既是"语言的难度"也是"心灵的难度"(《"走到词/望到家乡的时候"》),是两者之间的砥砺,也是相互的映射。"有难度的写作"必然涉及现代诗歌在阅读接受中屡遭公众诟病的"读不懂""晦涩"等问题,许多诗人为此展开过论辩。王家新认为,诗歌"自身的艰难"就是诗本身,"它的深度与高度、伟大和光荣,也只存在于这种艰难之中"(《你的笔要仅仅追随口授者"》)。

"有难度的写作"向诗人提出的要求之一,即追求"绝对性语言"。何谓"绝对性语言"?它是否会导致另一种"纯诗",即人们通常理解的"远离现实的诗"？或者,它恰恰指向的是瓦雷里心目中的"纯诗",一种剔除语言杂质、具有奇妙的音乐性、呼应着生命律动的诗？王家新曾将"绝对性的诗人"的称号赋予勒内·夏尔,因为他的语言中燃烧着"极端的碳火","但他又总是把不同的元素和相互矛盾的东西奇妙地结合为一体 —— 为了那'纯粹的矛盾'即生命本身……"(《语言激流对我们的冲刷 —— 勒内·夏尔诗歌》)。诗人的使命,正在于将属于生命本体的这种"纯粹的矛盾",在词语中达成平衡与和谐,却并不抹去而是凸显生命中紧张对峙的境况。这也正是王家新在四十年写作中,交替试验不同体式的写作 —— 抒情短诗、"札记体"诗和长诗,包括不分行的诗 —— 的缘由:这是何其艰难的"在词中跋涉"。

《田园诗》写于二〇〇四年,诗人回溯过它的写作过程,也阐释了它对传统"田园诗"的反讽:

> ……我又回到了几年前的初冬那个开始飘雪的下午,当我在昌平乡下公路上开车开到一辆卡车后面时,我不由得骤然降慢了车速,一首诗就在那样的时刻产生了……
>
> 诗写出后我一直被它笼罩着。"田园诗"这个诗题是诗写出来后加上去的,而这个诗题的出现似乎照亮了更深远的东西。我希望有心的读者能把该诗放在一个文学史的背景下来读,以使它和"田园诗"这一古老的传统发生一种关联。如果这样来读,他们不仅会读出一种反讽意味,可能还会读出更多。
>
> 历史和文明一直在演变,羊依然是羊,它们一直用来作为"田园诗"的点缀,似乎没有它们就不成其为"田园诗"。甚至在一幅幅消费时代的房地产广告上,人们也没有忘记通过电

脑合成在"乡村别墅"的周边点缀几只雪白的羊,以制造一种"田园诗意"的幻境。事实上呢,羊不过是在重复它们古老的悲惨命运。诗中写到它们在大难临头之际依然怀着几分孩子似的好奇。它们的注视,撕开了我们良知的创伤。(《在诗歌的目睹下》)

这首诗并没有他在二十世纪九十年代诗中常有的不可遏制的抒情性,反而有某种平静的叙说。这种叙说的平静,暗相呼应的是羊群眼神的"温良""安静";恰恰是这种无辜的"温良""安静",与生俱来的"孩子似的好奇",让诗人感受到被撕开的"良知的创伤",并追问"这种注视是谁为我们这些人类准备的"。

无论诗人的自我阐释是否存在"意图谬误",所谓"绝对性语言"并非古典诗学中的"以少胜多""以一当十",也并非现代诗歌意欲通过对词语的"高度提纯"来达到光滑、流畅、悦耳的艺术效果。"不化的雪"隐喻着观看者与被看者的相似命运。实际上,观看者与被看者、主体与客体、人与物……随着结尾的"消失在愈来愈大的雪花中"而一同"消失":正是在这里,诗人返身古典诗歌永不"消失"的抒情传统,那种主客不分、物我混融、天地一心的抒情传统;它其实一直在那里,在诗人的词语中,成为"不化的雪"。在此意义上,王家新所言"绝对性语言"可称为"极限语言",也就是他在称赞曼德尔施塔姆流放沃罗涅日时所写的诗时所说,"意象的奇特、语言的精确和艺术的灼伤力都达到了一个极限"(《一份迟来的致敬》)。"极限语言"无疑是"有难度的写作",最终指向不可能实现的另一种"纯诗",一种"极限写作"。

附录：

田园诗
王家新

如果你在京郊的乡村路上漫游
你会经常遇见羊群
它们在田野中散开，像不化的雪
像膨胀的绽开的花朵
或是缩成一团穿过公路，被吆喝着
滚下尘土飞扬的沟渠

我从来没有注意过它们
直到有一次我开车开到一辆卡车的后面
在一个飘雪的下午
这一次我看清了它们的眼睛
（而它们也在上面看着我）
那样温良，那样安静
像是全然不知它们将被带到什么地方
对于我的到来甚至怀有
几分孩子似的好奇

我放慢了车速
我看着它们
消失在愈来愈大的雪花中

"春天里的闲意思"

李少君的《自然集》(长江文艺出版社二〇一四年版)是一部有野心的诗集;不是对自然的野心,也不是对诗的野心,是对人与自然的关系,具体地说,对人类书写中自然的位置进行再思考与再探索的野心。似乎没有什么能比诗歌更好地承载这一使命:诗与自然的关系如此密切,以至于我们可能忽视诸如"一切景语皆情语"的经典论断中隐藏的问题。

学者林庚先生解读过《郑风·风雨》。他说,《风雨》三章意思相同,而我们独喜欢第三章;三章前半各换了一半字眼,而我们独记得"风雨如晦,鸡鸣不已"。这是为什么?除了"如"字所呈现的事物的"夹缝"状态,让人有所待,我觉得更重要的恐怕还在于,今人如何认识景中有情、情景交融这种艺术手法中,景的位置和作用。这实际上牵涉一个更大的问题,即我们如何去认识传统诗词中物我的关系。

林先生追问："然则到底是因为君子不来,所以才觉得'风雨如晦,鸡鸣不已'呢;还是真是风雨沉沉,鸡老不停地在叫呢?这笔账我们没有法子替他算,诗人没有说明白的,我们自然更说不明白……而你若解得,此时他们一见之下便早已把风雨鸡鸣忘之度外,一任它点缀了这如晦的小窗之周,风雨鸡鸣所以便成为独立的景色。那么人虽无意于风雨鸡鸣,而风雨鸡鸣却转而要有情于人。"(《风雨如晦 鸡鸣不已》)很可能,诗人只是如实地描写所见所闻,或者,那只是他日常生活环境的再现,他如此熟悉,便信手拈来,看似无心却让后人玩味不已。今天,自然的面目已被扭曲,个体生活环境大都已变得千篇一律,枯燥乏味。与此同时,物我的关系成为任何诗人都要面对和处理的"课题",自然变成"表现对象",不再是人之所从出的存在。

《自然集》的意义在这个语境中引发我们进一步思考。《郑风·风雨》篇描绘的是天色将晦未晦之时,深情款款;李少君有首诗叫《傍晚》,写夜色来临的情境,情意绵绵又不动声色:

傍晚,吃饭了
我出去喊仍在林子里散步的老父亲

夜色正一点一点地渗透
黑暗如墨汁在宣纸上蔓延
我每喊一声,夜色就被推开挂远一点点
喊声一停,夜色又聚集围拢了过来

我喊父亲的声音

在林子里久久回响
又在风中如波纹般荡漾开来

父亲的答应声
使夜色似乎明亮了一下

我们可以感受到诗带给我们的颤动感,由喊声而来,在回应声中再度被拨动,"在风中如波纹般荡漾开来"。诗给我们的这种感觉是舒适的、美好的、温暖的。"明亮"是心的感应,在那一刹那,"我"可能了悟,夜色不可能被驱赶;夜色此时此刻是恰如其分的,它似乎有情于"我",十分体贴地包裹/显示父子之间长久的情感上的腼腆和默契。如同《风雨》篇中的相思之情,父子之间的这份情意也殊难捕捉,但又确实被定格并传递出来。

在这首诗中,夜色作为自然时序的存在,并非刻意的安排,也没有刻意的情感表达,这是它给人以舒适感的原因,也让"夜色深沉"有了某种特殊的、超越自然景观的含义。不过这些是读诗者的感受,至于诗人自己,在书写自然时,是"以我观物"还是"以物观物",这样的分别已没有那么重要。对李少君而言,重要的是你在自然中获得的一切,将会一一反弹回自然中,以保持其混沌的状态:

一团黑云笼罩下的山间小城
大片白云映照着的海边寺庙

我一路独自开车

从交加大雨中抵达明媚晴空

迎面而来的鸟鸣对我如念偈语 （《偈语》）

从黑云、白云到大雨、晴空、鸟鸣，这些偶发的自然现象似乎是必经的路途，只为一个人，只为一个愿意穿越这一切而忠实于自我内心的人。每一声鸟鸣都如一个偈语，每一个偈语背后都有一个故事，而这些故事究竟要讲述什么，并没有我们通常想象得那么重要。说破的偈语不再是偈语，被点破的故事只剩一点残渣。那么多的新田园诗或新山水诗之所以让人感觉虚以委蛇，是因为诗人那么轻易地声称从自然获得了"启示"——他们不是为自然而是为那"启示"激动不已。他们其实还是在"利用"自然，他们对自然的"发现"——如果有——也只是为了映照自己的不同凡响。在人之所见的景物中"发现"人之未见，这一直被当作是写作者的本事，被当作衡量写作水准的标高；而景物对此无动于衷，就像李少君在《春天里的闲意思》中说的："这都只是一些闲意思／青山兀自不动，只管打坐入定。"

这当然不是说，诗人李少君没有从自然中获得启示，而是说，是把自然当作观照对象以从中"榨取"某些貌似深刻的"主题"，还是以万物有灵的信念，把自然看成是与"我"一样有血有肉的主体，抑或是，没有忘记人类从自然中来，与自然须臾不离也息息相关，返回自然就如同返回婴儿的襁褓——我们并非只面临一种选择，尤其是在今天，在自然变得岌岌可危而人类并未因此变得强壮与无敌的情况下。李少君更愿意做一位大地上的浪游者，像他的前辈一样。他的阅历已足够让他意识到，一个人最终走上了无数人曾经走过的道路，绝非无缘无故,在今天这甚至需要比所谓独辟蹊径更大的勇气。浪游一词在李少君身上凸显的是随意、随行、随性,就像黄昏渡口边的那位渡船客,眼神迷惘,有所待又无所待;他的困惑不属于他自己,不妨看作是人类自身困惑的再一次显现:曾经有那么多的人走到了这里,面临着极其相似的情境,浪游者的每一次前行仿佛都是一次轮回,这正是让诗中的"他"深感迷惑的地方。在这首诗里,诗人那种"有意"的、略感"生硬"的古典氛围的营造、渲染,那种语言的"不自然",正是为了让我们看清这个人,也就是看清我们所有人摆脱不掉的困惑:

> 暮色中的他油然而生听天由命之感
> 确实,他无意中来到此地,不知道怎样渡船,渡谁的船
> 甚至不知道如何渡过黄昏,犹豫之中黑夜即将降临　(《渡》)

又一个熟悉的"即将",那样一个"夹缝"状态,古典和现代诗意的渊薮,也就是诗中的"他"和写诗者和读诗的我们逃不掉的前定。是的,不一定非要在暮色中,不一定非要在渡口,也不一定非要有野花和流水,但为什么是这样? 同样,为什么诗人要说,"院子里的草丛略有些荒芜/才有故园感,而阔叶/绿了又黄,长了又落……"(《故乡感》)?

　　人生活在自然中,这本是常识;也只有日益疏远自然的现代人,才会把自然看作是可以、应该贴近、亲近的对象,一种外在于他的存在物,一种可以像珍玩一样把玩、咂摸的秘境。由此不难理解在今天,为何一个人守着一片湖水、一条小溪,经年累月地观察、思考,会成就一部著作,成就一个人的名声,却仍然会让大多数读者止步于纸上的

风景,停留于自然是人类家园的空洞想象。李少君在诗中往往用"故乡"或"故园"取代"家园"一词,不仅仅是出于中国文人文化情结的惯性,而且也是在指认自然在何种意义上塑造了个体生命;正像"荒原"一词所隐含的价值取向,"故乡"/"故园"是要从自然中分离出那一个池塘,那一座青山,那一条小径,那一座深斋……同样是诗人的卡夫卡说过:"故乡是有声的呼吸。"而失却故乡的人无异于死魂灵。现实是,许多人有"家园",没有故乡;许多人有绚丽的纸上风景,飘来的还是油墨气味。从这个角度说,《自然集》中的许多篇章倾注于对人的生存和命运的书写,并未偏离诗人所要思考和探索的主旨。其中最令人动容的是《深斋——致李青萍》:

> 落叶纷飞,她唯一的希望只剩下虚构
> 她为自己虚构了一座深斋
> 重重院门,有高大静穆树木护卫把关
> 闭门,可以远离尘世,孤独自守
> 宛如山洞,又仿佛坟墓,她在此苟且偷生
>
> 深夜,灵魂在另一个遥远的星球醒来
> 星光熠熠……

我在江陵读书、长大,很早就知道"李青萍"这个名字,这个依然、继续被遗忘的奇女子,除了在拍卖市场上。写作正是为了对抗遗忘;而诗歌里的想象,就像博尔赫斯所说,不过是遗忘与记忆的融合,为的是让正在写作的人醒来,在"深夜",在"另一个遥远的星球"。诗人

李少君的问题是:今天,我们每一个人唯一的希望,是否依然像李青萍那样,"只剩下虚构"?

李少君说:"诗歌是一种心学。诗歌感于心动于情,从心出发,用心写作,其过程可以说是修心,最终又能达到安心……""安心"是一种自然状态,在"自然"的另一层含义上;也就是说,诗人希望在自然中达到人的自然状态。若说李少君诗歌的启示,我觉得这是最重要的。我们失却的本心和本性,不一定都与无可阻挡的现代化进程有关,也不一定只有回归自然这一条路可走,就像《自然集》中的许多诗,事实上呈现出矛盾、冲突的状态 —— 如前所言,诗人的困惑是我们每个人的困惑,他不会回避或掩饰。我们是否真的像很多人所描述的那样,一当背转身离开乌烟瘴气的城市,走入自然,仿佛立刻就获得了精神的洗礼和灵魂的洁净。我在李少君的诗集中看不出这样的信心,相反,当他说到"安心"时,他的心惶惑不已。不过——

> 还好,我还拥有安静
> 和可以安静下来的能力 (《永济》)

他的诗里有幕阜山夜半钟声的回响

余光中先生谈及《乡愁》时说,人过中年,才懂得把那支笔伸回去。出生于二十世纪六十年代的这一批湖北诗人,在跨过不惑之年后,也不约而同地把那支笔伸回魂牵梦萦的故乡,伸回内心最柔软的地方:岩子河之于张执浩,守界园之于沉河,蕲河之于余笑忠,幕阜山之于剑男……剑男曾说:"是的,当一个人从纷繁复杂的异乡回到故乡,故乡是不需要辨别的,故乡就是我们与生俱来的深切记忆……与物欲横流、人情淡漠的他乡相比,只有故乡才是我们皓首单衣仍不忘返回的最后归宿。"说这些话时,当年倾心于在纸上虚拟唯美、空灵的世界的青年,已变身为慨叹人世沧桑与接纳命运恩赐的中年写作者。

近十年来,幕阜山已成为剑男诗中的"地理标志":它是真实存在的,但常常在梦里现身;它是世界上普通的一条山脉,但它的每一条小溪和每一道小径,每一阵风声和每一声鸟鸣,每一朵野花和每一片落叶,每一位滴血相认的父老乡亲,都成为诗人写作的精神源泉。诗人的"发现"是这样一种行为:用语言召唤出事物的本性。在这个意义上,《山雨欲来》(2009)奠定了诗人"幕阜山系列"抒情诗的基调:

> 我行走在丘陵,两座山之间有什么
> 孤单地悬着? 天慢慢暗下来
> 接着又是哪里来的光晕辉映着它们的肩膀?
> 那些匍匐在它脚下的村庄卑微地
> 点起幽暗的灯火,生命压得多么低
> 像黄昏的宁静压住的,快喘不过气
> 又像早前的一阵乌云,笼住人生中惯有的灰暗
> 但好在天已慢慢升高,透出如黎明的光亮
> 这么多年,这是我第一次看见被孤寂压低的村庄
> 是我第一次看见它的屈辱,在被雨水
> 洗涮之前有着黎明的模样

它有着古典诗的意象和意境,凸显的是现代"浪荡子"悬浮的生存状态,在天地间挥之不去的压抑和孤寂;它瞩目于村庄里的人民卑微与屈辱的命运,反射的是一位走出大山的后生身上流淌的倔强、坚忍的生命基因。

乡土诗曾是湖北新时期诗歌中辉煌的一脉,不过,包括剑男在内的这一代诗人的诗作却难以归入其中。一方面,乡土不再被视为某种诗歌"题材",而是他们的写作得以塑形的生存背景和精神底蕴:他

们是土生土长的农家子弟,也是在乡村与城市夹缝中游走的人。另一方面,他们的诗中不再有显明的乡村古老传统与城市现代文明的对峙,不再有非此即彼的二元思维,也不再有失望与希望交织的抒情模式——当剑男使用"黎明的模样","模样"一词已抑制住了"黎明"一词可能会生发的廉价希望。他有时觉得活着是一件美好的事情,有时觉得"人世有大悲伤/我却不能一字一句清晰地说出"(《牙齿之歌》);他会"爱上一个虚构的人",也会担心"这漫长的人世中真有一场不散的筵席"(《星宿》)。更为重要的是,这一代诗人不再有为他人代言的欲望;他们的诗不是用以宣泄和煽情,而只为内省和忏悔;他们所接受的大学教育和诗歌教育,让他们对以标签方式现身的群体保持警觉。诗歌是见证也是指认,见证和指认被历史大潮裹挟而去的具体的、活生生的人与事,他们从中体认和确认了自我:那是一个独立的自我,不会被潮流的浮泛泡沫掩盖或抹去的自我。因此,剑男的诗中不再出现已丧失其所指的"故乡""故土""家园"等词语,无论是山间兀自生长的植物花草,还是老树下怡然自得的父老乡亲,他都一一称名;他以此表达对天地万物的尊重,因为他是其中一员。他用七十九行诗为幕阜山极其普通的女子左细花立传(《左细花传》),也用近乎写实的方式记录母亲对自己后事的叮嘱:

> 我明年七十五,你要考虑一下我的后事
> 棺木我自己已准备好,刮了三次灰
> 刷了三遍漆,就放在老家西边的厢房
> 过年你再去江西请一个先生给我看块地
> 我说,你看姨妈活了九十一,舅舅

> 如果不是跟儿子赌气,那个算命瞎子
> 说他能活到八十七,小区里的一棵枫杨树
> 去年被雷击,今年长出了那么多新枝
> 你不过是拿掉了肝上多余的囊肿
> 腰椎打了颗小钢钉,我的意思是说
> 寿命是有遗传的,任何遭受重击的生命
> 都有恢复生机的可能。可母亲说
> 她身上到处是多余的东西,她已没有力气
> 还回去,她没有力气把萎缩的胃
> 还给饥饿的六十年代,把风湿性关节炎
> 还给七十年代的清水塘水库,把
> 偏头痛还给倔强的父亲和两个苦命的姐姐
> 她说这是她的命,她都要一一带走
> 无论还能活多久,我必须先给她找一官土
> 要离父亲近些,能望到山外的路
> 能在每年清明远远地就能看到我去看她
> 母亲说这些话时是在我武汉的家中
> 不知怎的,它让我忽然想起三十年前
> 父亲离开人世时的那个昏黄的下午
> 久阴不晴的天刚亮了一下,又突然暗了下去
> (《最近一次和母亲谈话》)

这些无法被归类的诗,显示的正是现实中无法被归类的人,无法被归类的情感,无法被归类的人生的杂沓脚印。

出生于六十年代的诗人是目前湖北诗坛的中坚。若说剑男与其他诗人有何不同,是他交替使用几种不同的笔法,来呈现他眼中越来越复杂也似乎越来越单纯的世界:他有叙事性很强的长诗《巢》《师大南门》《蝙蝠之歌》,有微型叙事诗《左细花传》,更多的是兼有古典意味的情景交融和现代意味的"克制陈述"的抒情短诗;他有对记忆和现实中幕阜山中人事的精细描摹,也有对历史烟云中的人物如鲁迅、周作人、老舍等的追思……他的语调舒缓、流畅,在中低音部流连;他可以自由无碍地在抽象与形象的语言之间,在沉思与抒情之间转换,而给人以浑融一体之感。比如最近的一首《墓志铭》:

> 深刻使人痛苦,浅薄使人快乐
> 我深谙人世的痛苦
> 但庆幸你们让我一直生活在浅薄之中
> 我告别的人世你们也会陆续告别
> 我欣喜的是从此可以像一座拆下齿轮的钟表
> 不再需要无休止的机械转动
> 我有所怜悯的,是你们渴望的前路真的有尽头
> 而你们不知,我也无法给你们描述
> 大地除了无尽的覆盖,其他不过是虚构的幻象
> 像草木覆盖草木,流水冲走流水
> 每一刻都是死亡,每一刻的死亡后面都是重生
> 你们可以在这个土堆上插青柯或花枝
> 也可往上面扔石子,这是
> 我生前对人世的亏欠,如今我沉睡

仍然愿意接受你们的毁誉

如前已述,剑男诗中的情感并非单纯的痛苦或者快乐,人生至此,挥之不去的压抑和孤寂,为虚无乃至宿命所重重缠绕,正如每一位知天命者所感受到的。如果说诗歌起源于平静中的回忆,这回忆是用来认清自我的来路和去路的,不是用以训诫他人。墨西哥诗人帕斯说:"伪诗人说的是他自己,可又几乎总是以别人的名义。真诗人当他与自己交谈时,他就是在对别人说话。"(《论诗与诗人》)而当他对"你们"说话时,我们依然可以清晰听见贯穿于《山雨欲来》中的那种在卑微、屈辱的生活中,不失其倔强、坚忍的声音;红尘不是用以勘破的,它只是一面灰扑扑的镜子,用以照见你我最真实的镜像。

T.S.艾略特认为,"一个有能力体验生活的人,在一生的不同阶段,会发现自己处身于不同的世界;由于他用不同的眼睛去观察,他的艺术材料就会不断地更新"(《叶芝》)。诗歌写作确实与写作者的年龄和阅历有关,但更关乎眼光——其实是识见——的不同。在一样的人间,诗人要找的是"不同的世界",那个独属于他的世界,建构在与"你们"的世界的关联之中。对剑男来说,幕阜山还是那座山,半夜钟声如梦似幻,"有生之年,灰烬中的火焰归于平静/心中有猛虎,但要倦卧在温顺的羊群之间"(《有生之年》)。

"你无名，我便爱着空旷"

宇向的诗没有明显的性别痕迹，尽管"性别视角"用在女性诗人身上是有用的。我同意苏珊·桑塔格的看法，两性的差异是有的，但没有人们想象得那么大。问题也许不在"性别视角"，在于每种视角都有天生的局限，尤其是，它们在运用中都面临固化的风险；更麻烦的是，固化会被某些人当作坚定立场和信念的表征。

宇向的诗让我印象深刻的是现代诗人的冷静、克制，也许有自白派的影子，也许是，自白派与她的个性暗中契合——一种诗派与其知音遇合，便在她的身上再生并滋长。一种诗派的最大价值是其彻底的个性化，是诗人个性极端表现时的完美，是语言成为强烈的风格，此一风格成为人的写照。这个意义上，宇向的诗指向茨维塔耶娃说的"人格化诗歌"，其特点是：全力以赴，让写作与生活中的人不再分离。

写作中冷静、克制的宇向可能笔触粗犷，又笔笔在心；她的敏感是"继续老下去"的人都会有的。她给了死亡以温情的，甚至有点含情脉脉的面容，是因为我们一直在走向它，无限亲近它。我们为什么不可以像她那样，让自己暖和一点的同时，让"死亡也能暖过来"；我们当然也可以因死亡不可避免而冷酷以对，但这既不是死亡的错，也不会改变命运的抛物线。所以，不妨再多一点友善，向着这个世界，向着你的年龄，向着越来越不听指挥的身体，也向着逆旅路上威严耸立的死亡城堡：

> 每一天不定时地让身体
> 躺一躺，死亡的水漫上来
> 像亲人的手
> (《每一天都为它有所改变〈病中作〉》)

这里首先让人记住的是"水"与"手"的隐喻——死亡如水，死亡如手，死亡的水如手，"漫上来"——然后是"手"：它的缓慢（持续的、越绷越紧的惊悸？），它的轻柔（抚摸并闭合眼睑？把洁白的单子从下往上缓缓提起，罩住凹凸有致的脸庞？）。然后是"亲人的手"：活着的？死去的？死去的人的魂灵此时现身病榻旁？温暖的？冰凉的？稚嫩的？有着苍老斑点的？持重的？战栗的？……

诗是想象，也叫幻觉（"死亡执拗地在药里活着/温室里铺满蕨草""我以为我太老了/老成今年最冷的那天"）；但在宇向诗里，想象不是为了弥补现实缺憾，抻长我们越缩越短的感觉的触角——现实必定是有缺陷的，如同每个人的人生；一种写作如果执拗地朝向尽善尽美,是因为写作者坦承了人生的不完美;一个人之所以宁愿在这样的写作中头破血流,也无所畏惧,是因为原本就不必设想,有一种人生会让她完好无损地离开这个世界——而是为了让自己及早看清现实的残酷本性,并因此有了这样的信念:"我写下的是善变的 / 横撇竖捺的伪装的 / 乌有"(《我写下的》)。这是现代诗与古典诗在想象上的分野,不一定是每位写作者都意识到的。一种生活改变了诗歌,但改变不了诗歌对生活本质的体验和洞察,包括死亡,永恒——"永恒的观念总以死亡为其最旺盛的源泉"(瓦雷里)——包括缺憾,希望,也包括虚无和乌有。诗歌是一个人"内心的回响",不过这个人,这个人的"内心",不可能是独一无二、孑然孤立的;一个人"内心的回响",必然有众生"内心的回响"在回响。那种暗哑的轰鸣,也并不是每个写作者都可以听到的。诗人宇向听到了——

> 一个独自在家的人
> 一个伟大的演员
> 一场蹩脚的室内剧
>
> 一个所有角色的扮演者
> 一个众人
> 独自的众人
>
> 一个人,众所周知
> (《在关闭的屏幕上,你看到》)

这是宇向与众人的区别,在众人中,作为诗人,也作为女性诗人:写作始于生活的屏幕关闭之后,但不要假装你没有看过屏幕。写作也始于生活的屏幕——是屏幕,不是生活本身;生活本身不是诗,屏幕折射的生活之光有可能是诗;关闭屏幕后遗留下的生活的光斑,也可能是诗,是宇向的诗:诗不是来自你从平庸生活移开目光进入另一个高尚世界,它是你某一刻关闭眼前的庸常生活,又携带着你既有生活的全部,进入内心——除了内心,诗人一无所有。

从观念上说,"一个众人/独自的众人"比较复杂,但这是生活赋予的——这就是为什么,过一种简单的生活会成为无数人的梦想,但依然让人不得要领。"一个人,众所周知"的意思是,你之前,无数人生活过,你在阅读中接触了其中的一部分;你之后,还会有无数人继续生活,你的写作将向他们敞开,以书籍的方式。写作的位置是:它串联起一座座墓碑,不久你将厕身其间;也叩响了未来一扇扇虚掩之门,你的声音也会在那里回响。从这个角度说,《你走后,我家徒四壁》中说"我的家是一座坟"并不悲凉,"循声而来"的"你"也不是过去的幽灵,是可预见的未来幻影;那朵"巨大的花"也就是"无物结同心,烟花不堪剪"中凄迷如烟的野花,携带着过去,在荒野中瑟瑟摇摆:

> 我的家曾是一座坟
> 堆满死人的书
> 我读书,是给他们
> 狂热地,给他们
> 直到你循声而来

> 把这里栽成一朵巨大的花
> 那时,你身无分文,心为圣徒
> 还信着我的神
> 你在此点燃炊烟。筑建农园
> 研墨。浇灌。放牧。旋风般撕碎猎豹……
> 那时,诗行是噬咬着的
> 上一行成为下一行紧紧地
> 不能分开
> 那时,你无名,我便爱着空旷
> 像爱着濒死人的心,以为我是你
> 那时,仅仅一次,就能道尽终生
>
> 如今,诗行保持绝妙的平行
> 我衣袖尽空,跟别人没两样

这首诗中我最喜欢的句子是:"那时,你无名,我便爱着空旷。"诗人宇向最喜欢的生活状态或许是:无名,空旷;无名者,生活在空旷的荒野。在宇向诗中,表述这一理想状态的另一个关键词是:乌有。诗中"无名的你"是她倾慕的"乌有先生",她渴望成为的,"以为我是你"。不过理想与生活并不是"噬咬着""不能分开",是一种"绝妙的平行";"衣袖尽空"者遁入的是乌有,不是虚无:虚无在今天更倾向于指,你看透了这个世界,不再相信这个世界;你用写作建造另一个世界安顿自己,与虚无相伴。对诗人宇向来说,乌有的意思是:你同样看不清这个世界,但依然相信这个世界,相信自己"跟别人没两样",离不开这个世界。这就像托多洛夫说的,人的处境本身包含了某种人们意图克服的困难(《走向绝对》)。回过头去看,宇向的冷静、克制是她的世界观在语言中的表现。她曾说,她的理想是"面向真理的一个方向,在这个方向上进行的一切,包括知道自己是谁知道自己应该是谁等等。面对生命要严肃要轻松,重前者容易导入谬误,没人能掌握真理,连摸一下都不可能;重后者就是'不能承受'"(吕露《宇向:写诗的感觉是"忘我"》)。乌有可能正好处在严肃与轻松之间。

宇向说,她的第一首诗是写于二〇〇〇年初的《理所当然》,位列《宇向诗选》第一篇:

> 当我年事已高　有些人
> 依然会　千里迢迢
> 赶来爱我　而另一些人
> 会再次抛弃我

她说,她想用"普遍的爱"来超越"普通的爱"——诗已经/将要容纳的不是"普通的爱"也不是"特殊的爱",而是"普遍的爱"。这是她诗歌写作的开始:始于自白,始于一个人平淡的声音,仿佛历尽沧桑,沧桑中有很多的人与事接踵与叠印;始于假设,始于对假设的毋庸置疑,仿佛已见那人生的结局。今天,作为铺垫的假设可以撤走,"理所当然",诗人"年事已高"。她会赞同扎加耶夫斯基说的:"我已不再年轻,但总有人更年老。"(《自画像》)她仍然会同意,发生在一个人身上的事情都是理所当然的,围绕着她来来去去的那些人都是有因缘的;世界有这一面,就会有那一面,还会有另一面;生活越来越复杂、混乱,最简单的方法就是思考发生在你自己身上的那些事;画布上每一个看似随意的笔触怎么会是非理性的,扑上去的也只能是那一只无名小虫:但要留下荒野,这乌有之乡,也是理所当然的。

第十一朵紫罗兰花开了

　　我没有见过宋雨,就像许多朋友一样,在微博上碰见,打个招呼,读读她刚贴出来的诗,或者别的什么。她转帖过新疆十大美景,她很自豪。我说我去过四个地方。宋雨说,哦,比我去得多。我没说过她生活的地方阿勒泰,也没说那个地方去一次是不能谈论的;去过两次可以试一试,说话时我尽量不结结巴巴;去过三次我就要住下来,但那又怎样呢:

　　　　十七条辫子的阿依古丽呀。

阿依古丽就在那里,你在键盘上一敲她的名字她自己就会蹦出来:帽子、脸庞、眼睛、睫毛、葱白(原谅我只能想到这个词)的软和的小手,当然还有那些跳舞(我也只能想到这个词)的辫子。她就在那里:

> 月光在一只旧靴子里。她的睫毛,一排幼松。

这里的每一个词语,月光,旧靴子,睫毛,幼松,对宋雨都是极其普通平常的,对我则需要停顿,需要蹲下,需要凝视;还有那个"蓝宝石天上"。显然,她看到的超越了我的想象。必须要有那样的眼睛。必须要有那样的天空和大地,河流和山峦。

太过遥远的异域风情对我这样的伪背包客的视觉和想象力的打击是致命的。我了解这其中的危险:你的惊叹是廉价的,你的赞美像无根之萍;即便是萍与水,对你对她可能有着完全不同的指向("阿尔泰山的九月,河水清透得就像不在了")。地域对于一个在那里发芽、开花、结果、劳作、休息、安息的人的意义,外人无法参透,里面的人则无须多言:这意义过于显赫,谈论它倒是一件很奇怪的事情。诗歌不是用来谈论的,它是一种声音,一种语调,裹挟着情感:

> 没有比一盏灯的哭泣更让人绝望

我说过不要把自己未曾体验的现实叫作什么"魔幻现实""奇异现实"吗?好吧,那是一个童话世界,是一首天真之歌;童话和威廉·布莱克的"天真之歌"都出现在书籍里,这是书籍的伟大,也就是生活的贫乏和蜕化——这是我们的,不是作为女儿、妻子、母亲和诗人宋雨的:

> 现在这场雪倒是疯了
> 搞得屋檐下的白猫喵呜喵呜

>
> 使劲叫唤
>
> 我们的老邻居老乌尔塔拉克说那只猫在撒谎
>
> 它在告诉我们春天来了
>
> 可是白猫就撒了一次谎
>
> 雪就停了
>
> 啊……

如果末尾"啊"的发音很难掌握,不能去怪诗人;如果我们对此有"刻意"之感,是因为我们愈来愈粗粝的心灵已无法触及那些最原初、最素朴、最真挚的情感的微动;我们的日常是粗鄙化的日常;我们对任何有异于此的警觉乃至讨厌仅仅是因为它们不合我们的规矩,没有使用我们的行话、黑话和暗语;我们真的是到了马尔库塞说的"唯异化非异化"地步,因为我们已经和正在经历的一切,合谋消除了这一切,只留下苏珊·桑塔格说的"最平庸的感觉"。宋雨诗里的那个阿塞尔不是这样,用武汉话来说,这个人真是"滴多"(意为啰里吧唆,婆婆妈妈,扯不清还要扯)啊:

> 阿塞尔说如果怕黑就把灯打开
>
> 如果有难过的事
>
> 就做针织
>
> 针脚错了也没关系
>
> 找她说话也行
>
> 人家的肩头靠不得
>
> 走路要看着点儿

> 小心猎手布好的夹子
> 阿塞尔说有时候你哭都是错
> 人家哭才会得到一块手帕
> ……
> 阿塞尔说你看你满身的潮湿
> 我就知道你淋了多大的一场雨
> 你也学蜘蛛给自己织个网吧
> 不管走到哪儿
> 不管和什么人在一起
> 阿塞尔说这样我才能放下心

宋雨的诗中有多种声音,多种语调,但总体上是沉静的、优雅的、细腻的。她的诗就像是说话,有温暖在就说温暖,有寒冷在就说寒冷,有无法释怀的悲悯在就说出你的悲悯,有无法抑制的泣涕就让它继续无法抑制吧:

> 我在阿勒泰的解放路上走着
> 雪堆满我的后背
> 这里有大雪小雪
> 毛毛雪粉碎的雪藏着针的雪
> 而雪可以吃
> 可以填满深沟
> 然后被一双手捏成雪人看她哭
> 然后回到屋子里

> 雪人开始唱歌
> 蹲在地上小声地发声
> 唱给所有人听
> 没有一个人能听到
> 这里真不适合她
> 剩下的时间也真的不多了

藏着针的雪是疼的,只是,阿勒泰小城里的宋雨在雪中感受的生冷、生硬的疼,那种搓着手跺着脚捂着耳朵的疼,那种离开解放路回到暖气房里依然还在的疼,我们只能想象;蹲在地上小声歌唱的雪人,她想唱给所有的人听,包括那些只能在想象中谛听的人——"剩下的时间也真的不多了"。

  宋雨诗的声音是女性的声音,我不知道这对她有多重要。我赞同桑塔格的意见,即女性写作确实与男性写作不同,但这种不同并没有人们想象中的那么大。一个诗人的选择最终取决于他的文化传统,或者是个人经历。对这两个方面,我都缺乏了解(我甚至需要百度"新疆诗人宋雨",然后看到一篇很好的文章叫《谁能了解宋雨的"世界"?》)。这也解释了我去过的新疆的那些地方,为什么会让我着迷,以及宋雨的诗,为什么会让我有一种洗礼之感。超凡脱俗的、神圣高尚的、欢欣愉悦的,这些既是人类的需要,也是人类的能力,今天这一切的日渐稀薄并不是它们也不是我们的错。就像阿尔泰山顶的星空,需要仰望,需要相信那是最原初、最素朴、最真挚的存在。

谁是那个"被生活用旧的"人?

熊曼是一位不太容易描述的年轻诗人:不是因为她的复杂,是因为她的简单,是因为她的简单里有细微的"褶子":

无意义的风从湖面吹过来 (《湖边的一个下午》)

表面上看这句诗并无特别之处,细想起来又并非如此:莫非在到达湖边的那个人的眼里和心里,这风原本都是"有意义的"吗? 它因何变成"无意义的"? 抑或这只是庸人自扰? 然而无论有意义还是无意义,这风都日复一日地吹过来,犹如生活的流水旦复旦兮地冲刷着我们。

我不确定是否可以用"日常生活"这个满是歧义的概念,来概括熊曼笔下的景象。在我看来它们就是现实本身,既不光怪陆离,也非荒诞不经,亦无情感的戏剧性的大起大落。对一位诗人来说,不存在特别的——比如"诗意的"或"庸常的","宏大的"或"琐碎的"——现实,只存在被凝视、被探询并被竭力描述的现实;这样的现实如果让人惊讶或心动,并非因为它们本身有何奇异之处,只是因为它们"被真正地看见,专心地看见"(米沃什《反对不能理解的诗歌》,黄灿然译);它们与诗人,也与读诗的你我同在——

　　被生活用旧的妇人在剁猪肉　(《湖边的一个下午》)

人的物化的现实在"用旧"一词中昭然若揭,但其中并没有常见的对"日常生活"的批判意识,也没有悲悯或哀叹,因为那是诗人的,也可能就是你我的现实。一个场景或事物被真正地、专心地看见,是因为它并非与我们全然无关。现在我们可以返回"无意义的风"那一句:在"被生活用旧的妇人"(以及住在肮脏的小店里讨生活的人)那里,湖面的风是"无意义的",只是"带来水汽和凉意"的风而已;而在那些还没有"被生活用旧",或者更大的可能是,在那些还未觉察自己其实已"被生活用旧"的人那里,湖面的风是"有意义的",按照惯例它被称为"诗意的"或"美好的"——这种依凭惯例来感受并指认现实的人,恰恰是"被生活用旧"的人:他们自愿留在既定的对世界的反应方式里,不是因为懒惰,是因为这种反应是安全而舒适的。

　　同样,我并不确定这就是熊曼诗中被折叠的"褶子"。我唯一可以确定的是,这位简单的也是安静的年轻诗人,不是一位信誓旦旦地要从"日常生活"中驱逐"诗意",以便使其俗不可耐的本性大白于天下的诗人。这样的诗人在今天如过江之鲫,这样的写作在当下已成

"惯例"之一种而多少显得没心没肺。作为写作者的熊曼在诗中的位置,也并不容易确定,这与其诗中是使用"我"还是"她"并无多大关系。比如《湖边的一个下午》中,文本的抒情者/声音的发出者,亦即穿过肮脏的小店到达湖边的人是谁?是写作者,还是一位对生活怀着戒备与抵触的观光客?那位"被生活用旧的妇人"仅仅是某位隐形者的观察对象,还是说她也是抒情者自我影像投射的一部分?"一棵树孤零零地站在湖边"在语境中是风景本身——"无意义的"一部分——还是说,它将无可避免被解读为孤独的抒情者的象征而变身为"有意义的"?毋宁说,作为写作者的熊曼在把万物纳入视野的同时,审慎地维持着与书写对象的间距,以达到既隐藏自我而将文本的空间让位给她所凝视的世界,又借助世界反观自我以督促自我"卸下麻木和惯性"(《野樱桃》)的目的。比如《大海》中,其关键词是"容纳",与之构成反义词的是诗人一再提及的"囚禁"(《美德》)、"禁锢"(《初夏》)或"教化"(《游戏》),而对"敞开的美"的神往是抒情者在安静的外表下涌动的欲望。这种欲望不可谓不强烈,却被"日后"("一种可供日后回味的心惊")——返回日复一日的现实——所猝然终止。

突破严格限定的粉笔圈式的"日常生活"去往"异地"而不得,是熊曼这组诗的一条主线。这种严格限定既来自命运的摆布(《异地》),也来自人之为人的职责和对此职责的自觉承担(《游戏》)。正因为生活纠缠在"无意义"与"有意义"、"无常"与"恒常"之间,抒情者才把自己的影像投射在那有如穿越时空、冒雨奔突的黄衫骑手身上:"茫然而淡定"(《初夏》)。不过,即便是在那些少有的、透露出生活残存的温情的诗行里,抒情者的视线也不是单一的,而是在观察者与被观察者之间游移、转换：

> 小男孩在客厅玩耍
> 不时将目光投向厨房
> 那里，他的母亲忙碌着
> 脸色像放置了一段时间之后的柠檬
> ……
> 现在她不得不待在厨房里
> 并告诫自己专注于
> 手中的刀刃
> 将那些轻浮艳丽的事物
> 暂时挤出脑中　（《母子》）

抒情者/观察者告诉读者，小男孩正从客厅观察厨房里的母亲："那里，他的母亲忙碌着"。但是抒情者/观察者旋即越过小男孩，接管了他的视线："脸色像放置了一段时间之后的柠檬"——这不可能是出自小男孩的观察，更像是一个"被生活用旧"的人对相同命运者的精准白描。当诗行推进到末尾，这个由"他的母亲"（确指）变身而来的"她"（既确指也泛指），是抒情者/观察者眼中被观察的对象，还是被观察者的自我展示，抑或是作为写作者的熊曼的自我影像的投射，我无从回答。我所能感知的，是母亲这一极普通也极常见的书写对象，在多重视线——抒情者/观察者的、小男孩的、抒情者/观察者眼中的小男孩的、被观察者自身的、文本之外的写作者的——交织中所呈现的寻常中的不寻常的形象。而此时被写作者悄然折叠的"褶子"

是:正是这多重"视线"交织成的无形"栅栏",造就了日常生活中被囚禁、被禁锢的人,也刺激了他们去往"异地"的欲望和对"一览无余敞开的美"的叹赏,以及这一切终将成"回味"的喟叹。也因此,熊曼的这行诗确实令人怅然,尽管是淡淡地、徐徐地道出的:

 她在阴影中待着,与万物怅然相望　（《阴影》）

附录:

湖边的一个下午
熊　曼

要穿过一排肮脏的小店
才能到达湖边
被生活用旧的妇人在剁猪肉
动作熟练且麻木
一只花猫在旁边静候着
这是日常中容易被忽略的部分
一艘船泊在湖面上
斑驳的船体显示它已被遗弃多时
树在发芽,花在开
空气中有花粉私相授受的气息

无意义的风从湖面吹过来

带来水汽和凉意

鱼跃出水面,引来飞鸟盘旋

更细小的虫子在树叶间穿梭寻觅

一棵树孤零零地站在湖边

自它诞生那日起就如此

天地不言,但动静更替

以有形或无形之物

以色声香味法示人

生命的本质是活着或死去

孤独或繁殖

蹲在自己的树上,像叶子一样摇晃

倘若从年轻诗人黍不语的诗中,选择一个既具个性,又隐隐透露她所生活的江汉平原的地域特征的物象,我想应该是树:"当我看看窗前那株梧桐树 / 春天长出绿叶,秋天时又落下 / 我明白没有一种生长 / 比那更有意义。没有一种隐忍 / 比它更像某种活着。"(《午休》)

写过树的诗人无以计数,比如艾青的《树》,曾卓的《悬崖边的树》,舒婷的《致橡树》,顾城的"现在树枝细着 / 风中摇摇 / 二十岁的我们 / 都不见了 / 树身上有许多圆环 / 转一转就会温暖"(《然若》);比如波兰诗人扎加耶夫斯基的"你在秋天的公园里拾橡果,/ 树叶在大地的伤口上旋转。/ 赞美这残缺的世界 / 和一只画眉掉下的灰色羽毛,/ 和那游离、消失又重返的 / 柔光。"(《尝试赞美这残缺的世界》,黄灿然译)……因此,黍不语诗中频频出现又不停变幻的树的意象,无关乎写作的"辨识度":这个被写作者竞相追逐的目标不过是一种幻象,一种身陷现代性的泥潭——求新求异——而不自知的幻觉。写作如果是一种诚实的行为,就会像黍不语所意识到的那样,它不是为了让一个沉默寡言、离群索居的人以另一种方式开口说话;在其中,说出来的总是少于未能言说的,那更广大的沉寂;写最终指向的是不写,就像写完《情人》的法国作家玛格丽特·杜拉斯所承认的那样,"关于写作一事对于我究竟是怎么一回事,我只讲过这么一次:'写作,什么也不是'"。它是一个人生命中的一段历程,无数必然和偶然事件中的一个;写作会给你狂喜,也会让你坠入虚空;对有的诗人来说,写作不一定是用一只手挡开命运的虚无与绝望,用另一只手书写对永恒的渴望,而是平心静气地接受那些不可接受之物,将其视为生命的一部分,就像残缺是这世界的一部分,但并不妨碍一个人去伸出手,去爱,去哭泣:"那地上只有草/那空中只有云/一棵树不自觉地往下落叶/一个人因为爱,止不住哭泣"(黍不语《秋日》)。

或许这就是许多诗人、评论家、读者不约而同地将"安静"一词赋予黍不语,也同时赋予其诗歌文本的原因。而树这样一个在江汉平原的房前屋后、田间地头、塘边湖畔随处可见、伸手可及,看起来毫无特色的物象,成为黍不语所钟情的探触成长的历程、生活的本真、生命的奥义的书写对象;反之,她极少去细写那些很可能被认为更能凸显江汉平原地域性的风物——稻田,棉花地,荷塘及其荷花荷叶,水中的鱼虾与一步一叩首的白鹭……优秀诗人所拥有的质素,是他们青睐日常生活中最熟悉也最常见的事物,用以传达超越了一时一地一人一物的天地万象的生存法则与存在状态;也就是,以最单纯、最朴素的意象,去传递讳莫如深、难以参透的人生的"宏大主题",就像《诗经》"国风"篇的无名氏诗人所做的那样。由此,托物言志这

种传统的、为读者所熟悉并喜爱的抒情手法,在黍不语的诗中并不鲜见。如《来到城市的树》:

>被我看见时,工人们正一根一根
>搬运它们。大的,小的。粗的,细的
>含含糊糊挤在一起。
>
>还有年轮,但皮没有了。
>还能立起,但枝叶没有了。
>
>我想象它们曾经绿得骄傲,壮观
>披挂着世上所有的星辰和露水。
>
>我想象它们曾经拥有多么牢不可破的距离
>多么完美的沉默,和多么心爱的鸟儿。
>
>我想象它们如何被拔起,被斩断,被剥皮,被运送
>被统一,被模糊,被扭曲,被消解……
>
>我看到自己已无可挽回地,置身
>那想象中。
>我在眼前和想象中看到自己
>被无止无休地搬运,堆砌。在它们中。

现在它们叫木头。一生的命运
还远未结束。

在诗的写实和想象中,树的命运与"我"的命运的对应关系是如此显豁,以至于任何阐释都是多余的。树变身为木头是其诸多命运中的一种,却是它自己无法主宰的;树的命运的结束是它作为木头的命运的开始,后者依然要听从摆布和调遣。对树的独立自在的生命的消失的悲悯,很自然会转化为诗人对自我命运的体认:

> 你看到我在河对岸是
> 一小截木头
> 我看到你
> 在早春的风中,鲜艳地绿
> 一切多么美妙啊阳光
> 照耀你你是明亮与花果
> 照到我是灰烬
> 河水湍湍是你在世上走
> 当你终于明白没有自己没有另外一棵能够靠近
> 终于你感到生活
> 只剩下了平静,与等待
> 你看见由于
> 荡漾由于
> 无可挽回的心动
> 你看见河水粉碎了阳光 (《木》)

> 清晨给花浇水
>
> 时发现
>
> 一株丁香花
>
> 全枯了
>
> 但她的叶子
>
> 完好无损
>
> 她的枝干
>
> 仍俊秀挺拔
>
> 在一堆浓绿的,不停伸展的
>
> 植物中间
>
> 像一个放弃所有
>
> 的人
>
> 却珍藏着
>
> 全部的灰烬　(《植物》)

"灰烬"在黍不语的诗中,不完全是遗物的代名词和死寂的象征,它仍然令人不由自主地联想到曾经生动的火焰,以及残存其中的余温——"珍藏"一词暗含着不值得向愚钝者多言的关于生命意义的领悟。卡夫卡说:"生命之所以有意义,是因为它会停止。"因此,"灰烬"凭借它逝去的火焰照亮了已逝者的生命之途,也依靠其柔弱的余温慰藉着还在世上踽踽独行之人。不过,在托物言志的抒情手法中,"物"往往容易沦为"志"的附庸而失却其独立性,如同在借景抒情中,"景"为"情"所役使而不再成为它自身。因此,黍不语更有韵味的诗,出现在抒情者与其书写对象保持"牢不可破的距离"之时,出

现在一个生命对另一个生命的凝视与体察之中:

> 这个下午,我盯着窗前的
> 一棵小树
> 它在风中摆动身体,片刻不歇
> 它的叶子有时变成光线
> 有时变成遗物,落下来
> 躺在脚边
> 你看不出它的变化
> 甚至它根本,没有变化
> 它站在那里。它摆动。它落叶
> 像空气一样理所当然
>
> 它有落不完的叶子 (《倦意》)
>
> 有时候你仅仅
> 凭沉默
> 就区分了自己
> 此刻若有寂静,有神明
> 有轻轻翻动的树叶
> 起伏的光线,和
> 正在醒来的眼睛
>
> 你坐在春天,一个无法逾越的下午

> 一棵树来到你的窗外
> 他叫含笑
> 如果再细致一点
> 他叫深山含笑　（《冥想》）

《倦意》中,看不出变化的小树似乎一成不变,令人在下午的倦意中更生疲乏;但这一成不变是天道自然的表征,"落不完的叶子"是生命历程中不可避免的部分,就像诗人也写过母亲的苍老、长辈的逝去,以及活着的人的哀伤的渐趋平息。而《冥想》中名叫含笑的树则在不经意间带来了世界美好的讯息,不过这美好的讯息来自另一个世界——"深山"——远离了人群和尘世的喧嚣。

以最普通平凡的意象来洞悉无处不在的生命的意义和价值,是黍不语的诗歌值得称道的地方:这不是她的"独特"发现;这也正是她经由写作所发现的——不是写作者引领着诗歌在走,最终诗歌将以自己的方式走自己的路,就像她在诗中所说:"我知道这是春天/我在春天的路上走/后来,是春天的路在走。"(《春天的路在走》)这是心怀梦想而又时时心生惶恐、敬畏的写作者不可抗拒的命运。黍不语曾说:"没有人比人更高,更有资格。这个世界,我们所知的并不多。对未知的事物保持敬畏。对无法进入的他人地狱保持尊重。对爱,相信他有善良,美好,和长久的忍耐。"(《疤痕体》)她在《一只蹲在树上的鸡》中写到,小伙伴们围着蹲在树上的一只鸡争论不休,转而问沉默不语的"我":"你觉得呢?""我觉得它就是一只鸡,就是它自己/它什么也没想,只是恰好/蹲在了树上//——然而我什么也没说/我蹲在了自己的树上"。这首诗或许缺乏诗人所偏爱的语词的简洁之美,却可视为诗人的自画像:拒绝以己度人,将一己之志强加给他者。也许对于年轻的黍不语来说,写诗并不是生活额外的一部分,作为修辞术的诗歌也不是生活的一个切片或命运的一个标本,它就是生活或命运本身,值得珍惜和尊重:珍惜你所遭逢的一切,尊重与你有不同际遇的他人。

春风里·火葬场·蚂蚁们

我越来越不喜欢那些写得华丽、顺畅却全然感受不到写作者体温的诗,那些充满小智小巧而沾沾自喜的诗,那些在惯性写作的泥沼里越陷越深而写作者浑然不觉的诗。至于视作怪和破坏为天降大任于己的诗,更是等而下之。我偏爱那些略显生涩的诗,那些在语言的围困中略显手足无措的诗。在这些诗的语词的排列组合中,不时可以听到竹笋拔节的轻微脆响。

平庸的写作者总是自信满满,少有例外。而张常美是一位不那么自信的写作者。决定他作为优秀诗人品质的,是他在诗行间袒露的一颗悲悯之心。

"春风里"的标题下紧跟着"火葬场",这有些令人意外,但极可能是诗人童年生活场景的写实 —— 真正的写实总是可以跳脱我们对现实的刻板印象 —— 其意图并不在劈头以生与死的强烈反差来刺激阅读者。故此,诗歌很快转到火葬场的"后面",那片"浓蔚的小果园",返回到"春风里"的和美意境中。从编辑角度看,"浓蔚"是个生造词——这是诗人略显"生涩"的地方——但编者并未提出异议。这固然是因为诗歌语言本就有对日常语言的陌生化处理,并负有创新语言的职责,更重要的是,"火葬场"与"浓蔚"之间的隐秘关联:似乎只有"浓"字既暗示又挑明了这一关联。这就是诗人体验并写入文本的现实,在那里,生与死是并存、转换而不是隔绝、对峙的,不是简单的肯定与否定的关系。首节的后三句出自童年视角,记忆中的幻象,并无任何新意,其作用是为这首诗晕染上童话色彩:童话往往涉及人生的伦理主题,比如生与死、善与恶、美与丑、幸福与悲伤、诚实与虚伪,等等;此外,作为一种古老文体,童话不止母题,而且结构,都是重复的。

童年视角带出果树下的小男孩,这一场景也是我们熟悉的。小男孩的游戏似乎亘古不变,但是,"从蚁群中间挑出一只青虫/像是从送葬的队伍中拿走了逝者",却跳出童话的窠臼,返身现实,并且从"送葬的队伍"和"拿走了逝者"两个层面,呼应了"火葬场"意象。同时,"拿走了逝者"这一出于游戏的孩子的举动,让"像为天空修剪多余的白云"的父亲的举动,有可能发生变异:谁是"多余的"树枝?

不过,最令人惊心动魄的地方在第三节:

> 总有突然的变故,令它们慌张
> 总有风,令它们的衣服落满灰尘

要有一双什么样的眼睛,才能看到蚂蚁们的"衣服"?要有一颗怎样的心,才能体悟到蚂蚁们的"衣服"上"落满灰尘"?诗人写的是童年时看到的蚁群,还是成年后想到的如蚁群般的民众,抑或是"衣服落满灰尘"的自己?

镜头在摇晃:火葬场 —— 小果园 —— 爬在高高梯子上的父亲 —— 高过父亲的白云 —— 果树下的小男孩 —— 地面上无声无息忙碌不已的蚂蚁们……风从火葬场吹来。它们衣服上的灰尘,过早沾染了死亡的看不见的颗粒。

附录:

春风里

张常美

火葬场后面
是片浓蔚的小果园
一个父亲
爬在高高的梯子上
像为天空修剪多余的白云

一个小男孩,六七岁的样子
用刚刚修剪下的树枝
从蚁群中间挑出一只青虫

像是从送葬的队伍中拿走了逝者

总有突然的变故,令它们慌张
总有风,令它们的衣服落满灰尘

如何成为琥珀里的那只昆虫？

诗人胡弦如何进入琥珀内部，化身那只昆虫，以它的复眼观察，以它的触须探触那近似无形的、无以穿透的屏障，以它翕动的嘴唇言说古老又新鲜如初的欲望？解读者无从回答。不过，优秀诗人皆具备一种能力：不仅能够如福楼拜教诲莫泊桑那样，去凝视一棵树一团火焰，直至看出这棵树这团火焰与其他树其他火焰的不同，而且，可以化身为这棵树这团火焰，兀自生长，纵情燃烧。

知乎上有则评论认为，胡弦的诗"语言的深度超过了思想的深度"（知乎《你们觉得胡弦的诗如何，算一流诗人吗？》）。且不论评论者将语言与思想对立是否恰当，抒情诗的基本和首要功能从来不是追求"思想"，何况，"思想的深度"如何确定？是否因阅读者而异？当然，我并未否定诗可以传达"思想"，也不排除阅读者可从诗中领悟"思想"；但写诗者若以此为目标，将导致诗文体的解体。这正是西方象征主义诗歌中出现"纯诗说"的缘由:"纯诗"强调的是诗文体的不可替代性。不过,这位知乎用户提出的"语言的深度"值得探讨。虽然对什么才是具有"深度"的语言必定会引发争议,但诗的问题归根结底是语言问题;有"深度"的语言不妨理解为有较为丰富的意涵或韵味的语言。

传统意义上,胡弦的这首诗可归为咏物诗,拥有大量的写作者和阅读者。这类诗本身没有什么特别之处。胡弦诗的特点在于,他意识到面对一个引起自己也可能引起他人兴趣的观察对象,诗人的所思所想须经语言呈现出来——这几乎是"正确的废话",但包含着现代诗人面临的基本困境:与语言博弈。卡尔维诺说,当各种美学理论号称诗歌来源于灵感,是"某种直觉的、直接的、真正的、全部的、谁也不知道会如何跳出来的东西"的时候,这些理论却在一个关键问题上集体缄默,也就是,所有这些东西"如何才能够成为落在纸上的作品"(《控制论与幽灵》,见《文学机器》,魏怡译)?平庸的写作者的逻辑是:我有了"思"与"想",我需要用语言表现它们——"思"与"想"先于语言出现。成熟的写作者认为:我的"思"与"想"与语言共生;但语言会捣乱,甚至会"造反"——用具有公共性、规范性的语言,去呈现一个人希望呈现的独属于他的思与想,何其艰难。写作者因此感觉到无从控制语言,甚至常常被它所钳制,但又没有人甘愿如此——现代诗歌的"张力"就在这里。

这不过是常识,但常识往往是颠扑不破的真理所在。文学的真理常常被幼稚的"反常识"者漠视。

回到开篇的问题,我试着从创作过程的角度简单梳理诗的成形过程,以便厘清诗人的所思所想如何由语言"定格"——

——诗人观察琥珀里的昆虫,以其感觉摄取对象的形貌,形成第一个"意象"(此"意象"为西方现代心理学术语,即"意识中的象";并非中国古代文论所言主观情感与客观物象的交融)。

——"意识中的象"沉淀为记忆的残片:第二个意象。它被诗人的记忆筛选过,无论此记忆时间的长短。

——诗人提取以意象方式存在的记忆中的残片,诉诸文字,形成文本中的"语象"(verbal icon),即"文字构成的图像"(a picture made out of words,新批评主张以"语象"取代混乱不堪的"意象")。

——阅读者经由文本中的"语象"在头脑中生成意象:经由阅读者加工创造的第三个意象。

简言之,在诗人那里,从观察到写作,其间经过多重"意象"转换;而经由文字符号固定下来的"语象",能否在阅读者头脑中"复原"写作者所希望呈现的"思"与"想",仍是个未知数。优秀的诗人一再感受到的写作的困境或难度,正在于此。

当然,这依然是常识。另一个常识是:优秀的诗人大都有着相似的情怀和对语言的认知;平庸的写作者各有各的不同,且以"不同"为炫耀于人的资本。

有写作经验的人都会明了,写这类传统的咏物诗,包括记游诗,本身就是对写作者的一种挑战;除了上述语言困境,还要考虑如何去突破"类型诗"的常规,当然依然是在语言层面上。

诗人胡弦一提笔就进入了被观察者的世界——这一没有任何铺垫、过渡的笔法表明,琥珀里的昆虫一直是以主体面貌示人:它一直活着。当诗人凝望它,它也对视着他;他如此强烈地感受到它的被封存了百万年千万年的倾诉欲望——一股强大的气息仿佛使纹丝

不动的琥珀的内部肿胀起来;观察者已被"取代",但它的所思所想无不折射出观察者的形象和欲望:

> 它懂得了观察,以及之后的岁月。

以及:

> "你几乎是活的,"它对自己说,"除了
> 不能动,不能一点点老去,一切都和从前一样。"

现代诗歌的基本写作模式是"借意",其核心是借由描绘外在世界来反映诗人的内心世界,一种投射(参见唐际明《"窗"在里尔克作品中的诗学含义》)。这一模式已由下列诗句表达:

> 光把它的影子投到外面的世界如同投放某种欲望。

只不过诗人是借助外物而向内收敛,收敛至内心的一个点。由此也可确认这首诗浓厚的象征主义色彩 —— 想一想里尔克的《豹——在巴黎植物园》—— 但在胡弦手中,这是被"修正"过的象征主义,也就是完全隐去自我,却又处处让人感觉自我的存在。平庸的写作者在这类诗的写作中,往往表现出能够发现、把握对象的特质并获得对象"启迪"的自信;优秀的写作者却一脸惶恐,察觉自己正在被一个僭越了客体位置的主体牢牢掌控,乃至被"吸走"。写作中的胡弦,真的知道自己内心所要的那个"点"在哪里吗?他有自己清晰的想法

吗？在被禁锢在琥珀里的昆虫面前,他感受到了巨大的压力,一种被掏空的感觉——

> 它身体周围那绝对的平静不能
> 存放任何想法。

他知道这首诗将以这样一种意想不到的方式收尾吗？——

> 总有一把梯子被放到它不能动的脚爪下。
> 那梯子明亮,几乎不可见,缓缓移动并把这
> 漫长的静止理解为一个瞬间。

语境中,不妨把这把"明亮,几乎不可见,缓缓移动"的梯子,理解为百万年千万年前缓缓滴落的松脂。现在,诗人找到了一个可以呈现其"思"与"想"的精确"语象":梯子是供昆虫离开此境的,转瞬变成扭曲的、捆缚住它的无形绳索。但它因此变得更加纯粹;它的"栩栩如生"是因为它的死已被"吸走":

> 当初的慌乱、恐惧,一种慢慢凝固的东西吸走了它们,
> 甚至吸走了它的死,使它看上去栩栩如生。

诗的语言正是这把虚幻的梯子:在缓缓流动中凝固那"一个瞬间"。
诗的语言散发着若有若无的松柏的芳香,经久不息。
诗人,是那琥珀中的昆虫。

附录：

琥珀里的昆虫

胡　弦

它懂得了观察，以及之后的岁月。
当初的慌乱、恐惧，一种慢慢凝固的东西吸走了它们，
甚至吸走了它的死，使它看上去栩栩如生。
"你几乎是活的，"它对自己说，"除了
不能动，不能一点点老去，一切都和从前一样。"
它奇怪自己仍有新的想法，并谨慎地
把这些想法放在心底以免被吸走因为
它身体周围那绝对的平静不能
存放任何想法。
光把它的影子投到外面的世界如同投放某种欲望。
它的复眼知道无数欲望比如
总有一把梯子被放到它不能动的脚爪下。
那梯子明亮，几乎不可见，缓缓移动并把这
漫长的静止理解为一个瞬间。

辑三 经典的芬芳

卡夫卡:"优雅的温柔"

最早是从法国作家埃莱娜·西苏那里,知道奥斯卡·鲍姆(Oscar Baum),卡夫卡的另一位挚友。在西苏那篇著名的女性主义文献《从潜意识场景到历史场景》中,一生紧紧包裹住自己的卡夫卡,以另一种完全不同的形象现身。西苏说,鲍姆儿童时代因一场车祸双目失明,他后来回忆与卡夫卡相识的情景时说,他当时看见了卡夫卡。这怎么可能呢? 西苏的回答是:"借助奇迹"。按照她的描述,真实的情况是,卡夫卡蓄有一头长发,当他弯下腰的时候,一缕发丝拂过鲍姆的前额,所以,"他看见了":"这温柔的场面本身就是因他人而生的。因为卡夫卡在这个场面中是把双目失明的奥斯卡作为有视力的人来尊重的,在他向鲍姆问候时根本没有考虑到他是盲人,他想象他看得见,从始至终。"对卡夫卡来说,这无所谓"奇迹",就像他不可能知道,"卡夫卡式"(Kafkaesque)成了他离开后的这个世界的修饰词,沿用

辑三 经典的芬芳

至今。而如果我们称鲍姆是"奇迹"的见证者,那就意味着,我们依然在把鲍姆当作不同于我们的人,看不见世界的人,我们也就没有从卡夫卡一缕飘拂的发丝中获得分毫触动。当然,这不是西苏的问题,她是要借题发挥:

> 并不是人人生来就能像卡夫卡那样温柔体贴,这份优雅的温柔是可遇不可求的。然而,一旦人终有一天能够毫无保留地为他人敞开自己,他人的舞台便会以异常的广阔呈现出来,更确切地说,这一他人的场景便是历史的场景。

西苏在文章里讲述这样一个男人与男人之间的故事,本意在说明,倡导女性拿起笔来"描写身体",在写作中走自己的道路,目的是与这个难以相处的世界融合,"人必须在自己之外发展自己……那是一个同难于相处的世界融合一体的自己"。而融合是一个过程,其理想境界是:"**愈来愈无我,而日渐有你。**"这也就解释了西苏为什么主张,女性写作要从"描写身体"开始,最终则必须走出自我的身体,走向更开阔的"历史场景",以至进入一个"无我"的世界,让那些不能开口说话的人,在历史舞台上发出声音。

就有限的阅读视野,我从没有在卡夫卡留下的照片和画像中,见到他蓄长发的形象。我对西苏文章中的这个细节心存疑虑,但这并不影响我借助西苏的语言——感性的、激情洋溢的、无拘无束的,也是含混的、朦胧的、有歧异的——去想象卡夫卡与鲍姆初次相识的场面,并心生感动。凡是读过一些卡夫卡作品的读者,对他的温柔体贴应该不陌生,特别是他对最小的妹妹的悉心关爱;但西苏所说的这份"优雅的温柔",对于我们认识卡夫卡,也是可遇而不可求的。或许,是这个历史场景中卡夫卡身上的某种女性气质,吸引了女性主义者西苏,让她为之倾倒,为之着迷。而这种女性气质,根据传记作家,如美国学者桑德尔·L.吉尔曼《卡夫卡》中的说法,与他罹患的恶疾,与他长期身体的虚弱,有着联系:"疾病使他的身体女性化了,使他更加依赖于别人的照顾。"一九一〇年,因为旅行感染了严重疥疮的卡夫卡,在给终生挚友、他后来指定的遗稿管理人马克斯·布罗德的信中诉苦:"在那段时间 —— 非常奇怪 —— 我感到我就像一个女孩,我用手指用力拉下我的裙子。"自然,几乎伴随他一生并导致他死亡的,还是肺部问题。在捷克作家雅诺施记录、出版的《卡夫卡口述》中,经常出现他对卡夫卡的疲惫、劳累,沉浊的大声咳嗽,伤感的微笑,忧郁的灰蓝色大眼睛的陈述与描写。当有一次他关切地问道:"您是不是着凉了?您是不是发烧了?"卡夫卡微微一笑:"不……我永远得不到足够的热量,所以我燃烧 —— 因冷而烧成灰烬。"在雅诺施的印象里,卡夫卡姿态奇特,"仿佛他要为他又瘦又高的身躯表示歉意似的"。他的整个形象似乎想说:"对不起,我是微不足道的。倘若您对我视而不见,您就给我带来莫大的快乐。"希望别人对自己视而不见,却始终把一位盲人当作常人,视为无须特殊对待的,这就是卡夫卡。日益虚弱、衰竭的身体,同他的"经典性忍耐"与"不可摧毁"(哈罗德·布鲁姆语)的内心之间,发生着奇妙的化合反应。

正是在这本口述实录中,我们得知奥斯卡·鲍姆是布拉格一位犹太诗人。按照书中卡夫卡的讲述,鲍姆并非因车祸失明。他小时候在德语国民学校上学,德意志族学生和捷克族学生在放学回家的路上,总是会打架。一次群架中,有人用木棍狠狠打在鲍姆的眼睛上,导致他的视网膜脱落而失明。在卡夫卡看来,鲍姆的遭遇只是所谓布拉格德国犹太人的"可悲象征"。吉尔曼也在《卡夫卡》中提到,学校里"德国"(犹太)儿童与捷克儿童之间常有激烈的战斗,鲍姆就是在一场冲突中被弄瞎了眼睛。因此,很可能是西苏的记忆有误。至于雅诺施,由于其父亲跟卡夫卡是劳工工伤保险公司里相互尊敬的同事,由于他的文学青年的身份,由于他父亲爱好文学,也由于父亲偷看了儿子的诗歌而觉得有必要给他引荐一位指路人,他得以幸运地走进卡夫卡的个人生活,并通过口述实录,向我们展示了更多的有关卡夫卡"优雅的温柔"的细节。

出于身体健康的考虑,卡夫卡下班后习惯在老布拉格城内散步,雅诺施成为他的陪伴者和倾听者。有一次,雅诺施在保险公司楼下等卡夫卡,对面旅店前有不少来回走动招揽客人的女子。卡夫卡下楼后对他说:"我在上面看见您很专注地观看姑娘队列。"雅诺施脸红着辩解说,他对姑娘不感兴趣,好奇的只是她们的顾客。卡夫卡深思片刻后说道:

> 捷克语很深沉坦诚。把这类女人叫作鬼火简直太贴切了。那些想就着这点闪烁不定的沼气火星取暖的人该有多可怜、多孤独,冻得多厉害啊。他们肯定非常贫穷无望,人们只要看他们一眼就会伤了他们。所以最好不要看他们。可是扭转脑袋又会被看作是看不起他们的表示。难啊……通向爱的路总是穿越泥泞和贫穷。而蔑视道路又会很容易导致目的的丧失。因此,人们只能顺从地接受各种各样的路。也许只有这样,人们才会到达目的地。

不错,"通向爱的路总是穿越泥泞和贫穷",但我们自己的爱总是有所选择,有大体稳定的指向;我们是爱自己所爱的人的全部,而不是去爱那爱的全部。讲授《变形记》的时候,我曾让学生讨论一个问题:为什么萨姆莎的家人如此嫌恶他,甚至连他的妹妹都要置他于死地,他却始终对他们充满温柔的善意?该如何理解这种善意?我引用卡夫卡日记里的一句话说:"善在某种意义上是绝望的表现。"或许,读过西苏的故事和雅诺施的记录的人,对这句话会有一种新的解答:绝望是因为我们除了顺从地接受某条路,并无其他选择;善是因为这条路将会把我们带向目的地——除了无条件相信,不能设想其他可能。善与绝望就此交织、连通。卡夫卡对素不相识的接客女及其顾客的同情的理解,既有他自身经验——"我路过妓院就好像路过情人的家。"在那里他无须害怕被拒绝,无须担心身体不服从命令所带来的尴尬——也表明他的善意从来不是施舍,不是居高临下的体恤,而是生发自内心的对自身处境的清醒认识。"假如一个人不理解别人,那他不是可笑,而是孤苦伶仃,十分可怜。"但是,一个永远对别人抱以善意的理解的人,依然不能摆脱孤苦伶仃的可怜处境。然而,他不会因此放弃,"人们无法逃脱自己。这是命运。我们唯一可能做的是,在冷眼旁观中忘却命运在拿我们戏耍"。

《变形记》里的女仆,因为实在忍受不了萨姆莎这个怪物的存在而辞职。在现实世界的工伤保险公司大楼里,有一位清洁工斯瓦特克太太。她和公司里许多职员一样,对卡夫卡非常尊敬。她告诉雅诺施:"卡夫卡博士是个很正派的先生。他跟别的人完全不一样。这从他怎样给别人东西上就能看出来。别的人把东西塞到你手里,那东西仿佛刺你一样。他们不是给,而是贬低你,侮辱你。……而卡夫卡给人东西时总让人高兴。比如说他上午没有吃完的葡萄。别的人吃剩的东西是什么样子,我们知道。卡夫卡则不同,他总是把葡萄或其他水果整理得好好的,放在一个盘子里。我走进办公室时,他只是那么随便一说,说我也许用得着这些水果。"卡夫卡因健康原因退休去山区疗养院后,斯瓦特克太太在他的办公桌上,看到一个金蓝色茶杯和一个小盘子。与卡夫卡同处一室的特雷默尔博士厌烦地让她把这些"玻璃碎片"弄走,于是她带回去送给了雅诺施:"我知道,您很喜欢卡夫卡博士。您用不着对我讲什么。在您真正需要的时候,他总是很帮忙,对您很好的。"这个茶杯一直陪伴着雅诺施。

卡夫卡愿意对他人的言行给予善意的理解,但倘若遇到令他捉摸不透的人和事,他会明确表达他的立场和看法。雅诺施的一位朋友,据说是因为爱上一个比他大得多的已婚女人难以自拔,服氰化钾自杀了。卡夫卡听说后,用了四五个"也许"试图理解整件事,但最后对这种利己主义——"人只有在爱情中和临死时才意识到自己"——行为,作了严厉的批判:

> 我们可以把自杀看作是过分到荒唐程度的利己主义,一种自以为有权动用上帝权力的利己主义,而实际上却根本谈不上任何权力,因为这里原本就没有力量。自杀者只是由于无能而自杀。他什么能力也没有了,他已经失去了一切,他现在去拿他占有的最后一点东西。要做到这一点,他不需要任何力量。只要绝望,放弃一切希望就足够了,这不是什么冒险。延续,献身于生活,表面上看似乎是无忧无虑地一天一天地过日子,这才是冒风险的勇敢行为。

卡夫卡认为,忍耐是献身于生活的唯一方式,也是抵抗恶和不幸的最大能力。当雅诺施得知卡夫卡要去疗养院时,他去告别并送上祝福,祝愿他能健康地回来。卡夫卡笑着说:"未来已经在我身上。改变只是隐蔽的伤口的外露而已。"本就有些不舍的雅诺施一听这话,反问道:"如果您不相信会康复,为什么还要去疗养院?"卡夫卡在桌子上俯下身来:"每个被告都想方设法推迟判决。"显然,雅诺施的朋友没有想方设法推迟判决,他以自杀向被爱者显示的最后的力量,是懦弱。

卡夫卡在书信、日记中留下一些零散的诗,雅诺施写诗、读诗,他们的谈话常常涉及诗歌。一次,雅诺施的父亲读了儿子带回家的一本表现派诗选,认为这些不是诗,是"语言肉饼"。儿子立即用"新的诗要用新的语言"反驳。父亲对此没有异议,但表示要再读一读。几天后雅诺施遇见卡夫卡,卡夫卡手里正拿着这本诗集。他说:

> 在这里,语言不再是黏合剂。每个作家都只为自己说话。看他们的样子,仿佛语言只属于他们。其实,语言只借给活着的人一段不确定的时间。我们只能使用它。实际上,它属于死者和未出生者。占有语言必须小心谨慎。这本书的作者们忘记了这一点。他们是语言的破坏者,这是很严重的罪过。伤害语言向来都是伤害感情,伤害头脑,掩盖世界,冷却冻结。

作为二十世纪现代主义文学的奠基者之一,大概不会有谁比卡夫卡先锋,当然他不会自认为先锋。他不以诗见长,他在一本先锋诗集中看到的是语言,不是诗的"特殊"语言。

雅诺施第一次与卡夫卡见面时，卡夫卡严肃地说，"只有痛苦是确定的"。他的声音从那一刻起在雅诺施心目中逐渐定格："他的声音、表情、眼神，全都透出理解与善良的安详之光。"在这本记录即将终结之时，卡夫卡留下这样一句话：

> 沐浴在虚假幸福的光照之中的人最终必定会在某个荒凉的角落被自己的惧怕和利己欲窒息而死。

一九二四年六月三日早晨，卡夫卡在呼吸困难的痛苦状态中离世。九十年后的这一天，我开始阅读马克斯·布罗德的《灰色的寒鸦——卡夫卡传》。很巧的是，卡夫卡与奥斯卡·鲍姆初识的场景，再次出现在我眼前。这一次的记录者是当事人，鲍姆。可以想见这次会面给他留下的深刻印象：

> 大概是由于我同时鞠躬幅度过大吧，他的一头捋平的头发微微触着了我的额头。我感到一阵激动，一时间我不完全明白这种激动心情的原因。他是我遇见过的人当中的第一个（没有通过适应或体贴，没有通过细微改变自己的举止）把我的缺陷确定为某种只跟我一个人相干的东西。
>
> 他就是这样。他的朴实而自然的背离实用与通常做法的行为就给人以这样的印象，他的严肃而冷峻的距离感就这样在人性的深度方面超过通常的好感……

"人性的深度"不论对鲍姆或者布罗德或者其他在场的人，还是对转述者埃莱娜·西苏来说,都不会是一个抽象的概念。"背离实用与通常做法的行为",在卡夫卡传记作家笔下比比皆是,超越了一般人,但却是作为一个一般人真实地存在。布罗德一再提醒我们,谁觉得卡夫卡是独特的和别具吸引力的,谁就还处在理解这个人的初级阶段。"卡夫卡怀着如此强烈的爱和一丝不苟的精神探索个别的、不起眼的事物,以至恰恰是人们迄今从未料想到的,如今显得奇异,但却绝对真实的事物显现了出来。"不过,如我这般凡夫俗子的毛病是,对那些不同于我的人,比我更纯粹、更真诚也就更天真的人,总是感到讶异,以及之后心生的崇敬。我会情不自禁地被这些细节迷住,就像鲍姆对卡夫卡深深的鞠躬记忆犹新。布罗德在书中记下的这件事仿若发生在昨天:有一次卡夫卡到他家里去,一进门就把在沙发上睡觉的他的父亲惊醒了。卡夫卡没有说一句道歉的话,而是以无比温柔的方式,像是安抚人似的一边举起双臂,轻轻踮着脚尖穿过房间,一边说:

"请您把我看成一个梦吧。"

"在你与世界的斗争中,你要协助世界"

在作家、昆虫学家纳博科夫眼中,《变形记》中格里高尔的形象是一个有着坚硬的背甲、柔软的腹部,长着六条细长腿的"棕色的、鼓鼓的、像狗一般大小"的甲虫(《文学讲稿》,申慧辉等译)。卡夫卡让格里高尔变身为甲虫而不是鼹鼠、猿猴、狗等其他"非人",显然有着多重寓意,其中之一可以解读为影射作家个人在现实世界里的处境及其梦想:卡夫卡希望自己像这只甲虫一样独处于阴暗、隐秘、潮湿的角落里,过着不扰他人也不受人扰的平静自在的生活。但是,正像小说所展示的,经过极其艰辛的努力和最大限度的退让、忍耐,那些微不足道、不值一提的愿望,最终被证明是不可实现的。

只有从这个角度,我们似乎才能理解卡夫卡为什么写下"善在某种意义上是绝望的表现"。也就是说,对现实世界的绝望,哪怕是最彻底的绝望,也不一定非要出之于咆哮、砸烂、置之死地而后快,或者心如槁木，寂寂无声。那不是卡夫卡。如果有置之死地而后生这回事（格里高尔只有把自己置之死地，没有后生），在卡夫卡那里生出来的也只有对世界真诚的善意。如同我们看到的，格里高尔从没有对他人做出任何的反抗，反抗的意识或许有那么一瞬间从他心头掠过，因为他深知反抗的毫无意义。"乌鸦们宣称，仅仅一只乌鸦就足以摧毁天空。这话无可置疑，但对天空来说它什么也无法证明，因为天空意味着，乌鸦的无能为力。"换一个角度看，希望能够与无法容忍他这个怪物的世界达成妥协的善意，就是他对这个看似处处在理、滴水不漏的世界做出的最持久、最忍耐的反抗。但是，有谁愿意做这样徒劳无功的反抗，除了卡夫卡和他笔下的格里高尔？哈罗德·布鲁姆因此断言，在格里高尔身上体现了一种"经典性忍耐和'不可摧毁性'"（《西方正典》，江宁康译）。当然，这也可以看作是作家卡夫卡与我们这些凡夫俗子的区分。

也只有从这个角度，我们才能重新思考"在你与世界的斗争中，你要协助这个世界"究竟想要表达什么。渺小的个体与庞大而坚不可摧的世界之间的斗争从不会平息，然而，也许卡夫卡认为，斗争的目的不是为了把这个与我们处处作对、时时作梗的世界从地球上抹平，而是为了推动世界向着善迈进一点点。格里高尔死得其所，他是这样想的，也是这样做的。小说结尾，在确认格里高尔死后，一家人欢天喜地地出游。冥冥之中有一双眼睛在俯瞰着这一切，我相信那不是虚构叙事中的"上帝之眼"，而是幻化的格里高尔的灵魂之眼，同样的欢欣与愉悦，因为他觉得他的死同时扫除了笼罩在自己以及家人心头的阴霾，让充满敌意的双方因此而重归了善的怀抱：

> 车厢里充满温暖的阳光，只有他们这几个乘客。他们舒服地靠在椅背上谈起了将来的前途，仔细一研究，前途也并不太坏，因为他们过去从未真正谈过彼此的工作，现在一看，工作都蛮不错，而且还很有发展前途。……仿佛要证实他们新的梦想和美好的打算似的，在旅途终结时，他们的女儿第一个跳起来，舒展了几下她那充满青春活力的身体。（李文俊译）

另一方面，人与世界的斗争也可以理解为人与自我的斗争。这是一场更为艰巨的较量，其炼狱般的痛苦与磨折只有个中人知晓。在此，协助世界就是协助你自己：从这个世界后撤一步，看清自己的真面目，发现自己的罪愆所在。《变形记》中的格里高尔经历了两次分裂，第一次来自形体，他的心理感受和思维活动仍与常人无异。所以确切地说，他不是变成甲虫，而是变成"甲虫人"。有赖于心理和思维上仍然是一个人，第二次分裂则是更深层次的，即他发现了内在自我与外在自我的脱节。就像卡夫卡在日记中所写："两个时钟走得不一致。内心的那个时钟发疯似的，或者说着魔似的或者说无论如何以一种非人的方式猛跑着，外部的那个则慢吞吞地以平常的速度走着。除了两个不同世界的互相分裂以外，还能有什么呢？"（《卡夫卡书信日记选》，叶廷芳、黎奇译）与这个分裂的世界的斗争，意味着协助自己想方设法弥合两个或更多的自我的裂痕，尽管这仍然是徒劳的。我愿意设想，作为"甲虫人"的格里高尔确实死去，而作为携带着两个你争我斗的世界的格里高尔将重返家园，继续寻找他的栖息之地，守护他渺茫的希望。

与世界做着持久、坚忍斗争的作家卡夫卡，也协助着我们重新审视世界,以及重新审视他在协助我们这样去做时所起的作用。奥登说:"就作家与其所处时代的关系而论,当代能与但丁、莎士比亚和歌德相提并论的第一人是卡夫卡……卡夫卡对我们至关重要,因为他的困境就是现代人的困境。"(袁可嘉《欧美现代派文学概论》)纳博科夫更是不吝溢美之词:"他是我们时代的最伟大的德语作家。与他相比,像里尔克一类的诗人,或者像托马斯·曼一类的小说家不过是侏儒或者泥菩萨。"(《文学讲稿》)这些或许有些迟到的赞美与醒悟,正好印证了伟大作家对于世界的助推作用,而在他们生前,人们常常对此熟视无睹。康定斯基在《论艺术的精神》中说,人类的精神生活好比一个巨大的锐角三角形,可以用水平线分割成无数层面。三角形的每一层上都有艺术家,越是处于底部的艺术家,越是能博得更多的人的理解和欢呼;越是靠近上部的艺术家,理解和接受他的人就会越少。在三角形的顶端只能站立一个人,同时代的人觉得他的思想和情感无法理喻,甚至会愤怒地骂他是骗子、疯子。但是,正是这样的先知先觉的艺术家,推动着社会与文明的进步。因为整个三角形缓慢地、几乎不为人察觉地在向前和向上运动;今天只有站在顶点的人才能体察的,明天就成了更多人的领悟,进而成为一种常识,如此循环往复,生生不息。但遗憾的是,"人们不理解那些具有高尚理想的艺术家,这些艺术家在无目的的艺术中发现了目的"。而在现实中走向前台领受聚光灯和掌声的,多是那些"表面看来有才华和技巧熟练的人"(《论艺术的精神》,查立译),他们轻而易举地让他们的艺术名噪一时。

卡夫卡生前有没有被人骂为骗子、疯子,不得而知,他的孤独与落寞无需赘言,但他不会因此对世界、对不能理解他的人们,包括他的家人,投去不屑的一瞥,或干脆以骗子、疯子自居。他消耗着自己,从肉到血,全心全意打造着这个他全然厌恶而又依依不舍的世界。从阅读角度说,我们对卡夫卡作品挥之不去的陌生感,其实来自我们对自身处境的陌生,一种埋没其间无从喘息而造成的麻木、漠然:怎么都可以,随你怎么玩。布鲁姆说:"卡夫卡最独特、最富有创造性的天赋在于,他的故事似乎出自我们遗忘记忆的回归,并始终让我们觉得我们在继续忘掉所经历和感受到的陌生性。"(《西方正典》)必须承认,卡夫卡有时让我们觉得很不自在,不自在到我们宁愿阖上书页,闭上眼睛。并不是我们不愿面对自己的内心,而是因为他一再暗示,我们不能指望依靠心灵来拯救自己,伤害无处不在,可怕的事情终将发生,格里高尔式的噩梦从来都是一种现实存在。这就是你我需要与之斗争并予以协助的世界。康定斯基所说的高尚理想在此是一种信仰,为此作家卡夫卡无怨无悔地把自己奉献出去:

  一种信仰好比一把砍头刀,这样重,这样轻。

附录:

朵拉给布罗德的信,在卡夫卡死后
魏天无

  他最高的人生理想:
  作为一个父亲

坐在一个孩子的摇篮旁

和这个心爱的女人
回她的故乡,在巴勒斯坦
开一家咖啡馆

病死于喉结核的男人
最后的话也带着剧痛:
"您别走"
"我不会走的"
"可是,你看
我要走了"

理解这种事情的人太少了
唯一的这一个在这儿念叨:
"我亲爱的,我亲爱的,我的
好人儿!我们让他待在那儿
在黑暗中,独自
裸露着"

笼与鸟

小时候不想上学,被父母软硬兼施地押着去学校,像是进了监狱,初次品尝了心灵痛苦的滋味。(不是说我,说谁谁知道。我六岁发宏愿要读书,进了父母所在水文地质大队的子弟学校。不到一个月,被查出不够入学年龄,劝退。母亲见我想读书想得紧,就联系了单位旁的一所乡村小学。不知是对乡村小学还是对乡村教师的水平看不上,没几天我就自动退学,回家自修。也是老天发慈悲,转年母亲调到子弟学校当校长,我直接上了二年级。)待到写作文时,个个大显身手:"我就像一只被关在笼子里的鸟儿,眼巴巴地望着蓝天白云。啊,我多么想冲破牢笼,自由自在地飞翔!"

我当然也有过这样的痛苦,不在此时,就在彼时,写过这样的作文。我后来才知道,语言与思想、情感的关系就像一张纸的两面;想象程式化是语言程式化的结果,而语言程式化使我们表达的思想、情感了无新意,甚至那都不能算是我们自己的。我也是后来才告诉学生,想象的奇特、新颖,不在于你把自己想象为麻雀、老鹰,还是甲虫、鼹鼠,抑或是变形金刚、蜘蛛侠……在于你了解你所变之物吗?如果你想变成一只鸟儿,它长什么样?它的羽毛是什么颜色?它在空中如何飞翔?它在哪里觅食,觅什么食?……

童年是回不去了,所以我们往回看的时候就看得特别清楚。这真是悲哀。笼中鸟恐怕是所有人的童年所体验到的情感状态,向往飞翔也是。这并不悲哀,更多的是喜剧色彩。

我很晚才读张爱玲的小说,读到她对笼与鸟的描写,惊诧莫名。不过想到人家三岁就能背唐诗(这倒没什么),七岁写了第一部关于大家庭悲剧的小说(这十分了得!),也就释然了。小说《茉莉香片》中,叙事人揣想聂传庆的母亲冯碧落的嫁后生涯时说:

> 她不是笼子里的鸟。笼子里的鸟,开了笼,还会飞出来。她是绣在屏风上的鸟——悒郁的紫色缎子屏风上,织金云朵里的一只白鸟。年深月久了,羽毛暗了,霉了,给虫蛀了,死也还死在屏风上。

冯碧落当年深爱着儿子现在的老师言教授,却因言教授那时是个一文不名的穷小子,遭到门第观念深重的父母的坚决反对。她被迫嫁给现在的丈夫,却并不爱他。更麻烦的是,丈夫知晓这一切,恨她。她活得凄凉,死得凄惨。在张爱玲笔下,她是一只美丽、纯洁的白鸟,却不如一只笼中鸟,因为哪怕是笼中鸟,也怀有一线冲出牢笼自由翱翔的希望。她是一只"绣在屏风上的鸟",从降临人世的那一刻起,就注定了沦为他人装饰物、点缀物的命运。如果你默默地、反复地读，会感觉后面连续使用的四个轻声字"了"，每一个，都像是一声叹息。

等我读到卡夫卡笔下的笼与鸟，只剩下惊悚和之后绵延的惴惴不安。卡夫卡说："一只笼子在找一只鸟。"面对这简单至极的白纸黑字，你会情不自禁地想，一个人要绝望到什么程度，才会察觉自己每时每刻都被一片紧紧追随的阴影笼罩着。冥冥中我似乎瞥见卡夫卡冷峻的笑靥：你以为你是自由的鸟？醒醒吧，做梦者！我不知道究竟是谁一直沉浸在梦中，卡夫卡，还是我，抑或是如我一样读了卡夫卡就惶恐不安的读者？

无论张爱玲还是卡夫卡，他们都一语成谶：鸟永远是装饰性的，无论是在笼子里，还是远离笼子，除非你假装没有看见投射在你身体下的那一片阴影。

一切的峰顶

歌德的《流浪者之夜歌》("一切的峰顶")在德国,如同李白的《静夜思》在中国。你可以轻易百度到这首诗的十几种汉译,全都出自大诗人、大翻译家的手笔。其中,梁宗岱、钱春绮,以及郭沫若、宗白华等先生的译诗,是从德语翻译的。

梁先生译诗题为《流浪者之夜歌》:

> 一切的峰顶,
> 沉静,
> 一切的树尖
> 全不见
> 丝儿风影。
> 小鸟们在林间无声。

等着罢:俄顷
你也要安静。

钱先生译诗题为《浪游者的夜歌》:

群峰一片
沉寂,
树梢微风
敛迹。
林中栖鸟
缄默,
稍待你也
安息。

我不懂德语,从中文角度说,相对于钱先生所用"沉寂"和"安息",我偏爱梁先生所译"沉静"和"安静"。我甚至觉得,梁先生在如此短的一首译诗中,不避重复地使用两个"静"字,是大有意味的。小时候父母所在的水文地质队大队部,偶尔会放露天电影,那是我童年最欢乐的场景之一。每当夜幕降临,放映机开始转动,片头出现大大的"静"字,右上角还装饰有一枚月亮和几颗星星,喧闹的子弟学校操场瞬间鸦雀无声。我现在还觉得,每个人身后的墓碑上,都镌刻着一个无影无形的"静"字,告诉每一个偶然路过的人:这个人已经安静下来了,请放慢你的脚步。

梁先生的译诗下有个注释,简单说明了这首诗的创作经过(参

见《梁宗岱选集》)。我的导师王先霈先生曾在文学文本解读课堂上讲述这首诗的故事,收入他的《文学文本细读讲演录》:

一七八三年九月,歌德三十四岁。一天黄昏后,他独自登山,在山上僻静无人的小木屋的墙上用铅笔题写了这首诗。三十年后,歌德第二次来到山顶木屋中,咏诵自己的旧作,并且用铅笔把笔迹重描。又过了二十年,一八三一年八月,八十一岁的歌德,再次到了这里,念着"等着罢:俄顷 / 你也要安静",潸然泪下。第二年春天,歌德永别了人间。

每年的文学理论课上,讲到文学语言问题,我都会向学生介绍歌德的这首诗,也会给他们讲这首诗的故事。每一次说到八十一岁的歌德第三次重返小木屋,念着自己的诗而潸然泪下时,我都有抑制不住的哽咽。我会放慢语调,低下头以掩饰自己情绪的波动。

海涅说,这首诗"有一种不可思议的,无法言传的魔力。那和谐的诗句像一个温柔的情人一样缠住你的心,用它的思想吻你,用它的词句拥抱你"。我体会到的,可能与海涅稍有不同:上面那段一百四十多个汉字的故事里,压缩了一个人从三十四岁到八十一岁再到生命终结的过程;语言在看似刻板、机械的时间序列里 —— 语言具有将空间转换为时间的功能 —— 告诉你最为平淡也最为残酷的事实:韶华易逝。

一九三〇年,二十七岁的梁宗岱曾从法国赴德国海德堡大学学习德语,不知道他是否去过歌德写下这首诗的"伊门脑林巅"。那间猎人的小木屋或许早已不在。一九三六年,回到祖国的三十三岁的梁先生译出了歌德三十四岁时写出的这首诗。一九三七年,梁先生的译诗集《一切的峰顶》由商务印书馆出版。集名既是对歌德的致敬,也是对诗人与诗歌的致敬:诗人正是那站在"一切的峰顶"上的人,诗歌亦如是。

辑三 经典的芬芳 / 193

羞涩的博尔赫斯

苏珊·桑塔格在谈话录中提到,博尔赫斯很喜欢旅行。有一次桑塔格问他:"你从旅行中得到什么呀?"博尔赫斯回答说:"我去的每一个地方,人们对我都那么好。"在桑塔格印象中,博尔赫斯很可爱,而且相当的孩子气,完全一副无助的样子,"他从未真正有过成年人的生活。我觉得,他并未真正有过性生活"(《苏珊·桑塔格谈话录》,姚君伟译)。

博尔赫斯是否有过真正的性生活,得由他本人或他的亲密伴侣来回答。那只是桑塔格的一种直觉,用来延伸说明博尔赫斯"很可爱""孩子气"的独特形象,只是伸得有点出人意料的远。我一直记得博尔赫斯晚年的一幅黑白照片,照片中的他身体略微前倾,递过左耳,左侧的白发支棱着,似乎在谛听什么有趣的事情。他的嘴唇翕动,一对盲目一动不动。——确实是"完全一副无助的样子"。至于孩子气,也仿佛是许多杰出艺术家的身份标记之一。马蒂斯就认为艺术家应当有一双孩童的眼睛,以便对世界的每一次观察,都保有第一次的新鲜感和兴奋度,去掉矫揉造作(《画家笔记》,钱琮平译)。后者正是博尔赫斯所认为的文学写作的恶习。

或许"羞涩"这个词能补充我们对博尔赫斯形象的感受,尤其考虑到我们这个时代和国度所具有的更多的是一种广场文化,一种适合在众人面前"出镜"的秀的文化。一九六七年秋天,博尔赫斯在哈佛开授诺顿讲座的时候,已被恭敬地视为先知。这六场讲座的录音带在沉睡了三十多年后,被整理、结集为《诗艺》一书。凯琳—安德·米海列司库在该书附录中说,已近全盲的博尔赫斯的演说方式很独特,令人惊叹:"他在演说的时候眼睛会往上看,他的表情温柔中又带点羞涩,好像已经接触到了文本的世界一样——文字的色彩、触感、音符跃然浮现。对他而言,文学是一种体验的方式。"体验什么呢?体验温柔,体验爱意,体验那些我们日渐丧失的温柔的爱意。博尔赫斯在第二讲《隐喻》中,举了一个最老套的、来自古希腊作品里的隐喻,即把眼睛比喻成星星,或者相反。这个隐喻据说是柏拉图所写,希腊文大意是:"我希望化为夜晚,这样我才能用数千双眼睛看着你入睡。"博尔赫斯说:"我们在这一句话里感受到了温柔的爱意;感受到希望由许多个角度同时注视挚爱的人的希望。我们感受到了文字背后的温柔。"(陈重仁译)如果不是他的引用,我们可能不会意识到这句话里有古老的隐喻;同样,如果不是他的点拨,我们不会想到有多久没感受到来自挚爱的人的温柔的爱意,以及,正处在挚爱中的恋人们,究竟该如何言传彼此的脉脉含情。

再怎么古老的文字,在会心者的眼里和心里也会焕发出夺目的光辉,哪怕他已盲目。文学的体验当然首先来自对文字的阅读,而对我们这些未患眼疾的人来说,有多少阅读是有眼无珠,或者有眼无心的。美国当代最有影响的文学理论家、批评家哈罗德·布鲁姆在《西方正典》中文版序言中说:"正如我一些失明的朋友所证实的,阅读在其深层意义上不是一种视觉经验。它是一种认知和审美的经验,是建立在内在听觉和活力充沛的心灵之上的。"而"内在听觉"与"活力充沛的心灵"与文学阅读是相辅相成的,甚至在某种程度上,文学阅读培育着、也决定着它们的形成,只是速度相当缓慢,乃至持续一生,就像博尔赫斯那样。

凯琳—安德·米海列司库在附录结尾提到的这则逸事,再次呈现了博尔赫斯的孩子气。有人问他有没有梦见过曾两次出任阿根廷总统的胡安·贝隆(又译庇隆),那个曾下令把他从图书馆发配到市场去检查家禽和鸡蛋销售情况的人,他说:"我的梦也是有品位的——要我梦见他,想都别想!"

博尔赫斯的反讽

一九九四年读到王永年先生翻译的《小径分岔的花园》的时候，博尔赫斯的资料还不像后来那么多，比如他的文论集《作家们的作家》，对话录《博尔赫斯与萨尔瓦多对话录》《博尔赫斯八十忆旧》，传记《博尔赫斯大传》等。不过，他的大名早已和"传奇"联系在一起：诗人、小说家、翻译家，阿根廷国家图书馆馆长，晚年双目失明靠口授写作，与比他小四十多岁的玛丽亚·儿玉的爱情……他是"作家中的作家""诗人中的诗人"。提起他的小说，人们首先想到的一个词是"迷宫"，然后是：时间、历史、记忆、想象、虚构……

那时我真没觉得从博尔赫斯的小说中读出了什么，只是感觉有趣。这种感觉没有错，但似乎还不够。博尔赫斯说，他写东西不愿只是忠于事物外表的真相，后者不过是一连串事件的组合而已；作家借助虚构和想象，应该忠于一些更为深层的东西。等到我把博尔赫斯的小说与反讽关联在一起,已是十多年之后重读《小径分岔的花园》中的短篇之时。当时想的是从中找到一些能说明文本结构重要性的例子。小说集的第一篇叫《心狠手辣的解放者莫雷尔》,开头是这样写的:

> 一五一七年,巴托洛梅·德拉斯·卡萨斯神父十分怜悯那些在安的列斯群岛金矿里过着非人生活、劳累至死的印第安人。他向西班牙国王卡洛斯五世建议,运黑人去顶替,让黑人在安的列斯群岛金矿里过非人生活、劳累至死。他的慈悲心肠导致了这一奇怪的变更,后来引起无数事情……

小说里的神父是一位西班牙教士,当时在墨西哥的恰巴斯地区任主教。读第一句的时候,我们感受到的是神父对印第安人的深切悲悯,尤其是考虑到作为史籍里的真实人物,他曾十二次渡海回国,为印第安人请命。我们对这位神父不免有崇敬之情,觉得是他让上帝的光芒照临到受苦受难者的身上。读第二句,我们也许会哑然失笑,觉得神父郑重其事的建议非常荒唐——很显然,在他看来,印第安人是人,黑人不是人。因此,最后一句中"慈悲"二字就有了强烈的反讽意味——不过几乎没有例外的是,当我在文本解读课堂上用PPT逐句显示这段话时,历届学生都会不约而同地认为,"慈悲"之中蕴含的是讽刺,即作家/叙事人对神父荒唐透顶的建议的讽刺。他们没有意识到,讽刺总是向外的、针对他人的,以显示讽刺者的一贯正确;反讽首先是调转枪口,对着反讽者自己的,是自我解剖。也就是说,博尔赫斯真真假假地"编造"这样一个离奇故事,主要意图既不是为了讽刺神父——神父的确是虔诚地在为印第安人请命——也不是为了鞭挞流氓恶棍莫雷尔。叙事人的反讽体现的是作家的历史观：历史充满变数和偶然，一个人荒诞不经的念头会改变整个历史的进程，会"引起无数事情"，包括心狠手辣、丧尽天良的莫雷尔，通过反复诱骗和买卖黑奴发家致富，最后只因生意做不下去，摇身变成为黑奴的解放而冲锋陷阵的勇士。

无论速度快慢，文学阅读总是逐字逐句进行的；句与句之间形成某种结构，从而传达出文本的多重意义。单个字、词、句主要传达的是字面义/词典义，结构传达的则主要是字外义，包括隐喻义、引申义等。在这段文字中，字词及其构成的语句一方面是在叙述一件史实，以及即将引发的一连串事件；另一方面，在结构的作用下，反讽的意味被凸显。借助这位令人尊敬的神父，作家/叙事人希望读者对历史、对创造历史的人群，包括我们自己在内，进行认真的反省。因为类似神父这样的人，不仅存在于历史文献中，也仍然活跃在现实生活里。今天我们讲到对犹太人的大屠杀，首先想到的是臭名昭著的德国纳粹。其实，早在一五四二年，宗教改革先驱、日耳曼人马丁·路德就因为犹太人拒绝信奉他的新教，发表宣传册《关于犹太人和他们的谎言》，把犹太人称为屠杀耶稣的刽子手和妄想统治世界的罪犯，并号召人们烧毁犹太会堂、学校和住宅，以期最终把犹太人"像疯狗一样从大地上赶走"。数百年后，德国纳粹还在集会上醒目地张贴路德的这份宣言。

因此，这篇小说不只是讲一个有趣的人物及其故事，它是要透过这个故事来反思历史，反思人类：有多少我们内心坚信不疑的东西——像巴托洛梅·德拉斯·卡萨斯神父曾经坚信的那样——是荒诞不经的！

辑三　经典的芬芳

两个巴尔扎克

天才是如我这般庸众无法理解的,因为他们是天才。他们的人生如牌局,不可复盘。这样说并不是为他们的,在我们看起来是病态人格、变态心理、荒谬人生做辩护 —— 天才无须辩护。所有那些对我们合乎逻辑的结论,在他们面前全都失效。

我不记得从中学到大学,老师是怎么讲巴尔扎克的,名著快读或外国文学史教材上又是怎么为他绘制肖像的,只记得他头顶"批判现实主义作家"的桂冠,打开他的小说就像遇见又臭又长的懒婆娘的裹脚布,其自慰式的缜密描写令人喘不过气来。如果那时有网络,有盗墓、穿越、耽美之类日日新的写手,我怕是早已华丽转身为超级粉丝,天天抢沙发兼打赏。

直到某一天,在谈瀛洲兄主编的《译文·外国文学》上看到一篇介绍巴尔扎克的译文,脑洞大开。巴尔扎克,一个"枪手",赌徒,低三下四、趋炎附势地巴结贵族妇人的流打鬼,跑路的破产企业家,负债累累却逼格极高的奢侈品爱好者,"剁手党"预备役成员……当然,他是旷世奇才,世界上无人可敌的最吃苦最勤奋最高产的作家,把艺术家的荣誉看得比生命还重要的最坚忍不拔、最坚毅卓绝的战士。茨威格说,"工作中的巴尔扎克也许是我们现代文学中连续进行独创性劳动的最为雄伟壮观的实例",但他"只可能在火烧火燎的空气里呼吸,漫无尺度是唯一适合他的尺度"(《巴尔扎克传》,张玉书译)。

在茨威格妙笔生花、激情澎湃的传记里,祖先是无产阶级出身的巴尔扎克给自己安上一个莫须有的贵族姓氏,并私刻贵族纹章。他奇丑无比:"即便是男性同伴提到他那头乱发上厚厚的油脂,参差不齐的牙齿,滔滔不绝时的满嘴唾沫,蓬乱的胡子,松开的鞋带,心情也是很不爽。"当这位当时代最伟大的诗人意欲以风流倜傥的型男形象出现在巴黎社交界,博取眼球时,他大获成功:他成了报刊毒汁四溅的酷评和肆无忌惮的漫画最心爱的题材:"他的燕尾服和他的裤子,颜色的搭配使得德拉克罗瓦(法国著名画家——引者)濒于绝望的境地;如果握住长柄眼镜的手,指甲没洗干净,这金色长柄眼镜又有什么用处?鞋带没系紧,耷拉在丝绸的长袜上面,如果激动发热,抹了发油的长发使劲往下滴油,那镶了花边的褶领又帮得了什么忙?"说心里话,每当我在课堂上用PPT展示诸如王尔德、加缪、T.S.艾略特、叶芝、奥登、塞林格、维特根斯坦、米兰·昆德拉……的肖像照时,我都会走神想到巴尔扎克的颜值。当然这不能怪罪于他,何况主要看气质。最令人惊讶的是,当他用家人的一大笔钱投资礼品书出版失败,想东山再起盘下一家印刷厂又破产,欠下巨额债务,他居然让老妈出面顶缸,守在家里应付层出不穷的讨债者、急需兑换的汇票、诉讼传票、奉命搜索的警察等,自己逃得无影无踪,去老友或崇拜者家混吃混喝。在这种境况中,他居然还可以气定神闲地继续着长篇小说写作。说到底,茨威格笔下的巴尔扎克身上有着天才皆有的宿命,仿若推动巨石上山的西绪福斯,在永无止境的痛苦中循环往复:"写作,为了不必再写;挣钱,挣许多钱,越来越多的钱,为了不再被迫去想钱;自己和这世界隔绝,为了以后更有把握去征服世界……节俭,为了终于可以挥霍;工作,工作,白天黑夜地工作,没有休息,好不快乐地工作,为的是最后过上真正的生活……"

巴尔扎克的《高老头》被列入中学生必读名著。我估摸着今天的老师,大体也和三十多年前我的老师一样,在课堂上因循着"时代背景——作家生平——主题思想——艺术技巧"的老路。自然,老师们是不会介绍我前面讲的那些段子;也不会告诉学生,在网络诞生前的一百多年,就有了比今日网络作家富豪榜上,因日日更新而盆满钵满的网络写手,更不要命地把白天当作黑夜、黑夜当作白天的天才作家;这个为了摆脱家庭、尤其是母亲的严厉管束,一心想出人头地的"小鲜肉",为了几个小钱,什么都敢写,什么下三滥的活儿都敢接,以致茨威格称之为"卖淫"。严肃、严谨的文学社会学、传记学批评方法,沦落为僵硬的庸俗政治学解读模式,就不足为奇了。

即便是为巴尔扎克贡献了一部精彩绝伦的传记的茨威格,也不得不承认,"他真正的生活不在日常的世界,而在他自己的、他自己创造的世界之中。只有他工作囚牢的四壁才认识、观察和窥探过那个真正的巴尔扎克,此外谁也不了解他。没有一个同时代人能写出他真正的传记;他的作品为他立传"。尤其是三十岁之后的巴尔扎克,幡然醒悟,洗心革面;此前逼得他几乎要自尽的困厄处境,在他身上以令人难以解释的方式,转化为加倍的对艺术的专心致志。这么好的不拼爹、不靠脸蛋吃饭的励志与成功的案例被老师们浪费掉,着实可惜。而当人人都用他手杖柄上刻的"我将粉碎一切障碍"来证明他的雄心壮志时,似乎又会错了意。人们甚至没有弄清楚这位常以虚荣的暴发户形象现身的人,有两根手杖。第一根是他初出茅庐,以七百法郎赊账而来的粗壮的大手杖。当时在巴黎围绕着这根手杖有许多流言蜚语,比如传说手杖柄上刻着巴尔扎克一位显贵女友的肖像,且赤身裸体。第二根手杖是已成为声名显赫的作家兼"妇女之友"后,他在巴黎首席金匠那里花了七千法郎买的。茨威格传记中并没有说明那句豪言壮语究竟刻在哪根手杖上;即使它是真的,他要粉碎的也只是阻碍他进入上流贵族社会、结交公爵夫人或迎娶一位孀居贵妇人的障碍。

我们也都知道卡夫卡为自己虚拟的一根手杖,并戏仿巴尔扎克的语调说:"一切障碍都在粉碎我。"他说,共同的只有"一切"。也就是,作为天才的那"一切"——天才的"一切"都与我们不同,但天才拥有的"一切"看起来大同小异。我们不应当只记得巴尔扎克的两根手杖,还要晓得他同时拥有两枚指环。他一生非常迷信,始终戴着护身符,一枚刻着神秘东方符号的幸运指环。每当需要做出人生重大决策的时候,他都会像巴黎的缝衣女一样,做贼一样偷偷爬上六层楼去找用塔罗牌算命的女人。后来,当他赢得顶级贵族出身、在俄罗斯—波兰富可敌国的德·韩思卡夫人的芳心后,夫人给他的第一个问候也是一枚珍贵的指环,里面夹了一缕她的黑发。而他与夫人之间的相识、交往和通奸,堪称《人间喜剧》中最精彩的情爱片段。

茨威格说，巴尔扎克深知自己天性中的两重性：一面是完美的诗人，永不妥协，追求极致，如同堂吉诃德单枪匹马与风车作战；一面是金钱的奴隶，贪图享受，挥霍成性，一生屈从于渺小的虚荣心而不能自拔。事实上，每个人身上都存有类似的两重性，就像歌德在《浮士德》中咏叹的："每个人都有两种精神：一个沉溺在爱欲之中，/执拗地固执着这个尘面。/另一个则猛烈地要离去尘面，/向那崇高的灵的境界飞驰。"（钱春绮译）只不过，这种分裂在巴尔扎克身上如此显赫，令旁人触目惊心，他却不以为意，甚至以此为乐。倘若我们一厢情愿、出于某种惯性"选择性"地介绍他的生平，把他塑造成一个高尚的人、纯粹的人、脱离了低级趣味的人，不仅缺乏对他的起码尊重，而且是不道德的。伟大的作品来自伟大的人格，这只是我们这些庸众拙劣想象力的表现和偷懒的结果；为金钱写作永远写不出伟大的作品，这种鬼话只能说给扶不起的阿斗听。如果我们无法理解天才，至少可以给予敬意，这种敬意基于我们能够理解，伟大作品的复杂性源于天才的复杂性，源于天才洞察了世界和人生的复杂性。只有这些为数不多的伟大作品再现和保留这种复杂性，让我们低首沉思。

波罗的海岸边的穆齐尔

多年前备课时看到一则资料:一九九九年,德国一个由作家、评论家和日尔曼文学家组成的评委会,提出了一份二十世纪最重要的德语长篇小说排名表。位居榜首的是奥地利作家罗伯特·穆齐尔未完成的皇皇巨著《没有个性的人》,随后是卡夫卡的《诉讼》(又译《审判》)、托马斯·曼的《魔山》、阿尔弗雷德·德布林的《柏林,亚历山大广场》、君特·格拉斯的《铁皮鼓》。评委会认为,《没有个性的人》是一部可与普鲁斯特《追忆逝水年华》和乔伊斯《尤利西斯》相提并论的伟大作品。这份排名表让我颇感惊讶而留下很深的印象,不过那时没有检索到穆齐尔作品中文版的信息。《没有个性的人》中译本出版后,立即下单,电商推荐的随笔集《在世遗作》也一并购入。小说一时没有下定决心开读,随手翻翻随笔集,一下子就喜欢上了:这是我心目中理想的随笔模样,这样的作品可遇不可求。

人说穆齐尔与卡夫卡很像。不错,两人都拥有惊人的想象力和创造力,也都擅长寓言体写作。只是,当我们使用想象这个词时,不再是指中国古典诗歌中,把读者视线和心灵牵引到物质世界以外,营造空灵、浩渺仙境的那种"精骛八极,心游万仞"的表现方式,让人摆脱尘世的羁绊和束缚;而是说,他们每一次的想象,都是为了把你的目光缠绕在日常的一事一物上,逼迫你盯着它们看,并有"原来如此"的恍然大悟。也不妨说,我们不必太惊讶于他们作品中的想象,这是文学的基本要素;让人惊讶的是其中繁复的写实细节。这些堪比现实主义作品的白描,看似无中生有,却又力透纸背:每一次想象中的情境,几乎都具有影射现实的功能。

当然,穆齐尔与卡夫卡也是有差异的:他比后者更少玄思。卡夫卡可以凌空蹈虚,"飘忽若神,凌波微步";他的句子可以繁衍句子,无休无止,譬如短章《桥》。而穆齐尔的随笔总是有个由头。面对卡夫卡极具争议的《桥》,你可以说它是作家将一座桥"内化"为"我";但是,从构思来说,并不是作家在漫步或旅行或在森林中疗养时目睹了一座桥而有了灵感,那座桥完全是心造的。而面对穆齐尔的短章《波罗的海岸边的渔夫》,你完全可以相信它是来自作家在波罗的海岸边的观察和感受:

> 他们用手在沙滩上挖出一个小坑,然后从一个装有黑土的袋子里把一些粗壮的蚯蚓倒进去;松软的黑土和那些肉虫在干干净净的沙地上制造出一种腐败的、不确定的、吸引人的丑陋。小坑旁边放了一个非常干净的木盒。它看上去像一个长条形的、不很宽的抽屉或一个纸币分类存放盒,被干净的渔

网塞得满满的;小坑的另一边也放了这么一个木盒,但是是空的。

放在一个木盒里的渔网上的上百个鱼钩被井井有条地排列在盒子末端的一根小铁棍上,它们此时被一个接一个地拿下来,小心地安放在那个空着的木盒里,这个木盒的底部仅仅装着干净的、湿漉漉的沙子。一个井然有序的活计。在这个过程中,四只瘦长而又健硕有力的手像女护士一样仔仔细细地在每个鱼钩上都挂上一条蚯蚓。

正在做这件事的那些男人两个一组跪在沙子里,后背宽阔、骨骼突出,面孔修长善良,嘴里含着哨子,他们交换着一些听不清的词句,这些话语也像他们的手的动作一样轻柔地从他们嘴里发出来。其中一个男人用两根手指捏起一条肥胖的蚯蚓,再用另一只手的同样两根手指捏住,将这条蚯蚓撕成三段,动作如此从容准确,就像鞋匠量完尺寸之后掐下一段纸绳;另一个男人紧跟着把这些扭动着的蚯蚓段儿温柔而仔细地挂在鱼钩上。那些遭到这种命运的蚯蚓被洒上一点水,放到那个装着柔软细沙的木盒里的一些小巧的并排的小窝里,在那里,它们死掉以后也不会立刻就失去新鲜。

这是一件安静、细致的工作,渔民粗糙的手指轻巧地动着,像踮着脚尖走路。他们必须非常专注于这件事。天气好的时候,深蓝色的天空笼罩在他们上方,海鸥像白色的燕子在大地上空高高地盘旋。(高中甫译)

易言之,在穆齐尔作品前,你可以忘记文学是虚构的这一不可忘记的常识；你的亲切感会油然而生 —— 这是你再熟悉不过的"触景生情，情景交融"。你甚至会觉得，结尾的写景并非为了缓和通篇紧张得喘不过气来的感觉 —— 在渔夫对"肥胖的蚯蚓"的冷静、娴熟的处置中，你可能情不自禁地想到纳粹是如何对待犹太人的，而人怎么可以这么邪恶，又那么"温柔而仔细""安静与细致"—— 或者，是出于反讽的考量而信笔"添加"上去的。你的目光会追随作家的视线从海滩抬升至天空，仿佛你也正站在波罗的海的岸边，在看，在想。

　　从写作的角度说，一如对待卡夫卡，我不怎么关心其中的玄思与冥想，也不怎么关心其中意味深长、锋利无比的讽喻，因为寓言体指向的就是"言外之意"；我对其中的白描更感兴趣。对写作者而言，观察永远是第一位的；对有抱负的写作者而言，落在纸上的观察，既是对生活的未有止息的观察，也是对文字的不曾满足的观察。

疾病是一所修道院

诗人余秀华为什么能够一夜爆红？对此已有许多解析。不过，"脑瘫"这个身份标签，是推动她的诗歌在微信圈病毒式传播的最主要诱因。尽管后来诗人颇为恼火地不断做出澄清，但我相信那些突然对现代诗备感兴趣的读者，是下意识地把"脑瘫"等同于"智力低下"；"生命的痛感"也随即成为赞赏其诗歌的关键词之一。

事实上，病痛对身体的折磨，是文学普遍的而非特殊的主题，只不过诗人可能对此尤为敏感。卡夫卡终身遭受肺结核的袭扰。他与同事的儿子、文学青年雅诺施第一次见面时就说："只有痛苦是确定的。"（《卡夫卡口述》，赵登荣译）有传记作家认为，疾病使卡夫卡的身体"女性化"，他更加依赖于别人的照顾。当他因病辞去工作，最后一次前往波罗的海的疗养院，遇见了在犹太孩子夏令营做辅导员的朵拉·迪曼。两人的关系迅速升温，甚至开始憧憬未来：一起去巴勒斯坦开家餐馆,朵拉当厨师,卡夫卡则幻想当一个招待。数月后,卡夫卡的肺结核扩展到喉部,不能说话,只能用便签与人交流。他要求一直和朵拉照顾他的朋友增加吗啡剂量,并忍着剧痛悄声说:"杀了我吧,不然你就是一个杀人犯。"(桑德尔·L.吉尔曼《卡夫卡》,陈永国译)

如果卡夫卡作为诗人还不够典型,那么里尔克,终其一生备受头痛、颈痛、舌头痛的侵扰,以及由血液流动传送的痉挛、抽搐,前额和眼睛充血的不堪忍受。当他后来患上致命的白血病时,口腔里的囊肿让他想起久远岁月中那些不曾离去片刻的病痛,他感到自己"落在那些褊狭的魔鬼手中"。他在去世前一年写给最知心的朋友露·安德烈亚斯 — 莎乐美的信中绝望地呼救:"我看不到在这种情况下该如何活下去。"由于伤心欲绝,这封信在他手里搁了一个多月也没有发出。艺术并没有给他带来慰藉,甚至让他对病痛的折磨的感受愈发精微:他对症状的直觉描述从医学角度来说是非常具体精确的(参见茨维坦·托多洛夫《走向绝对》,朱静译)。

作家加缪十七岁就得了肺结核,经常是一洗澡、走了路或者天气太热就会突然咯血。吐出的血先是鲜红的,带着泡沫,随后就变得黯淡。在当时的阿尔及尔,如果得不到治疗,三个病患者中会有一个在十八到二十个月之后死去。如同卡夫卡一样,结核病使加缪的感官变得更为敏锐。每次一发烧,各种颜色就不仅仅是被他感觉到,而且变成一种强烈的,有时甚至是痛苦的光线刺激。医生将其称为"过度敏感症"或"感觉过敏症",同样患过肺结核的纪德称之为"感觉的聚会"。加缪则称自己"浑身都是感觉的穿透细孔"(奥利维·托德《加缪传》,黄晞耘、何立等译)。

诗人余秀华也许会赞同卡夫卡的如下说法:"事实上,作家总要比社会上的普通人小得多,弱得多。因此,他对人世间生活的艰辛比其他人感受得更深切、更强烈。对他本人来说,他的歌唱只是一种呼喊。艺术对艺术家是一种痛苦,通过这个痛苦,他使自己得到解放,去忍受新的痛苦。他不是巨人,而只是生活这个牢笼里一只或多或少色彩斑斓的鸟。"(《卡夫卡口述》)加缪则说:"疾病是一所修道院,有着自己的清规、苦行、静谧和灵感。"(《加缪传》)终身的疾患对任何人来说都是痛苦与不幸的深渊;我们不必故作高深地说,它对诗人、作家来讲是福祉。因为这里并不存在一种可以换算的交易;存在的只是,那些虔诚地投身于诗歌与文学的人的一生,注定是痛苦和不幸的,疾病只是让他们更早也更清醒地意识到这一点,"如果必须为此支付痛苦和与世隔绝的代价,那就支付吧"(加缪)。

伊格尔顿这个老头

人无完人,所以,人有偏见并不可怕。可怕的是,不以偏见为偏见;更可怕的是,以自己的偏见为放之四海而皆准的真理,自己不质疑,也不许别人质疑。这样的人,基本上无药可救。

我因在大学教书,偶尔写点评论,被理所当然地划归"学院派"行列。"学院派"这个东西,如同"女权主义""形式主义"等一样,来自西方,在中文里多为贬义。又因主讲文学理论,常遇见对理论不屑一顾的人。在他们眼里,用理论去解析文学,好比面无表情的外科医师拿着冰冷手术刀,在肢解一具血肉丰满的躯体。我常教导学生,碰到这种自以为是的家伙,别去搭理:认为作品是一具血肉丰满的躯体,不过是现代理论中的一种;你一搭理,他就会跟你大谈特谈灵感、直觉、冲动之类神秘兮兮的概念,没一点创意。后来读到鼎鼎大名的西方马克思主义批评家特里·伊格尔顿的一番话,觉得姜还是老的辣。他说:"反理论家就像是个医生,给你讲述复杂的医学道理,就要你能尽量多吞食垃圾食品,或者像个神学家给你提供和别人通奸的辩驳不倒的论据。"(《理论之后》,商正译)

理论家和反理论家,到底谁才是医生,且按下不表。有人说,伊格尔顿的文风是冷嘲热讽、插科打诨,似乎也不错。比如,《理论之后》一书劈头就说:"文化理论的黄金时期早已消失。……从那时起可与那些开山鼻祖的雄心大志和新颖独创相颉颃的著作寥寥无几。他们有些人已经倒下。命运使得罗兰·巴特丧生于巴黎的洗衣货车之下,让米歇尔·福柯感染了艾滋,命运召回拉康、威廉斯、布尔迪厄,并把路易·阿尔都塞因谋杀妻子打发进了精神病院。看来,上帝并非结构主义者。"我虽读过不少他的书,但还是被这般毫无顾忌的冷嘲热讽吓了一跳。我甚至觉得,任何人只要拿起他的任何一本书,认真读,就会改变对理论的偏见:理论是多种多样的,如同文学;理论有自身体式,就像文学;理论没有特定边界,正如文学。那些一提理论就做头疼或牙疼状的人,说白了无非是不肯好好读书;不好好读书也罢,但以不读书为傲视他人的资本,这种人,也无可救药。

不要理论,这可能是今天最时髦的理论。这种人的确应该像伊格尔顿说的,"坦然地回到前理论的天真时代";因其毫无可能,他们的"天真"比搔首弄姿更让人不堪。

这世上没有完美的理论,就像不存在完美的文学作品。理论文章不堪卒读,原因往往出在写文章的人,由此抱怨理论本身,有些莫名其妙。何况,每个人都不是在大脑一片空白的情况下去接触文学的。既然我们头脑里充斥着各种成型、不成型的理论,就没必要谈理论而色变。

当然,文学理论家毕竟是跟文学打交道的人,磨练文字是他日常的功课。伊格尔顿说,文学理论家写出下面的句子是不可原谅的:"在这目的论列入地理学计划的世界中,爱好者原本就初具规模的准概念不能从理论上说明其功能完全冻结。"理由是,"作为一个从事文学研究的人,一个首先有着某种语言的禀赋和感觉,并因而得到报酬的人,写出这样的句子,就好像是近视的眼睛技师或极度肥胖的芭蕾演员"。

如果伊格尔顿有 Wechat(微信),我想申请加个好友,然后给他发个[呲牙]。

不合时宜的平庸

一

从一九二九年到一九六〇年,英国作家、《看得见风景的房间》的作者 E.M. 福斯特为 BBC 广播录制讲座。讲座的大部分内容是向听众推荐各类书籍是否值得费神去读,后结集为书。英国七〇后作家扎迪·史密斯评价说,讲座的调子是闲谈式的,轻松肤浅的,没有学术腔的,"可想而知,这些让托·斯·艾略特 —— 当时他也在为 BBC 录制广播节目 —— 在路过福斯特的录音棚,往自己的录音棚走去时,颇为不耐烦地发出叹息"(扎迪·史密斯《改变思想》,金鑫译)。福斯特并不是不能严肃,但在讲座中,他更愿意当一名"健谈的图书管理员",斜着身子靠在柜台上,向听众提出建议。他告诉听众,"把我当作一条寄生虫好了,招人喜欢也罢,叫人讨厌也罢,总之是依靠高等生命来养肥自己"。

当然,福斯特并非没有自己的立场,他的立场被史密斯视为一条"中间路线":"在无畏和顺从,勇敢和怯弱,密切留意和满不在乎之间"。有时,这条路线"以福斯特那种文静方式,表现得最激进不过。其余时间里——在他自由放任的文学观的安逸中——这条路线看起来,仅仅是最舒适的选择"。比如,在有关劳伦斯作品的问题上,福斯特的态度是毫不含糊,甚至是非常严肃的。史密斯评述道:"一个人是否读过劳伦斯的作品,福斯特其实并不在意……但是要因为劳伦斯不合你的口味,就否定他,或是因为心怀畏惧,无法理解,而否定诗歌本身——这就十分要紧了。唯一需要重视的庸俗习气,是扭曲心灵的那种,它使我们陷于鄙夷和恐惧之中,直到我们除了鄙夷和恐惧之外一无所知。"

福斯特所指斥的扭曲心灵的那种"庸俗习气",那种"鄙夷和恐惧",在我们中间存在吗?因为个人爱好、趣味的原因不读诗歌,本是正常的事情;但如果因为诗歌不合自己的口味,而认为诗歌已死,或者被疯子们所把持,则是荒唐的。更可怕的情形也许是,在诗歌同行内部,为了抬高某个适合自己口味的诗人而拉出一批可以随意砍杀的垫背者,并且以为只有这样才能凸显自己欣赏趣味的独一无二,也以此来鄙视他人的温和立场为"中庸"。因此不难理解,为什么史密斯要特别指出,福斯特的"中间道路"其实更为激进,他为此不惜冒着被人指责为"平庸"的危险。"侵蚀心灵、扼杀直觉,阻碍我们赞扬美德的,恰恰是不自觉的怀疑。""福斯特让他笔下的人物自己意识到这个弱点;他们与它展开斗争,取得了胜利。他们学会了赞美。"史密斯这样说。

文静与温和的"中间路线",为什么在今天会这么不受待见？苏珊·桑塔格评述西蒙娜·薇依时曾说,"我们所处的时代是一个自觉地追求健康的时代,但更是一个认可病态的时代"。在这样的时代,"由稳健的作家以一种公正无私的口吻发布的观念,几乎不可能得到大众的响应。……稳健早已成为妥协、回避、谎言的代名词"(《西蒙娜·薇依》,河西译)。这也就是为什么作家诗人更喜欢以"偏执狂、疯子、置人格于不顾的人"的形象现身,以博取眼球。而今天的作家诗人以及读者摆脱病态人格的方式,恐怕就是福斯特所指出的,摒弃"鄙夷和恐惧",学会赞美,去赞美那些与己不同的人和事。

二

福斯特的讲座结集出版后,依然保留着通俗易懂、深入浅出的风格,但这并不意味着他不理解或不喜欢复杂的表达。扎迪·史密斯说：

> 他是爱·摩·福斯特：他不需要别人都来效仿他。看起来,这是世间最简单、最显而易见的道理——然而能做到这点的英国小说家又有几人！在英国小说中,现实主义者们捍卫现实主义,实验主义者们捍卫实验主义；言简意赅的作家自然对简洁明了的写作风格大加赞赏,而好用修辞的作家则将抒情奉为文学的最高价值。福斯特则不然。……他可以坐在自己的文学角落里,而不必宣扬它比别的角落来得优越。他顽固地为乔伊斯辩护,尽管他不怎么喜欢乔伊斯；他为伍尔夫辩护,尽管她令他感到困惑；他为艾略特辩护,尽管他对艾略

特心存畏惧。

我不知道福斯特是否有史密斯说得这么好，但如果他真是这样一个人物，无论是作为小说家、评论家还是读者，都令人肃然起敬，以至让人有尽快重读他的小说和评论的冲动。在这个人身上，体现的是对文学与世界的好奇，是他的广博阅读和建立在这个基础上的一颗宽厚而温暖的心，是对自己所缺失的他人身上优点的不吝赞美，当然也是一种自信。且不说英国的文学分类体系将福斯特归为普普通通的作家一类（扎迪·史密斯语），即便是在中国当下语境中，一个似乎没有任何锋芒和个性，一个为自己不喜欢、不理解的东西辩护来辩护去，一个这也好那也好，一个不懂得想出头就要一条路走到黑，想上头条就要扯去底裤的写作者和评论家，不被挖苦和嘲弄已算是最好的结果了。平庸的写作者都想抓住一点什么，不管那点东西是什么：先锋，异类，谄媚……否则惶惶不可终日。也正是这样的平庸写作者，喜欢把跟他不一样的人，讥讽为平庸之辈。

瓦尔特·本雅明说，卡夫卡毕其一生都在自问到底长相如何，但他从未发现还有镜子这种东西。福斯特可能知道也可能不知道自己的长相，他到处在找镜子；他郑重其事向听众推荐的每一本书，都可以看作是他找来的一面镜子，先拿来照自己，再看看别人是不是可以用。他在向听众推荐 E.F. 本森的回忆录《我们这样的人》的时候，就像是拿着镜子在照自己，并提醒自己不要重蹈如下命运："不幸的是，大多数中年人不只是身上的肌肉和活力，连'精神纤维'都失去了弹性。经验也有其危害：它有可能给我们带来智慧，但也有可能导致头脑和思维的僵化，因而失去弹性，造成严重后果。"而在简·奥斯汀这面镜子面前,他这样表达他对她的喜爱:"她是英国人,我也是英国人,我对她的喜爱,可以说是一桩家务事。"

如果你认为福斯特是完美无缺的,那就错了。史密斯说,福斯特有很多毛病和缺点,比如:"福斯特的作品里有魔力和美感,也有软弱,还有少许慵懒,些许愚蠢。""福斯特总是有点儿太过谦逊,有点儿不够坦率。""他跟我们一样。很多人为此爱上了他。"史密斯的意见是:"喜爱福斯特,就要像他本人那样,满足于他的平庸与杰出的结合。"

这可真够难的。

小说家的怪癖

听闻过许多小说家的许多写作怪癖：有的要站在柜子前写，有的要嗅着烂苹果的气味写，有的要先削好一排铅笔才能写，有的写到什么样的人就要装扮成那样的人然后对着镜子边看边写……与他们相比，诗人的怪癖实在算不了什么，顶多像郭沫若那样大冷天赤着脚在地上跑，或者像顾城那样睡梦中抓起笔在墙上扶乩般写下"黑夜给了我黑色的眼睛，我却用它寻找光明"。如果那位把后一句改为"我却用它翻白眼"作 ID 签名档的网友听闻了这个细节，怕是真的要翻白眼了。

小说里"说话的人"不是"写作的人"，"写作的人"也不是生活中"存在的人"，这是罗兰·巴特的划分。我们理解上述怪癖是因为我们知道，处于写作状态的作家与日常生活中的那个凡夫俗子可能大相径庭。小说家李洱把自己的第一部小说集取名为"饶舌的哑巴"，他的轰动一时的长篇小说《花腔》差不多是一部"口述实录",好多个人在回忆,那个名叫葛任(谐音"个人")的知识分子究竟是怎么死的。但我第一次见他就觉得他的话很少,尤其是与他的同乡、有博士后证书、经常去美国名校访学的小说家张生相比。一般情况下,如果我突然接到张生从上海打来的电话,就知道他刚搞定了一部小说,并且这通电话至少要打一个小时。李洱比我还要安静。游览途中,偶尔踩到一张破报纸,他会蹲下去研究半天。

英国作家扎迪·史密斯这样描述处于"小说写作中途"的小说家到底是个什么样的家伙:"除了你的书,世间再没有任何东西,哪怕你的妻子跑来告诉你,她要和你的兄弟上床,你都会觉得她的脸像巨大的分号,她的双臂像括号,而你心里想的是,用'翻腾'这个动词,是不是要比'搜寻'来得好。"(扎迪·史密斯《改变思想》,金鑫译)这基本上已经不食人间烟火了。那么,当小说家"闭关"神游虚拟世界完毕,回到现实中来,又会是怎样的呢?"那是一种令我难以形容的幸福感……上次,我打开一瓶保存已久的上好桑塞尔葡萄酒,手握酒瓶,站着喝了起来。后来,我躺在自家院子铺的卵石上,哭了好长时间。时值深秋,阳光明媚,到处都是苹果树,熟透的苹果散发着腐烂的气味。"我想,那阵阵飘散的腐烂的苹果气味,也是小说爱好者们所熟悉的,越过了甜美。

不过,我目前读到的最有意思的小说家是普鲁斯特。本雅明说,有一次,普鲁斯特深夜去造访与他私交甚密、也是他的传记作者的女作家克莱尔芒——托耐尔公主。由于他长年患有神经性哮喘,所以,需要有人去他家把药取来他才能继续逗留。一个听差被召唤来,他给了听差一份关于那个地段和房屋的冗长说明。最后他说:"你肯定能找到。那是奥斯曼大街唯一亮着灯的窗户。"他告诉了听差有关他家的所有细节,却唯独没给他详细地址。本雅明用这个故事来说明普鲁斯特在制造复杂性方面最富有才智。而我觉得,普鲁斯特的可爱之处正在于,他把这个极其现实的夜晚也当成了小说在构思,在竭尽全力地叙述,按照他一贯的方式;他表里如一,不改本色。所以,他很可爱。

  这个故事甚至勾起了我再次阅读《追忆似水年华》的欲望。不一会儿,我把小说第一卷再次放回了书架。听听小说家的怪癖就好了。

小说家的想象力

一

布罗茨基曾说,在真理的天平上,想象力的分量等于并时而大于现实。这来自他在极权专制下苏联生活的个人体验,说的不是文学;但文学中想象力的分量,也不妨这样看。

问题是,今天的中国文学、主要是小说的想象力正在急剧萎缩。经常听到有人在质疑:中国的小说家失去想象力了吗?然而很少有人这样去问:当我们谈论想象的时候,我们在谈什么?

"现实比小说更精彩"——很多人据此指责小说家想象力的不复存在,这本身就很离奇:认为当下中国现实的光怪陆离、匪夷所思,远远超过了卡夫卡、福楼拜、普鲁斯特、陀思妥耶夫斯基、索尔仁尼琴或者马尔克斯所处情境的,显然是不成立的。我相信他们当中的每一位,都可以这样来界定他们所置身的现实:没有最离奇,只有更离奇。加缪在《局外人》中写到,监狱里的默尔索百无聊赖,在草褥子下发现了一张残缺不全的旧报纸,上面有一则社会新闻:一个背井离乡的捷克男人发了财,带着妻子和孩子还乡。为了给家人一个惊喜,他独自匿名住在母亲和妹妹所开的客栈里,没有被认出。半夜,母亲和妹妹用斧头砍死了露富的他,将财物洗劫一空,尸体被扔到河里。第二天妻子和孩子如约过来,真相大白,随之母亲上吊,妹妹投井。这应该是当年真实发生的事情,加缪还以此为素材创作了剧本《误会》。

小说中的这个故事告诉我们,我们通过大众媒介了解的所谓现实,实际上是关于某种现实的叙述话语(可以推测,加缪当年在报纸上看到了这则新闻);我们对自己所经历的现实的叙说也是一种话语,它们与文学话语之间存在着同构关系。在这个意义上,只存在关于现实的种种言说,不存在脱离言说的现实本身。西方有学者甚至认为,美国对伊拉克的战争根本没有发生过;对他而言,发生的只是有关这场战争的文字、声音和影像。这种说法看似荒谬,却内含着他对"什么是现实"的一种观念,这种观念倒是非常富有想象力的。最重要的是,在文学世界里,不可能存在关于"什么是现实"的统一性认识,也就不存在关于文学的想象方式的模板;文学是文学家对繁复多变的现实的个性化选择,想象也是。

一个人坐在地毯上可以飞起来吗?不能。那为什么《百年孤独》里有这样的描写?因为马尔克斯写的是"魔幻现实",是他的想象力使然。——我们对小说家想象力的理解的另一个误区,是把想象当作秘境里的秘闻:小说里的描写越是稀奇古怪,越是与我们平淡乏味的生活拉大距离,我们就会认为它越有想象力。有意思的是,马尔克斯从没有承认过欧洲批评家从"欧洲中心论"出发,对他的小说所做的有关"魔幻现实主义"的判定。他坚持认为,他写的就是拉丁美洲的现实、哥伦比亚的现实。他相信"现实是比我们更好的作家",作家的天职和光荣就"在于设法谦卑地模仿它,尽我们的可能模仿好"。他在提醒我们,这个世界太大、太复杂,我们穷其一生所经历的现实屈指可数。因此,我们都有可能把自己没有亲历过的现实叫作"魔幻现实"。不理解这一点,我们可能永远也走不进马尔克斯的文学世界,也永远不会理解,想象就是一种现实。

二

卡夫卡拥有天才般的想象力。他的小说虽然被公认为是寓言体小说,是他对自己日常生活的暗示和影射。仔细读《变形记》,你会发现小说里的描写是有问题的。比如,如果格里高尔·萨姆沙"那穹顶似的"肚子高高隆起,在他翻身下床之后,他那无数条细小的腿怎么可能触到地面,又怎么可能在遇到危险的时候快速地在墙上、天花板上爬行呢?

当年小说集出版时,卡夫卡对出版商一再强调,这只"大甲虫"是画不出来的,也一定不要画出来。结果,小说集的封面画的是一个年轻人,他从一间黑屋子的门口摇摇晃晃地走开。这样一个形象,与小说中的任何一处描写都无法吻合。这表明,卡夫卡所关心的不是你看到了什么,而是你如何去看待某个东西。我们每个人的现实,实际上取决于你究竟如何认识现实和你把什么当作现实来认识的方式,而不是那个什么。

每一位作家都有自己的"如何"认识现实的方式,而每一种方式都可以说是临时的、有缺陷的,正如生活中的你我一样。然而,今天的批评家似乎更关心的还是小说表现的是"什么",并不关心作家在"如何"看待现实的方式中,是否就包含着他的想象力。即便是像马尔克斯所说的"虔诚地模仿现实"这样一种方式,也不应当被看作是小说家的一桩罪行;换句话说,倘若一部作品写得很"现实",有可能恰恰是作家想象力的表现。一旦离奇的、古怪的现实才能够被叫作现实成为一种刻板印象,就需要有不一样的文学站出来打破它,重新恢复我们对现实的多样性、不确定性的感受和体验。

今天的小说批评家如此密切地关注想象,说穿了无非是因为,想象是小说家引人瞩目的资本,是让他的作品畅销于世、最好是人手一册的资本,而不是一种跟他的情怀,与他的理想、抱负相关的素质。如果说今天的中国小说家缺乏想象力,那是因为他们过于迷恋前者,而没有意愿、也没有能力去培植后者——后者意味着孤独、寂寞、无名无利的一生,甚至要搭上长时间被大众污名化的代价。想象力与作家有没有悲悯、善良、真诚、正义的情怀有关,与他是否尽可能地把遥远、陌生的"他们",纳入自己关注的范围内而变为"你们"的努力有关。我相信我们都不会把小说《阿甘正传》及其同名电影,简单地看作是写了一位傻得离奇、傻得可爱、傻得执着的傻瓜。一定是有什么东西击中了我们很柔软的内心,并且让我们在阅读或观看之后,对人生有了不一样的认识。

今天被称为经典的作品,与平庸之作的区别在哪里呢?早逝的美国作家大卫·福斯特·华莱士说,恐怕就在于文学的核心目的是什么,就在于文本背后的意识想要达成什么。它们与爱有关,与遵守这样一种情怀有关：道出你能施予爱的那一部分，而不是你只想被人爱的那一部分。

是的，这话说起来和听起来一点都不时髦，与我们的小说批评家津津乐道的想象也没有什么关系。不过看起来，伟大的小说家似乎就是这样做的。如果这样的情怀是不可能达到的，只存在于想象当中，那么，真正伟大的小说家正好是弗洛伊德所说的"白日梦"患者。他们之伟大就在于，他们正是以看起来不可能实现的理想为终极目标的。

"我要像新的一样好"

  西尔维娅·普拉斯是一个传奇,像众多疯狂而无解的文学艺术家的传奇一样:她与英国天才诗人休斯的爱情与婚姻,她短暂而辉煌的一生,她魔咒般的诗歌与小说,她的梦魇与呓语……

  "我一旦开始了奔跑,就不会停下来……"

  对传奇的好奇与关注源于我们自己过于平淡的人生,乏善可陈的情感,躁动不安的心灵。我们投射进每一个传奇故事的情感似乎得到回应,又像落入更大的虚空中,因为每一个传奇故事都有着为了传奇而进行的巧妙删削与修饰,每一个传奇故事在口口相传中都有着有意无意的省略或渲染,更因为每一个传奇故事的背后,都有永远无法被他人触及和分享的残酷的真实。比如张爱玲。比如顾城。比如海子。比如伍尔夫。比如普拉斯:

爱是我诅咒的骨头和肌腱，
这花瓶一样重建的房子
这难以捉摸的玫瑰。

十根手指做成盛满阴影的钵。
我有修补的渴望。无事可做。
我要像新的一样好。

（《献给生日》，李小均译）

对历史苦难的遗忘，对现实残酷的佯装不见，是众多的传奇堕入谈资甚或八卦的渊薮。

如果你真的喜爱一位作家诗人，最好的方式就是去读他，去贴近他，去在他的作品中与他感同身受，而不是在道听途说中，去拥抱一个虚幻的影子。普拉斯的女儿，诗人、画家弗莉达·休斯说："我渴求她的自杀不要受到如此多的关注，不要成为他人眼中最重大的成就或存在的焦点，反而让诗作沦为附属之物。因此，每回在书店看到我母亲的书，我都会将之拿起，想象如果她还活着会如何，然后忍不住落泪，不得不离开书店。"

以自白派诗歌（Confessional Poetry）而著称的普拉斯，她的诗歌并不是我们望文生义所理解的那样，是自言自语；或者说，如果一个诗人足够真诚和坦荡，她的"自白"就会跃出狭隘的自我，走向他人。美国著名学者乔治·斯坦纳说，没有任何证据表明普拉斯有犹太背景，她与集中营也没有直接联系，但她最后阶段的最伟大的诗歌，与在集中营备受折磨和被屠杀的人产生了认同，与他们完全融合。她

在他们中间看见了自己:

> 上帝先生,魔鬼先生
> 当心
> 当心。

> 我披着一头红发
> 从灰烬中升起
> 像呼吸空气一样吃人。
> (《拉撒路女士》,彭予译)

当大屠杀成为遥远的过去,成为"非现实"之一种,也许,真的如斯坦纳所说,只有他们,现代诗人、小说家、戏剧家,才能够理性反思和想象大屠杀,并在反思和想象中将那个"现实"拉回到我们眼前。

　　这就是诗歌的力量。普拉斯的传奇在这样的诗歌中不断再生。

墓志铭的故事

历史名人的墓碑上，大多有墓志铭。如果是诗人作家，墓志铭会更简洁、隽永。当他躺下时，他希望他的声音还在世间回荡。

法国象征主义诗人瓦雷里的遗骨按照他的遗嘱，被安葬在故乡塞特市的海滨墓园，墓碑上刻着他最得意的两句诗：

> 放眼眺望这神圣的宁静，
> 该是对你沉思后多美的报偿！（段映红译）

把出自《海滨墓园》的诗句刻在海滨墓园的墓碑上，是再恰当不过的安排了。瓦雷里预知了他的未来：沉思将终止，而他的双眼将在诗中，继续眺望他渴望抵达的目的地——风暴过后"神圣的宁静"。他毕生因为倡导"纯诗"陷入一场又一场风暴的漩涡，以致半个世纪后，在遥远的中国,仍有诗坛大佬痛斥"纯诗"为"虚妄之言"。当然,瓦雷里自己也承认,他从没有写出过"纯诗",写出来的只是"纯诗"的片段,就像这两句。临终前,他用铅笔写下这样的话:"机运,伴随这个憎恶它们的人的机运都是错的,更糟糕的是,都是些坏趣味,简单、庸俗的机运。"诗人在与这个世界的"坏趣味"的抗争中只能是失败者,这并不可怕;可怕的是,瓦雷里在对不可能实现的"纯诗"的追求中所体现出的理想主义精神,及其虔诚、坚忍的态度,今天已被"简单、庸俗的机运"驱逐殆尽。

丹麦神学家、哲学家、作家克尔凯郭尔的名字,据《恐惧与战栗》中译者刘继介绍,在丹麦文中由教堂(kierke)和园地(gaard)两部分组成;它在现代丹麦文中也被广泛用来表示坟场、墓地。这个名字似乎预示了他被死亡阴影覆盖的一生:他生来就有生理缺陷;在两年多的时间里,母亲和三个兄弟姐妹接连去世。他不能不相信仿佛受到上帝诅咒的父亲的预言:他只能活三十三岁。最终,他居然多活了九年。他生前从未怀疑过自己作为天才的存在:"我作为一个作家,当然使丹麦增光,这是确定无疑的。"他在日记中写道:"天才犹如暴风雨:他们顶风而行;令人生畏;使空气清洁。"(《非此即彼》,京不特译)聚合在他身上的种种悲剧事件表明,天才是不被同时代人理解的;是痛苦的,也是忧郁的,无法治愈(他说,能治愈的忧郁不叫忧郁)。天才似乎注定属于历史,因为现实中的他被"全体居民"一致认为是"一个寄生虫、一个懒汉、一个游手好闲之徒、一个零"。他曾经设想,他的墓碑上最合适的几个字是——"最不幸的人"。但他作为天才的结局是:由于葬礼上他的外甥挑起的一场抗议教会的骚乱,他被草草埋在了家庭墓地,没有墓碑。

另一位命运多舛的流亡诗人布罗茨基,一向认为诗歌语言是人类语言所能达到的最高标准,"作为墓志铭和警句的孩子,诗歌是充满想象的,是通向任何一个可想象之物的捷径"(《怎样阅读一本书》,刘文飞译)。一九九六年一月的一个夜晚,他因心脏病突发而倒在书房的地板上,面带微笑。他没有叶落归根,而是被安葬在威尼斯的一处墓地。苏珊·桑塔格说,那里是他的理想归宿,因为威尼斯"哪儿都不是"。墓碑上镌刻着他最喜爱的古罗马诗人普洛佩提乌斯哀歌中的一句:"死亡并未毁灭一切。"

是的,当人归尘土,诗歌还满面尘灰地站立在书架上,等待着那双偶然伸出的手。

今天,你梦了吗?

文学艺术家都是造梦者。这可能是因为现实中的我们很少做梦:要么因为没日没夜的疲惫而睡得太死,要么因为没日没夜的疲惫而睡不着,要么因为整日跌跌撞撞的步履而成为飘忽不定的梦游者,在地铁,在拥挤的电梯里一个又一个的哈欠里,在办公桌上一堆又一堆文字或数据的恍兮惚兮的眼神中……

这几年最流行的与梦有关的短语恐怕是"以梦为马",它来自海子的诗《祖国(或以梦为马)》。它能成为时代的口头禅,并不是因为人们喜爱和认同海子诗里的情感,只是因为这是一个鼓励造梦的时代;至于它想说什么,无关紧要。二〇一四年春晚,零点前的嘈杂中,我听见一位女主持人高喊着:"祝大家以梦为马,马上幸福!"我愣了半天,也没想清楚:以梦为马的人,会"马上幸福"吗?

写下这句诗的海子肯定没有"马上幸福"。在他之前,英国唯美主义作家王尔德提出"为艺术而艺术"这个梦幻般的口号。他坦承："是的,我是个梦想家。梦想家是那种只有借助月光才能找到自己道路的人,他所受的惩罚是他比世人更早地看见曙光。"(《谎言的衰落》,萧易译)每一个时代"借助月光找到自己道路"的梦想家,都是拒绝世俗、特立独行的人,这似乎注定了他们会成为悲剧性人物。一八九五年,在一场由他主动挑起的诉讼中,他被判"有伤风化罪",处以两年监禁。一位名叫马丁的看守对他很好,还写了一篇《狱中的诗人》,记录他在监狱中的日常生活:"他很弱,连擦皮鞋、梳头都不会。……当有朋友来看他时,他总竭力用红手帕掩住面孔,遮住没剃过的脸颊上的污秽。"这已不是从前那个总是穿着奇异的唯美的服装——一身天鹅绒衣服,宽大的汗衫,打一条与众不同的领带,手里总是拿着一朵向日葵或百合花——的花花公子了。

葡萄牙诗人、作家费尔南多·佩索阿的《不安之书》,堪称另一个版本的"梦的解析"。纸上的梦境是他单调乏味的日常生活的替换;而这些不断膨胀的梦幻,从没有离开过他生活和工作的里斯本道拉多雷斯大街一步。"我只在做梦。这就是我生活的全部意义。我唯一真正在乎的便是我的内心世界。我打开那扇通往梦想街道的窗户,看到那里的景象,便忘记了自我,这时候,我最深切的悲伤就消失得无影无踪了。"(刘勇军译)在他之前,卡夫卡在《变形记》开篇中,让从睡梦中醒来,发现自己变成大甲虫的格里高尔·萨姆莎"朝窗口望去,天空很阴暗——可以听到雨点敲打在窗槛上的声音——他的心情也变得忧郁了"。萨姆莎的忧郁不是来自变形,而是因为,即便他真的变成了一只大甲虫,这个他熟悉的世界,居然没有跟着发生一点点变化。

文学艺术家为什么会成为弗洛伊德所说的"白日梦"者？我觉得佩索阿的回答是可信的："做梦者是纸币发行者，他发行的纸币在他观念中的城市流通，就像真实的货币在外部世界流通一样。"只是我们跟他们不一样：我们做梦是因为我们都想成为"纸币发行者"，并且急切地希望它们能够出离梦境，迅速变现。然后，我们就可以拿着一沓沓"真实的纸币"去砸那些怎么也不肯做梦的人的头。就像贾樟柯电影《三峡好人》中的那位江湖魔术师，用力砸着木讷的、一毛不拔的韩三明："这是欧元，欧元！懂吗？"

今天，你梦了吗？

关于春天的诗句

春天有诗意,春天里的人特别有诗心,所以,在春天举办的诗的活动特别得多。

想起一些与春天有关的诗句。比如:

"那是春天,鸟飞向它们的树木。"

这句话有"诗性"吗?如果给它一个上下文,或许有;单看这一句,几乎没有。它是对一种"事实性"场景的如实再现。再看:

"那是春天,树木飞向它们的鸟。"

这句呢?仍然是对春天景象的描绘,但由于"树木"与"鸟"的主宾位置发生变化,使得它具有了不同于日常语言的"陌生化"效果。鸟飞向树木并没有什么值得说道的,但是,倘若连扎根大地的树木都在和煦的春风里翩翩欲飞,迎向空中盘旋的鸟,那是怎样一个充满勃勃生机的、让人无法忘怀的春天!

这一句出自保罗·策兰的《逆光》（王家新、芮虎译）。《逆光》是札记，由若干语句或片段汇编而成。原文仅此一句，但恐怕抵得上一篇散文。

策兰被誉为里尔克之后最有影响的德语诗人。不妨再来看看里尔克是怎么描写春天的：

> 春天又来了。大地就像
> 一位背下很多诗篇的
> 小姑娘……由于长期
> 艰苦的学习，她获得奖赏。
> （《献给俄耳甫斯的十四行诗》，黄灿然译）

比较一下。策兰只是在"描述"春天的景象，以诗人的眼光：在春天，没有什么是静止不动的；但那不是莫名的躁动，是一种感染——"春风又绿江南岸"的"绿"，也是一种感染。你甚至可以体会到感染的徐徐展开，慢慢加深。"飞"字也是：你同样可以体会并仿佛看到树木"飞向"空中的鸟，甚至去追逐鸟们的那个画面。树木给诗人以"飞"的感觉并不是由于树干本身，而是由于诗人眼见的是春风中树叶和树枝的摇曳，带着难以言传的欢欣。所以，在那两句里，你同时可以听到树木在飞翔和追逐过程中的哗哗的响声，那么悦耳、动听。

里尔克则把自然与人绾结起来，力求以可见之物去捕捉不可见之物，那种事物的整体性和统一性；捕捉那些在我们这些后人眼中逐渐消逝的事物——大地，我们祖先曾经的"知交"。"春天又来了"，所以，小姑娘长期艰苦的学习，这一次得到了奖赏；"春天又来了"，所以,小姑娘在成长;"春天又来了",所以,一切都"值得称颂与歌唱",包括策兰笔下的飞向鸟的树木——它们何尝不是大地上游戏的孩子,和那个与大地游戏的小姑娘一样。或许,树木正是为了避免在畅快的游戏中被抓住,才飞向了空中,就像一群鸟先行一步拔地而起,一哄而散。里尔克的这首诗紧接着写道:

> 大地,狂喜于放假的大地,现在
> 与孩子们一起游戏。我们要抓住你,
> 快乐的大地。最幸福的将会成功。
>
> 啊,从她的老师教她的万事万物,
> 到隐藏于长茎和深根之中的
> 一切,她都歌唱,她都歌唱!

春天值得歌唱,热爱春天的人值得歌唱,用诗来歌唱春天的人值得歌唱。不过在里尔克诗中,最值得歌唱的是与"大地"游戏的孩子们,以及与孩子们游戏的所有事物。里尔克也写到过"飞",在他的《十四行诗》第二部第十四首,带着难以掩饰的颓唐,最终却喜悦于"充满着永恒的童真"的事物:

> 所有的事物都想飞,只有我们被欲望的重负压得往下坠,
> 为我们自身所困,为重量所迷惑。
> 啊对它们来说我们不过是些萎顿、消极的老师,
> 而它们则充满着永恒的童真。　　(黄灿然译)

铁路时刻表、副食购物单与便条

在最近几年引起媒体和公众热议的诗歌事件中,比如"梨花体""羊羔体""乌青体"等,很多平常不怎么读诗的人讥讽说,现在诗人唯一的本事就是在电脑上敲回车键,把好端端的一篇文字分成行,就说是诗。这种讥讽可能满足了讥讽者的言说快感,但也暴露了讥讽者文学观念上的浅陋,且不自省。

文学是复杂难测的人工制品;诗之为诗除了它自身的"内部法则",环绕文本的外部因素也是错综复杂的,包括形形色色的接受者、文本的生产环境、文本传播的渠道与方式等。最大的问题可能是,我们都想一劳永逸地把文学的"本质"固定下来,却没想到也许根本就不存在所谓的"本质"。

英国当代最负盛名的马克思主义文学批评家特雷·伊格尔顿在《二十世纪西方文学理论》导言中说,"如果我研究铁路时刻表不是为了发现一次列车,而是为了刺激我对于现代生活的速度和复杂性的一般思考,那么就可以说,我在将其读作文学"(伍晓明译)。他以此说明,"文学根本就没有什么'本质'",任何作品都可以被"实用地"阅读,也都可以被"诗意地"阅读。也就是说,任何作品都可以在"文学"和"非文学"之间转换。除了要对文学抱以开放的理念,阅读者对待作品的"非实用"态度,非常重要。

伊格尔顿的话可能让许多人难以接受,因为每个人坚执着一己的文学信念,并以此防御甚至攻击那些不合自己心中"规范"的文学。不过同样的意思,美国诗人威廉·卡洛斯·威廉斯也表述过。当《纽约邮报》记者举出他的诗"两只野鸡 / 两只野鸭 / 一只从太平洋里 / 捞出来二十四小时的大螃蟹 / 和两条来自丹麦的 / 鲜活急冻 / 鳟鱼……",说"这听起来就像一份时尚的副食购物单"时,威廉斯回答:"这就是一份时尚的副食购物单。""那——它是诗吗?""如果你忽略实用的意思,有节奏地处理它,它就会形成一个不规则的模式。在我看来,它就是诗。"

威廉斯是一位儿科医生,一九〇六年从宾夕法尼亚大学取得医学博士学位,后去德国莱比锡大学进修,三年后回故乡行医,直到退休。写诗仅仅是他的业余活动,他的诗歌却对美国现代诗歌产生重大影响,曾获普利策奖。他的另一首诗《便条》广为人知:"我吃了 / 放在 / 冰箱里的 / 梅子 / 它们 / 大概是你 / 留着 / 早餐吃的 / 请原谅 / 它们太可口了 / 那么甜 / 又那么凉"。从文学史的角度看,他之所以如此推崇使用口语、俚语或俗语,正是为了对抗像庞德、T.S. 艾略特这样诗作佶屈聱牙的诗人。一九一八年,威廉斯在一部散文诗集的"序曲"中说:"我他妈的想写什么就写什么,我他妈的想什么时候写就什么时候写,我他妈的想怎么写就怎么写……"

这并不说明我很欣赏威廉斯的诗。不过我明白,在所有文体中,诗是最桀骜不驯、最难以"就范"的。我欣赏的是自由的探索、自由的写作心态;我不会幼稚到用一己之趣味去绳索所有的诗歌。历年来国内对诗的"恶搞"除了显示"恶搞"者的无知和无聊,别无它用。在实用主义盛行的时代,希望人们"非实用地"对待一篇作品,确实太难;更难的是,让他们放弃心中关于诗或文学的"本质"的陈腐认知和庸俗想象。

苏珊·桑塔格说,"我们可以把任何东西视为一件艺术品"(《苏珊·桑塔格谈话录》,姚君伟译),那么当然,我们也可以把任何一个分行的文本视为一首诗。如果它冒犯了你,你应当感到庆幸:它给了一个契机让你反思,你是否给予某种类型的诗以特权地位。

辑四 纸上河山

"慢慢走,欣赏啊"

世界上大概没有哪一条景观大道旁的标语牌,能像阿尔卑斯山谷大道旁的这块一样,在中国拥有如此高的知名度。偶然一瞥间,它刻印在一位身在异乡的学子的脑海里,又被写进给故乡"亲密的朋友"的信中。那时还没有你我,但你我都仿佛是收信人,而写信者早已驾鹤西去。

我愿意设想时值深秋,梦幻的季节,正在莱茵河畔、歌德母校斯特拉斯堡大学攻读哲学博士学位的朱光潜,与友人驾车出游。一块标语牌一闪而过,他急忙叫停了车,走进它,接着将目光投向山谷中开始泛红和泛黄的斑斓树叶,山间绵延田野上的屋舍,远处终年积雪不化的山巅……我乐意相信此时的他陶醉于美景而忘我,听不见友人摁响的喇叭声。

我甚至有一种直觉:《谈美》是从收尾的这句话开始往前写的;

是无名氏写下并竖起的这块标语牌，给了作者最初的灵感，并引导他将美的欣赏与创造，同个体生活贯穿在一起。这句话的意味，早已超越了那位无名氏友善地提醒路人放缓脚步、欣赏一路风景的初衷，让人联想到漫漫人生路，该如何漫步其间，方不枉人世一遭的大问题。八十多年后，有多少熟知并常常引用这句话的人，是认真、仔细地把小册子读完，并领悟了作者的良苦用心呢？我对此并不乐观。不过，这恰恰验证了经典的宿命：所谓经典，就是那些人们经常引用其中几句话而未必阅读过的书。

《谈美》一九三二年完成后，曾在《中学生》杂志部分刊发，开明书店的初版封面上印有"给青年的第十三封信"字样，适合中学生阅读。它顺理成章地进入教育部规定的中学生必读书目之列。让在应试的重重压力下疲于奔命的学生接触这本"明白晓畅"的小册子，有着深远的意义；但是，从中寻章摘句，把它变化为一道道阅读测试题，加速学生疲于奔命的脚步，无疑有忤作者原意，缺乏对作者与书的起码尊重。我不知道那些挖空心思的语文教师、教研员是否真的读懂了先生的这段话："许多人在这车如流水马如龙的世界过活，恰如在阿尔卑斯山谷中乘汽车兜风，匆匆忙忙地急驰而过，无暇一回首流连风景，于是这丰富华丽的世界便成为一个了无生趣的囚笼。这是一件多么可惋惜的事啊！"也只有那些身在囚笼而不自知者，才会把囚笼当作礼物赠予他人。

"谈美"实则是"谈艺术与人生"。艺术是美的创造，人生则需要创造美；人以艺术表达对美的人生的想望与追寻，艺术则反哺人，润泽、滋养、壮大、丰富人的思想与情感，使他得愉悦，得充实。也只有在这个意义上，我们才不会简单地将《谈美》看作介绍美、美感的普及性知识读物。归根结底,知识只是人生的副产品,只是协助我们感悟、探询人生真谛,这看似虚空实则具象的人生里有你有我有他,有山峰和溪流,平原和阡陌,海洋和巨帆,有鸟语花香也有雷霆万钧……

先生说:"人心之坏,由于'未能免俗'。什么叫作'俗'?这无非是像蛆钻粪似的求温饱,不能以'无所为而为'的精神做高尚纯洁的企求。"一本教人也教自己"免俗"的小册子,今天在一些教书育人者的手中成为俗不可耐的"应试秘笈",先生祈望的"伟大的事业"的落空,也在意料之中了。

一枝递给你的小花

少年时代神思恍惚,读书没有耐性和定力,自然不识经典的魅力。回想中学时在课桌底下偷偷翻阅《红梦楼》,无非是被其中巫山云雨的片段所摄住,借此增加一点在同学面前吹嘘的资本而已。

等到大学读中文专业,喜欢诗和散文甚于小说;小说里,又极其讨厌"批判现实主义"作品中随时插入的大段风景、街区、教堂、家具的描写,专找意识流、黑色幽默、新小说派等稀奇古怪的现代派作品,被高深莫测的作品弄得也高深莫测起来。女生们那时大多沉湎于琼瑶阿姨的言情小说。有一次在桂子山露天电影场,电影放映前播了一则失物招领启事:"有哪位同学遗失了一本《月朦胧鸟朦胧》,请到广播台认领。"方知字正腔圆的播音老师也如我们一般不解风情;也或许,该(女?)同学遗失的是一本盗版书?

大学同窗、诗人剑男新任老牌刊物《语文教学与研究》主编,约我和魏天真写"经典茶座"专栏,为中学生介绍经典名著,篇目选自中学生必读书目。我们俩看着书目,不由得发愁:怎样在规定的字数里把经典讲得通俗易懂固然让人愁,更发愁的是,即便写出来,学生是否可以明白经典之为经典,就在于它的隽永意味是说不尽道不完的。比如《哈姆雷特》中的名言"生存还是毁灭,这是一个值得考虑的问题……"为人熟知;今日重读,印象更深的倒是他临终前的"此外惟余沉默"。他之前在墓地看小丑掘墓时就慨叹"我们大可看透生命无常的消息",应该说,他死得其所,死而无憾,留下更多的人在"哈姆雷特式悖论"里挣扎而不自知。教师该怎样引导学生进入哈姆雷特的内心世界,并让他们意识到,在经典中隐藏着的,其实是熟悉又陌生的自我,以至有"莎士比亚写的就是我"的感觉呢?

再如朱光潜先生的《谈美》,学生是否可以体会作者写此小书,并非为了介绍美的知识,是他坚信"中国社会闹得如此之糟,不完全是制度的问题,是大半由于人心太坏。我坚信情感比理智重要,要洗刷人心,并非几句道德家言所可了事,一定要从'怡情养性'做起,一定要于饱食暖衣、高官厚禄等等之外,别有较高尚、较纯洁的企求。要求人心净化,先要求人生美化"?学生能否理解"人要有出世的精神才可以做入世的事业""伟大的事业都出于宏远的眼界和豁达的胸襟"这些饱含人生经验的至理名言?

朱先生年轻时在上海吴淞中国公学、浙江上虞春晖中学任教,自然了解中学生的阅读状况和接受心理,故此《谈美》娓娓道来,明白晓畅。即使晚年在北京大学执教,先生仍不失一颗赤子之心。周忆军回忆到,中学时与同学去北大玩耍,途经燕南园一段残垣断壁,看见一位十分矮小的老人,静静地坐在青石板上。"看到我们走近,老人拄起拐杖,慢慢绕到残垣之后,隔着那段残破的矮墙,递过一枝盛开的花朵"。同伴都被老人的举动吓跑了,只有他走上前接过小花,"我看见老人的嘴角在动,我知道,他是在努力地微笑"。直到考上北大他才知道,那位身高一百五十公分的老人就是美学大师朱光潜。"那些年的中午,每逢我从图书馆抄近路回宿舍,总会看到朱先生独自静坐在青石板上,目光中充满童真,凝望着来来往往的后生。"

其实,每一本经典,都是一位耄耋老者向后生递过的一枝小花。它若有若无的芬芳,只有接过它的人才知道。

风雨与鸡鸣

"一切景语皆情语。"(王国维)"不能作景语,又何能作情语耶?"(王夫之)这些论断人们耳熟能详,是对中国古典诗词艺术传统的精当、妥帖的概括。文学艺术的魅力固然在新意迭出,满足人求新、求异的本能意愿,但突破与创新同时也意味着传承,意味着让读者有一种"熟悉的陌生感",而不可能是石头缝里蹦出的顽猴。不过,对传统的反复研习与袭用,会在后人那里形成某种写作和欣赏的思维与表达定势,继而产生特定景物与特定情感之间的单一化后果。换言之,如果诗词里的写景无非是为了抒情,那么,景物描写在文本中还有没有独立存在的意义和价值? 也就是说,写景是否有可能沦为为抒情服务的工具,而丧失其独立性?

现代诗人、古典文学学者、文学史家,生前执教于北京大学的林庚先生曾分析《诗经·郑风·风雨》章:

> 风雨凄凄,鸡鸣喈喈。既见君子,云胡不夷!
> 风雨潇潇,鸡鸣胶胶。既见君子,云胡不瘳!
> 风雨如晦,鸡鸣不已。既见君子,云胡不喜!

这首诗写女子的相思之苦,以及与君子相见之后的大欢喜。三章中的一、二句写景,其移情于景、景中有情、情景相生的艺术特色,也为注家所公认。不过,此二句是以景起兴,来凸显女子心境,还是对实景的铺陈与描绘,抑或是赋而兴,则一直有争议。这种争议的焦点在于,如何认识景中有情、情景交融的艺术手法中景物的位置和作用,也就是本文开头提出的问题。林先生不赞成在此诗中将景物单纯地看作为抒情服务的意见,而是再三玩味于"风雨如晦,鸡鸣不已"的景色与人情的相互生发又各有其趣的妙处,并以白居易《问刘十九》诗句"晚来天欲雪"来比照:

"……'晚来天欲雪',正是欲雪未雪之时。雪谁不爱看?而它偏不下来。这样你便不免于若有所待。那么你才明白'鸡鸣不已'的道理。鸡为什么叫,我们当然不知道,但它总是这样叫个不停,便觉得有点稀奇,这时你才知道如晦的影响之大。……然则到底是因为君子不来,所以才觉得'风雨如晦,鸡鸣不已'呢,还是真是风雨沉沉,鸡老不停地在叫呢?这笔账我们没有法子替他算,诗人没有说明白的,我们自然更说不明白。然而诗只有四句,却因此有了不尽之意,何况君子既来之后,下文便什么也不说。以情度之,当然再没有什么可说的;以诗论之,却又已回到了风雨鸡鸣之上。又何况他们即使说些什么,也非我们之所能知了。而你若解得,此时他们一见之下便早已把风雨鸡鸣忘之度外,一任它们点缀了这如晦的小窗之周,风雨鸡

鸣所以便成为独立的景色。那么人虽无意于风雨鸡鸣,而风雨鸡鸣,却转而要有情于人。"(《风雨如晦 鸡鸣不已》)

林先生的意思是说,未见君子,"风雨如晦,鸡鸣不已"固然可以解作烘托、渲染为相思所病的女子的心灰意冷,焦躁不安之意;既见君子,也未必就是风雨消散,群鸡喑哑。相恋的人终于相聚,欢天喜地而无心于窗外之景,但风雨交加、鸡鸣声声却牵引出读者更多的情思。人可移情于景,景亦有情于人,如此情景相从相生而景象又不失其独立性。这是不是从《诗经》开始的中国诗歌给我们留下的另一层启示呢?

何处是怀抱

我们这个时代提倡敞开胸怀,接纳他人,由此反证着事实上我们把自己裹得多么紧,对他人是多么警觉与排斥;敞开胸怀大摇大摆的人在电影里倒是常常现身,现实里也不是没有,而且经常被手机抓拍流传于网络——他们多半是小人或坏人。因此也不难理解,大街上有人"求拥抱",或者,有接受测试者被要求与大街上的陌生人拥抱,并且要完成定量。看这些视频的不乏一把鼻涕一把泪的,不知是感动还是心酸抑或兼而有之。

奥地利作家罗伯特·穆齐尔,曾谈到弗洛伊德著名的理论"俄狄浦斯情结"("恋母情结")。他对该理论并非不恭敬,只是有点担忧:假如母亲不再有怀抱,那会怎么样?!他说:"怀抱不仅仅是这个词儿在最狭义上适用于表述那个身体部位,而是这个词儿在心理学上意味着女人的全部孕育母性特征、胸脯、使人温暖的脂肪、抚慰呵护人的柔软,甚至它并非不合理地还表示女裙的意思,这女裙的宽褶裥构成一个神秘的巢穴。"他的意思是,弗氏的心理分析的基本,来自十九世纪七八十年代母亲们特有的服饰,这种服饰在穆齐尔的时代已被滑雪衣和游泳衣所取代;母性的怀抱不再,下一代人将投奔父亲的怀抱。

如果你觉得穆齐尔有点油腔滑调,那么,当他说到德语伟大诗人歌德和里尔克时,是非常严肃和认真的。他认为,他自己、也就是里尔克所处的时代,与歌德所在的"古典时期"是截然不同的,"那时候的男人们和女人们都有一个'怀'。人们在怀中哭泣,人们扑倒在怀里"(《在里尔克纪念会上的讲话》,徐畅、吴晓樵译)。也因为这"怀"的存在,各色人等,阳春白雪与下里巴人,"宽宏的气度与天才的邂逅",都可以和平共处。而里尔克逝世后德国人表现出的冷淡,充分证明了"怀"的消失。在里尔克离开人世半个多月后,德国柏林举行了一场悼念活动。会上,穆齐尔抑制不住自己的愤怒,痛斥德国媒体对如此重要的一位德语诗人的逝世无动于衷:"葬礼有点寒酸,却发自真心……诗人之死并没有为这个国家的民众提供又一场欢宴的由头。"这似乎印证了里尔克生前对他人也是对自己的箴言:"人生如履薄冰,最后一刻更如刀如火。"(拉尔夫·弗里德曼《里尔克:一个诗人》,周晓阳、杨建国译)有怀抱的人已失去了抬起双臂的力量,无怀抱的人径直把前胸当作后背。

穆齐尔是否属于不可救药的怀旧者,姑且不论;即便是,也须先有一个"怀"来盛装那"旧"。"怀抱"这个词,最浅显的理解,一是要有怀,二是这个怀是用来拥抱的,当然不是拥抱自己。无论汉语中的这个词有多么丰富的引申义、比喻义,它都是本之于己,施之于人的——没了后者,怀抱似无意义;有了后者,怀抱才真实地显现在你我之间。波兰诗人扎加耶夫斯基有首诗叫《尝试赞美这残缺的世界》,"残缺的世界"有何可赞美的?所以要"尝试":所有的艺术都是一种尝试的努力。我印象最深的是其中的一句"树叶在大地的伤口上旋转":

> 尝试赞美这残缺的世界。
> 想想六月漫长的白天,
> 还有野草莓、一滴滴红葡萄酒。
> 有条理地爬满流亡者
> 废弃的家园的荨麻。
> 你必须赞美这残缺的世界。
> 你眺望时髦的游艇和轮船;
> 其中一艘前面有漫长的旅程,
> 别的则有带盐味的遗忘等着它们。
> 你见过难民走投无路,
> 你听过刽子手快乐地歌唱。
> 你应当赞美这残缺的世界。
> 想想我们相聚的时光,
> 在一个白房间里,窗帘飘动。
> 回忆那场音乐会,音乐闪烁。
> 你在秋天的公园里拾橡果,
> 树叶在大地的伤口上旋转。
> 赞美这残缺的世界

和一只画眉掉下的灰色羽毛，

和那游离、消失又重返的

柔光。（黄灿然译）

如你所知，大地是树叶的怀抱，也是我们的；但大地的伤口不是，至少不是我们想象中的温暖怀抱。豆瓣上有人说，"伤口"是写公园里高大橡树凸起的根，已把地面撑破，现出裂痕。这未免有些过于写实。它是诗人笔下"残缺的世界"的具象化感受之一，带着他全部的身心体验；毋宁说，"伤口"是被旋转的树叶召唤出来的，犹如中国古诗中的落叶召唤出悲秋。不同的是，树叶不仅落下，而且在旋转，似乎是手的摩挲、抚慰，而大地此时成了蜷缩在片叶怀抱中的那个伤心之人。诗人仿佛在说，不能只要求大地成为万物的怀抱，并习以为常；万物皆有其怀抱，亦皆可怀抱，犹如那片舒展的树叶渐渐合拢了起来。

我觉得我理解了扎加耶夫斯基为何要以"柔光"结句，那是对"残缺的世界"的回光返照，基于他的信念，那是"必须"的、"应当"的。这回光不久惠泽了落地的树叶，它脸上的光泽，出现在彼此的拥抱中。

亲爱的母亲

母亲形象在中外文学史中屡见不鲜。这里说的,是在文学作品之外,在作家、诗人、批评家的自述或理论著述中出现的母亲。她们不是艺术世界中的虚构形象,是现实生活中真实、独特的存在。

德语诗人赫塔·米勒在诺贝尔文学奖获奖演说中提及的母亲,那位被监禁在警察局办公室里,擦干眼泪后用泪水浸湿的男人的大手绢为家具擦拭灰尘的,令女儿惊诧不已的母亲,每天在女儿出门前都会问:带手绢吗?赫塔觉得,带着手绢就像母亲也在身边。当然,母亲的这种提醒和手绢的意义已经超越了话语本身;是一种呵护,也超越了呵护本身,"也许,这个对手绢的问话从来就不是指手绢,而是人类的巨大孤独"(李永平译)。

法国传记作家埃尔韦·阿尔加拉龙多在《罗兰·巴尔特最后的日子》(怀宇译)中说,巴尔特的母亲最后一个夏天很少出门,她把自已封闭在二楼的房间里。她的心脏跳动越来越微弱,脚步也越来越沉重。有一天傍晚时分,罗兰把几位客人带到花园里,母亲说:"罗兰,披上披肩,外面有点凉。"罗兰说:"是的,妈妈,我这就披上。"当时,儿子已经六十一岁,母亲八十四岁,母子三人(还有罗兰的弟弟)共同生活在一起。这并不表明罗兰兄弟对母亲的过度依赖,而是彼此的亲密无间,是对母亲、也是对自己孤独的巨大恐惧。这种恐惧,也就是赫塔·米勒在演说中提到的另一块白色麻纱布手绢,一位俄罗斯老妈妈送给流放到俄罗斯劳动营的德语诗人奥斯卡·帕斯提奥的。帕斯提奥像保存一位母亲给儿子的遗物一样保存着它,并把它带回了故乡罗马尼亚,因为它就是希望和恐惧,"一旦希望和恐惧失落,你也就死去了"。在母亲去世之后,在悲痛中难以自拔的罗兰开始在日记中记录自己的情感、心理的变化,"再也不能把双唇贴上她凉爽的、皱折的面颊,我痛苦难忍……"(《哀痛日记》,怀宇译)

法国诗人、"大屠杀文学"研究者克洛德·穆沙在他的著作中,评论过二十世纪最重要的意第绪语诗人之一的亚沃罗姆·苏兹科维尔。苏兹科维尔战前生活在当时还属于波兰的维尔纽斯。德军占领后在城中设立犹太人隔离区,他的母亲和刚出生不久的孩子都死在那里。他和妻子侥幸从下水道逃出城,后来跟随苏联红军作战,是最先攻入维尔纽斯城的士兵之一。这座城市战前生活着六万犹太居民,只有几百人在战后生还。进城后的苏兹科维尔给爱伦堡写信说,人们把万人坑中的尸体挖出来重新火化,"人的灰的颜色是灰的,有点儿发黏。我把这些灰集了一小袋儿,放在身上。那也许就是我的孩子或母亲"。穆沙在书中也有记录自己的母亲在养老院最后时光的文字。那是一九九五年春季的一天,"天气迟钝,/ 我的母亲活了下来"。当穆沙最后转身面向母亲,说:"我得走了。我得去干活儿。"

> 她微微睁开眼,低声说:"为什么?"
> "那你是想让我留下?""留下!"
> "为什么?"我问她,用同一个问题。
> 语气疾速,几乎含着恶意。
> 不可遏制地,一个陡然的句子马上就要脱口而出:
> "何必呢?要不了两分钟,你就会全都忘了。"
> 她小声嘀咕出一串声音。只有一句话,
> 微弱地,我能听懂:
> "因为没有人。"(《谁,在我呼喊时》,李金佳译)

一个人失去母亲会如何?罗兰·巴尔特在《哀痛日记》中写道:"从此以后,而且永远,我都是我自己的母亲。"

带手绢吗?

法国哲学家、作家加缪的《西西弗的神话》,是一篇为西西弗(一译西绪福斯)"正名"的文章。西西弗是古希腊神话传说中的人物,生性机智狡黠,得罪了死神塔纳托斯、冥王哈德斯等。诸神于是判罚西西弗将一块巨石推上山顶,然后巨石由于自身的重量又会滚下山去,由此循环往复,永无休止。诸神认为,没有哪一种惩罚比让西西弗进行这种无效无望的劳动更为严厉了。但加缪却说,西西弗明知推石上山的举动是徒劳无益的,但他依然义无返顾地一次又一次地走到巨石面前,从这种"无尽的苦难""非人的折磨"中获得生命的激情和幸福感,并且以此作为他对诸神惩罚的蔑视:你们算老几!"在每一个这样的时刻中,他离开山顶并且逐渐地深入到诸神的巢穴中去,他超出了他自己的命运。他比他搬动的巨石还要坚硬。"(杜小真译)

加缪将西西弗这个古老神话中的人物形象定位在"荒谬的英雄"上,是为了阐明,这个世界存在着许许多多的荒谬,每一个个体对此应当有所承担,并付诸行动,而不是一味的抱怨和回避。"荒谬"可以理解为,现代生活中的人往往无法主宰自己的命运,被种种外力所牵制;但你可以在看似无望的拒绝和反抗中迸发激情——这是人的命运。

不过,西西弗离我们生活的时代太过遥远,加缪借助这一在西方家喻户晓的人物所阐发的存在主义哲学观念,也比较晦涩。二〇〇九年诺贝尔文学奖获得者、德语诗人赫塔·米勒,她在颁奖典礼上的演说,被中文编译者加了个柔情万分、令人心动的标题:"带手绢吗?"在演说中,她以抒情散文的语调讲述了自己当年在罗马尼亚痛苦、愤懑的生活遭遇。演说快要结束时她提到,当她就要开始流亡生活之前的一个清晨,母亲被村里的警察带走。母亲走到门口时想起忘了带手绢,便不顾警察不耐烦的脸色回到屋里拿了块手绢。在警局里,那个警察对母亲大发雷霆。母亲的罗马尼亚语不太好,不明白他在喊叫什么。后来警察离开办公室,反锁住大门,关押了母亲整整一天。"最初几个小时,她坐在警察的办公桌旁哭泣,然后她走来走去,开始用泪水浸湿的手绢给家具擦灰尘。后来,她又从墙角拿起水桶和挂在墙钉子上的抹布擦地板。事后她告诉我这件事时,我惊诧不已。我问她,你怎么可以为他打扫办公室。母亲一点都不难堪,她说,我找点活干,好打发时间。而且那个办公室那么脏。碰巧我还带了一块男人的大手绢。"赫塔·米勒不无感叹地说道:"直到现在我才明白,通过那些额外的,但也是自愿的屈辱,她在监禁中为自己获得尊严。"(李永平译)

因为女儿的不屈从而受到连累的母亲,在那一刻渐渐忘了监禁她的警察,与剥夺女儿的工作和写作权利的人是一丘之貉。她看到的和不能忍受的只是办公室的脏,她做了她觉得自己该做的事情。也许这是母亲的本分,也许这就是另一位母亲乔治·桑说的:"我不憎恨可怜又亲爱的愚蠢,我以母亲的目光来看它。"也许赫塔·米勒和她母亲的遭遇并不能简单地称为是"愚蠢"所导致的,可是,那些人,除了愚蠢,还能有什么呢?

赫塔·米勒的母亲可能不明白"荒谬"是什么,也不会把自己看作反抗荒谬的"英雄"。这个世界愚蠢太多,所以需要他人的呵护:不是为了避开愚蠢 —— 谁又能避开呢 —— 而是当你陷身黑暗时,呵护让你觉得黑暗想轻易吞噬你生命的念头是可笑的。所以,母亲才会在女儿每天出门之前问:"带手绢吗?"

不宣而至的书

在我的阅读生涯中,有些书一看就喜欢,一读就放不下,甚至会一读再读,比如近两年读的布罗茨基的《小于一》、苏珊·桑塔格的《同时》、扎迪·史密斯的《改变思想》等。不过也有相当一部分书,买来后就放在了书架上,及至偶然翻阅,方觉相见恨晚。

奈保尔的小说集《米格尔大街》是《二十世纪外国文学精粹》丛书中的一部,由花城出版社一九九二年出版,只印了一千五百册,作者国籍写的还是特立尼达和多巴哥。当年在海口市新华书店买了它,但这么多年来,我好像从未认真读过;即使奈保尔二〇〇一年获得诺贝尔文学奖,也没有激起我对这本书的好奇。二〇一五年暑假去甘肃旅行,我从书架上抽出了这本便携书。在从兰州到天水的"麦积山号"旅游动车上,我打开第一篇《博加特》:"每天早晨,哈特起床后,总要坐到屋后阳台的栏杆上扯大嗓门朝对面叫道:'有事吗,博加特？'博加特总是在床上翻动一下，用谁也听不见的声音咕哝道："有事吗，哈特？'"我一下就喜欢上了这个来有影去无踪的博加特，也喜欢上了木匠波普："每次我问他：'波普先生，你在做什么呀？'他总是回答：'啊，孩子！这正是问题所在，我在做一件没有名字的东西。'"

从甘肃返回，我找出新近购买、还没有撕掉封膜的奈保尔的《康拉德的黑暗我的黑暗》，读到他回忆这篇最早的小说的写作过程的文章。那时的他是英国广播公司加勒比频道的兼职文学编辑，正忍受着从童年时代起就有的成为作家的念头的折磨。"那天下午，幸运眷顾了我。"他说，"我两条腿大敞着，像只弯腰的猴子似的在打字机前敲打着。""博加特！"对奈保尔来说，"那声叫喊来自一个饱受折磨的时代"。对我而言，这声叫喊穿越了二十多年，终于把这位怀揣父亲梦想的作家，"殖民地居民"，带到我的面前。

同样的情形也发生在《里尔克诗选》上。作为《世界诗歌译丛》中薄薄的一本，这本书在书架上隐匿了十余年，其间跟随我从汉口搬家到了武昌。记得二〇〇二年初北京图书订货会上，在河北教育出版社书目上看到预告后，当即委托住我对门的发行部小刘预订了一套。一整箱的译丛数月之后到达，小刘以教育出版社系统内的发行价卖给我，而我使用的也是出版社的福利之一——书票。我有多种里尔克诗歌译本，包括另一本《杜依诺哀歌》的专门译著，我不记得是否完整地阅读过它们。即使是这本，我也是多次从书架上抽出，又多次在没有阅读的情况下，放了回去。一天上午，拖拖拉拉修改完延搁多日的一篇座谈会综述后，迟迟不想做早该做的一个项目申请表，也没有去拿正在读的《波德莱尔》，随手在电脑旁一大堆书中拿过这本诗选,读到非常熟悉的第一首哀歌的起句:"如果我叫喊,谁将在天使的序列中/听到我?……"

好在我非常喜欢和尊敬的诗人、翻译家黄灿然,在此书的译序中解答了我的迷惑:"读者买来这本书,也许会立即就阅读并喜欢上,也许买来之后,搁在书架上。某一天,也许像里尔克那样为世俗杂事而烦恼,偶尔一只手碰到这本书,于是,突然听到诗人那充满求索精神的声音,于是一下子就迷住了。""里尔克确实是一位不宣而至的诗人,而他也似乎特别热情地接待不宣而至的读者。"于是,我接着读了下去:

> 是的,春天需要你。常常一颗星
> 会等待你去注意它。一股波浪从遥远的过去
> 卷向你,或者当你在一个敞开的窗下
> 散步,一把小提琴
> 会让自身顺从于你的聆听。这一切都是使命。
> 但是你能完成吗?……

你好，薇依

该如何描述西蒙娜·薇依，这位"赤色贞女""圣西蒙娜"？她英年早逝后，侄女西维尔·西蒙娜因其身份，也因其长相酷似姑姑，被当作"圣徒胫骨"，不断有薇依的虔诚信徒想来摸一摸她，用手指梳一梳她的头发（见帕拉·尤格拉《西蒙娜·薇依评传》，余东译）。

偏安一隅的湖北宜昌诗人毛子，以《给薇依》表达了穿越时空的敬仰：

> 夜读薇依，时窗外电闪雷鸣
> 而我心绪平静
> 想想她出生一九〇九年，应是我的祖母
> 想想巴黎十九岁的漂亮女生，应是我的恋人
> 想想三十四岁死于饥饿，应是我的姐妹

想想她一生都在贫贱中爱,应是我的母亲

那一夜,骤雨不停
一道霹雳击穿了附近的变电器
我在黑暗里哆嗦着,而火柴
在哪里?

整个世界漆黑。我低如屋檐
风暴之中,滚雷响过,仿佛如她所言:
——"伟大只能是孤独的、无生息的、
无回音的……"

诗来自对薇依著作或传记的阅读。诗人选择的阅读对象,对阅读印象和经验的呈现与反刍,都在显示他对诗歌写作的理解和认知:诗是一种伦理;诗也必得承担它当承担的伦理。因为在"整个世界漆黑"的时刻,需要有人用哆嗦的手划亮一根火柴——一首诗是一根火柴,能发出的光非常有限且短暂,但不能就此默然于黑暗,就像一战时的薇依不会考虑是否因为拒吃巧克力,前线士兵就一定可以吃上甜品而不去作为,并终生保持着不吃巧克力的习惯。在诗人眼里,薇依也是一点光亮,它会奇迹般穿越遥远时空,在它该降临的时刻,抵达那些被黑暗压低的人的手中和心中。

　　在世人眼中,薇依是位传奇人物,哲学家、神秘主义者,错生在女性世界的男孩子。她聪颖早慧,非比寻常,十九岁时以第一名的成绩考取巴黎高师,第二名是著名的西蒙娜·波伏娃。薇依集中注意力的超强能力令人叹为观止。在高师做论文时,她给自己开了一份长得令人难以置信的书单,然后一连好几天把自己关在房间里,不吃不睡。她把书一本一本地摊在地板上,自己也趴在地板上。由于眼睛近视,她的鼻子不得不蹭着书本,就这样边读边从房间这头爬向那头。但是,她那双笨拙得同样非比寻常的小手,让她也让她的同伴吃尽苦头。她参加了"妇女运动俱乐部"的第一支女子橄榄球队,没有什么困难能让她放弃,但是由于她打得不好导致球队失败时,她成了球队的威胁。后来她自告奋勇去工厂当计件工,因为笨手笨脚,常常被割伤和烫伤,她的同事的收入就大受影响。西班牙内战时,不会开枪的她一定要一支枪。一位上校教她怎样射击,聪明的人都自觉地躲得远远的。她的传记作者说,这支枪对战友构成的威胁甚至超过对战壕对面的敌人。

纳粹占领法国期间,想从事最艰苦劳动的薇依被引荐给古斯塔夫·梯蓬,一位天主教哲学家。她住进了后者的农庄里。梯蓬说:"我很清楚,认识和爱上一个比自己优秀的人,必须给自己带来压力。不同高度的气涡差异最容易形成风暴。"一年半后,薇依全家获得前往美国的签证。分别前,她告诉梯蓬不要悲伤,他必须爱上他们之间很快就要出现的距离,因为"那些互不相爱的人是分不开的"。

如果说有爱就会有分开,这是相爱的人不得不面对和接受的痛苦事实,那么,我们该怎样理解"互不相爱的人是分不开的"?

不朽之木

世上的事真是巧得不能再巧。

二〇〇六年六月世界杯间隙,读完薇依的《重负与神恩》(我习惯在书后标明阅读时间)。二〇一五年年底,因为写一篇评论,翻出这本书重读,注意到封底勒口责任编辑一栏,印着"韩东",不知此"韩东"是不是诗人、作家韩东。隔日,诗人小引打来电话,说韩东来了,这回他的身份是电影编剧兼导演。他把自己的小说《在码头》改编为电影,来武汉找外景。我和小引陪他在武昌临江大道、天兴洲、昙华林周边,寻找具有二十世纪九十年代风貌的码头和小巷。途中我问到薇依的书,他说那就是他。我说你好像还写过一首关于薇依的诗,他说是的。那首诗叫《读薇依》:

她对我说:应该渴望乌有

她对我说:应爱上爱本身

她不仅说说而已,心里也曾有过翻腾

后来她平静了,也更极端了

她的激烈无人可比,言之凿凿

遗留搏斗的痕迹

死于饥饿,留下病床上白色的床单

她的纯洁和痛苦一如这件事物

白色的,寒冷的,谁能躺上去而不浑身颤抖?

"无论发生了什么事,至少宇宙是满盈的。"

"白色的床单"是令人深刻的意象,一如乌有,一如爱本身,也一如纯洁和痛苦。按照《西蒙娜·薇依评传》作者的看法,她是"通过饿其体肤而加速了肺结核带来的死亡"。人们都清楚肺结核患者需要特别注意营养和休息,但在法国被占领期间,薇依拒绝接受超出国内同胞的食物配给量,并且把每月食品配给票的一半寄给牢狱中的政治犯。至于休息就更谈不上。她自愿去梯蓬的农庄里从事最艰苦的劳动,有时累得站不住了,就躺在地上继续摘葡萄,而随手在路旁摘一把桑葚,就可以当一顿饭。因此,说薇依死于饥饿并不为过。当她最终倒下,她拒绝住在伦敦医院的单人病房里,享受特殊的照顾。在她强烈要求下,一九四三年八月中旬,她被送往肯特郡的一所乡间疗养院。疗养院一派田园风光。看着新搬进的房间,薇依说了句:"多么漂亮的等死房间!"未几,三十四岁的她便离开了人世。

纳粹占领期间,曾与薇依共度了一段美好时光的古斯塔夫·梯蓬说,他一开始并不想接待从未打过交道的薇依,但是,"我不愿拒绝命运在我的生活道路上安排的灵魂"(《重负与神恩·法文版编者序言》,顾嘉琛、杜小真译)。对于二〇〇三年的韩东(《重负与神恩》中文第一版出版于这一年,韩东的诗也写于这一年),对于二〇〇六年的我,薇依也仿佛是命运在我们的生活道路上安排的灵魂,突然闯入的、陌生的,又令人"挣脱自身,独自 / 置身于伟大的风暴"(里尔克《预感》,北岛译)。在一个混乱不堪也残缺不全的时代,薇依的苦行主义确实让人觉得有些过分,不近情理,甚至难以理喻;她的话"灵魂的永恒部分以饥饿为食"充满宗教的玄思。诗人崇敬她,是因为她扎根于漂泊不定之中,也扎根于他人眼里的生活的不可能性和荒谬性的组合之中——我由此怀疑韩东的第一部长篇小说《扎根》(二〇〇三)的题目不仅来自"文革"话语,也来自薇依语录。在《读薇依》中,"白色的床单"应当来自薇依形象与死亡情境的诗意想象,是虚拟的:它如此单纯、素朴,一如薇依之生,也一如薇依之死;它甚至让我们嗅到乡村田野中阳光照射下的青草味道。

我是后来翻阅《韩东的诗》才发现自己的错误:韩东并非只写下了《读薇依》。五年后的二〇〇八年,他写下另一首《西蒙娜·薇依》:

> 要长成一棵没有叶子的树
> 为了向上,不浪费精力
> 为了最后的果实而不开花
> 为了开花不要结被动物吃掉的果子
> 不要强壮,要向上长
> 弯曲和节疤都是毫无必要的

> 这是一棵多么可怕的树啊
> 没有鸟儿筑巢,也没有虫蚁
> 它否定了树
> 却长成了一根不朽之木

这首诗的最后一句原为"却成了唯一不朽的树",诗人的修改除了表明他对待写作的一贯审慎态度(《读薇依》收入诗集时也做了改动),也让此诗更为圆满:树与木的不同在于,树依然会让人想到被风吹拂的树叶,乃至花朵和果实;木则让人的意念集中在树干,向上的,笔直的,干燥的,去除了多余的部分。如果你用手叩击,它宛若一根骨头。

读书与自由

林语堂先生有篇演讲叫《读书的艺术》,说他积二十年读书治学的经验,深知大半的学生在读书上已走入错路,失去读书的本意:"什么才叫做真正读书呢?这个问题很简单。一句话说,兴味到时,拿起书本来就读,这才叫做真正的读书,这才不失读书之本意。……你们读书时,须放开心胸,仰视浮云,无酒且过,有烟更佳。……现在你们手里拿一本书,心里计算及格不及格,升级不升级,注册部对你的态度如何,如何靠这本书骗一只较好的饭碗,娶一位较漂亮的老婆——这还能算为读书,还配称为'读书种子'吗?还不是沦为'读书谬种'吗?""读书谬种"当然不限于学生,那些为了某种立竿见影的效果,为了不显得落伍,为了在他人面前有谈资而读书的人,都在此列。一句话,我们现在"有用"的读书太多,"无用"的读书太少。

如果可以抛弃"有用"的、即刻获取实利的想法,应该怎样选择书呢？人们一般倾向于选择适合自己口味的、读起来轻松愉悦的书籍，这是很自然的，却是不完整的；倘若沉溺其间，有可能使自己的趣味和品位变得越来越局促、褊狭。二十岁的时候，卡夫卡在一封信中写道："如果我们在读的这本书不能让我们醒悟，就像用拳头敲打我们的头盖骨，那么，我们为什么要读它？难道只因为它会使我们高兴？我的上帝，如果没有书，我们也应该高兴，那些使我们高兴的书，如果需要，我们自己也能写。但我们必须有的是这些书，它们像厄运一样降临我们，让我们深感痛苦，像我们最心爱的人死去，像自杀。一本书必须像一把冰镐，砍碎我们内心的冰海。"问题是，有谁喜欢"厄运"，又有谁愿意持续不断地接受冰镐的重击呢？这是卡夫卡这一类严肃作家在今天不受待见的地方；也许更令人生厌的是，我们往往是为了回避现实的重压而钻到书里，但卡夫卡的小说却让我们更加地惶恐不安，像一只只不断掘洞的鼹鼠，疲于奔命于自我防卫；过往人生中痛苦的经历或难以启齿的遭遇，我们竭尽全力地往下按压，不让它们浮现在意识中，但是卡夫卡所讲述的故事"似乎出自我们遗忘记忆的回归，并始终让我们觉得我们在继续忘掉所经历和感受到的陌生性"（哈罗德·布鲁姆《西方正典》，江宁康译）。

在阅读的选择及其过程变得简单、快捷、轻松的时代，晦涩、难懂成了我们抵御乃至拒绝经典的最不费力又无危险的借口；而当我们以此为托辞时，似乎从未觉得自己在其中有什么问题。与此同时出现的情况是，过去没有那么难懂的东西现在好像变得更难了。苏珊·桑塔格认为："二十世纪的艺术杰作一直是难懂的，需要某种投入、虔诚和注意力的付出。"桑塔格讲了个故事。一位在名校读了六年研究生的女生，正在撰写普鲁斯特的论文。她问桑塔格："你不觉得普鲁斯特很难读吗——他的书里满是长句子?"桑塔格问:"跟谁的比显得难呢?库尔特·冯内古特吗?是啊,我猜跟冯内古特比会显得更难。"接着桑塔格叹息道:"我得说,二十年前,没有一个名校的六年级研究生能说出这样的话来。这是难以启齿的。她宁可在街中央脱光了衣服,也不会不知羞耻而且相当纠结地说:'你不觉得普鲁斯特有点难吗?'"(《苏珊·桑塔格谈话录》,姚君伟译)然而在今天,一方面有越来越多的简单、便宜的东西可以满足越来越小、越来越挑剔的胃口;一方面,这位女生的话也许在很多人听来,是不"装"的表现。在他们看来,应当被谴责的不是这位"敢想敢说"的女生,而是普鲁斯特,而是所谓的名校,以及桑塔格这样的大牌。

怎样读书说到底关乎怎样生活。热爱读书的人是热爱生活的人,但这种热爱不是起于对现有生活的满足和享受,恰恰相反,它来自对匮乏的生活的不满,以及对拥有完整、多样、自由的生活的探寻。这就是二〇一〇年诺贝尔文学奖得主略萨所言,读书是"对生活之匮乏的抗议",并且意识到,生活本应更加美好,可是,我们往往连仅有的一种生活也不能完整拥有。

不读书,无自由。

杰作之外

继《为什么读书》之后，法国诗人、作家夏尔·丹齐格的《什么是杰作》(揭小勇译)也被译介进来。中译本介绍他是"近年来法国文化界少有的既得到评论界高度好评，又广受普通读者钟爱的作家"——能够同时俘获"精英"和"大众"的芳心，想一想都令人咋舌。

书中自有妙语，比如印在封底的"杰作是一部把我们变成杰作的作品。一旦它穿过了我们，我们就不是原来的我们了。一部普通的原创作品，我们能掌握它；一部杰作会征服我们，从而改变我们""没有杰作的人生将会多么无聊。只不过大多数人依然会活下去"，还有"一部杰作就是一场喧哗。只不过，这是一朵花的喧哗。喜欢巨型卡车的人不会注意到它……"等。不过，如果杰作——"伟大的作品"——如作者所言，要凭个人的兴趣和喜爱去寻找和发现，衡量何为杰作的尺度将永远悬置；而且，作者提供给我们的意见，看起来并没有越过卡尔维诺的《为什么读经典》或哈罗德·布鲁姆《西方正典》中的真知灼见。夏尔·丹齐格觉得，杰作靠个人发现，所以源源不断，如同他掰着手指头如数家珍的；卡尔维诺或布鲁姆认为，经典需要重申和维护，因为它们正逐渐消失在人们的视野里，且不会因为后人的喜爱或厌恶而动摇其地位。

倒是书中两个地方让我印象深刻。一个是作者介绍，九十年代，一位美国人偶然发现，接受美学创始人、德国学者汉斯·罗伯特·姚斯曾是纳粹党卫军联络处的军官，参与了战争全过程，且是自愿加入。战后他还在纽伦堡接受过审判。他供职的大学以及整个德意志，由于某种"默契"致使其身份遭隐瞒。第二个是作者说，《无耻混蛋》的导演昆汀·塔伦蒂诺是个"没文化的人"，没文化的人想创作一部杰作是不可能的。"他毫无历史感，也不具备任何反思能力，他无法想象电影拍摄中的某些决定可能产生什么后果。他让犹太人去做纳粹对他们所做的事，并且认为这是漂亮的'以牙还牙'，但实际上这不过是一种无耻行径……"第一个是史实，无论什么人基于什么原因而刻意隐瞒，都可以用得上"无耻"二字；至于第二个，则比较复杂。

说塔伦蒂诺"没有文化"，这是作者的自由；说没有文化就无法创作杰作，这得看文化指什么。以今人的角度看，吟唱出"诗三百"中风诗的那些无名氏，都是没有文化的。而关于《无耻混蛋》的评价，作者犯了个常识性错误，即把影片中戴罪立功的美国及其同盟国的犹太军官、士兵残忍杀死纳粹的行为，看作是创作者——导演塔伦蒂诺（和伊莱·罗斯）——所支持和赞赏的。而我喜欢这部电影并由此喜欢塔伦蒂诺的原因，正在于他身上所具备的历史感，那也正是我们所缺乏的：对历史的反思，对人性的反思，对历史中人性的善与恶的反思。影片中犹太军官和士兵——代表正义的一方——对纳粹——代表邪恶的一方——的以牙还牙、以血还血的行径,堪称"无耻":"无耻混蛋"的称谓,可同时用在敌我双方身上。这正是该作品震撼人心的地方,也是它与平庸的战争电影决裂之处。

具有犹太血统的捷克作家伊凡·克里玛,童年时与全家人一起被送入泰里茨集中营,在那里度过三年多时光。后来他说,从前以为这个世界像童话世界里描述的那样,存在着善与恶的斗争,并且善终将取胜,"像许多战争的幸存者一样,这使得我花了相当时间才完全明白,通常不是善与恶的力量在互相战斗,而仅仅是两种不同的恶的力量,它们在比赛谁能控制世界"(《布拉格精神》,崔卫平译)。塔伦蒂诺和克里玛,以不同的创作方式,在反思历史中达成某种共识:仅有宽恕是不够的,且宽恕是有底线的;倘若没有宽恕,这个世界就只能是一个以暴制暴的恶的世界。

《无耻混蛋》是不是杰作没有关系,夏尔·丹齐格也没有必要非要把它架在杰作的火刑架上烤一烤。但我觉得它还是配得上作者所下的这个断语:"杰作如同一个无政府主义分子,总在人们陷入惰性之处放置一颗炸弹。"

当毒舌遇上毒舌

左手埃兹拉·庞德的《阅读ABC》,右手莱斯利·菲德勒的《文学是什么?高雅文化与大众社会》,这样的阅读方式很有趣。它们同属一套《名家文学讲坛》书系。

庞德是个很牛的人;话说回来,他又怎能不牛呢?普利策文学批评获奖者迈克尔·德尔达在《导读》中说,"他把自己变成了一个人的埃兹拉大学"。这个人,几乎就是今天的博客写手,"在攻击他那个时代文学权威的泥塑偶像时,庞德堪称毒舌,远在这个词存在之前很久"。即便是对他立志要从痛苦深渊里拯救出来的普罗大众,他也不改毒舌本色:"你是个傻瓜,倘若你读经典作品是因为别人叫你去读而不是因为你喜欢它们。"

也只有很牛的人,才会把书名弄得很浅显,很诚恳,比如"阅读ABC",或者,"怎样阅读"。其实,他的书很深奥,至少对中国读者是这样。

菲德勒呢,是个非常自负的家伙;当然,他又怎能不自负呢?三十一岁凭借《回到筏子上来吧,亲爱的哈克》一夜爆红。该文断定,马克·吐温的《哈克贝利·芬历险记》中有个隐藏的主题:两个男人之间的同性恋关系。《牛津英语词典》毫不含糊地称他是在文学批评中使用"后现代主义者"术语的第一人。

也只有如此自负的人,才会以这样的自问开篇:"莱斯利·菲德勒是谁?"他虽无毒舌的美誉,但在第一节就迫不及待地自曝家丑:"在我的批评家们眼中,我是刚从'可怕的童年'毕业,就进入了'肮脏的老年',当中跳过了规矩的成年。"咦,老年就肮脏吗?看看周围,好像也是。

很牛的庞德肯定不喜欢自负的菲德勒的书名:抽象,概括,缺乏准确和明晰,那几乎就是《阅读ABC》所批判的靶子。而菲德勒也正是庞德嫉恨的学院中人,虽然此人堪称学院"内鬼",老不正经,装嫩(准确和明晰的说法,按照该书中译本前勒口的作者介绍,是"顽皮""率真")。不过,这并不妨碍他们把进攻的矛头,共同指向学院及其教学体系。庞德把自己当作缪斯花园里的除草者,誓言要把那些被误认为经典而长期占据课堂的杂草,刈除干净。菲德勒则致力于让那些不登大雅之堂的通俗作品进入主流教学体系;不仅要进入,而且要获得与高雅作品 —— 相信这其中包括庞德的晦涩的诗 —— 旗鼓相当的课时和地位。他没有自比为除草者,而是把自己看作是"一个秘密的流行批评家,肩负的使命是颠覆"。也就是说,他不像庞德那样心甘情愿、当仁不让地为缪斯的花园把关;他要重建文学的大花园,这个百花齐放的大花园是大众的乐土。

庞德会预见到他和他的晦涩的诗有朝一日成为学院教科书难以撼动的中坚部分,以致逼迫后来的菲德勒起而造反吗?这事还真不好说。但菲德勒反感那些自命不凡的"现代主义者""先锋派""实验主义者"们,则是一目了然的。他所反感的这些人是铁杆的非学院派,当然偶尔也与学院调一调情,可结局总是令人啼笑皆非,"就像埃兹拉·庞德因为家里窝藏了'脱衣舞娘'而被瓦贝希学院开出了教职"。在菲德勒眼里,庞德们不过是半吊子的"业余批评家"。

毒舌遇上毒舌,基本上就是这样子的。

我左看右看,思虑再三,觉得搞批评的人做毒舌——无论是出于公心还是私利——固然快活,也能蹿红,但还是闷头鸡子啄米吃,谦虚谨慎戒骄戒躁为妙。

蠢话的由来

世上本没有蠢话,说的人多了,便成了蠢话。

比如,"人的一生中至少要有两次冲动,一次奋不顾身的爱情,一次说走就走的旅行"。

我读书少,不知这大名鼎鼎的话的来历。百度了一下,方知出自《上得天堂,下得地狱》。我虽未读过这本书,但相信这是一个有切肤体验和良好语感能力的人,才能说出来的。不过,对如此热衷于传播这句话的人来说,地狱他们是不去的,天堂他们是不信的;冲动在他们的人生中显而易见地匮乏,所以要用对冲动的想象,聊以自慰。

布罗茨基说,艺术有别于生活的主要特征,在于没有或者拒绝套话和重复;而生活的主要修辞方式,恰恰就是套话和重复(《悲伤与理智》)。是套话和重复造就了蠢话,而网络的发达恰好为廉价地批发它们,创造了无比的便利。

我和妻子魏天真因名结缘,因缘生情,因情结伴,迄今三十年。我们曾在同一所师大读书,现在又同在这里任教。八卦向来为学生所喜闻乐见,何况目标是他们的老师,何况是我们这样活生生的"天造地设"的爱情的好素材。但当一批批学生不约而同地套用那几句话的时候,他们的八卦选修课肯定是挂掉了:八卦需要想象力,而套话和重复,也就是蠢话,是想象力的大敌。

我相信在著书者那里,那几句话一定有很具体的所指。但是,语符在反复的转用中会磨损掉它最初的新鲜、夺目的光彩,甚至发生转义。比如,人生更多的值得珍惜的冲动可能就缩减成了这两种;或者,没有过这两种冲动的人会觉得一生白过了——这是蠢话特别害人的地方。顾城说,语言像钞票,在流通中会变得越来越脏。我们之所以还需要文学,是为了守住语言最初的流光溢彩,那里蕴藏着人类最珍贵的感受。

二〇一四年国庆黄金周,澎湃新闻做了个专题,叫《围观黄金周之独自旅行在路上》。专题选了九位独行客,其中一位是南京大学的女生萧同学。不出意料,她借用了那几句话。不过紧接着她独抒性灵,发了一番感慨:"我觉得人是靠心灵感官生活,如果我的脚步不在大地上行走,目光不在山水间搜索,我还能期待什么。"这番话很能显示文青的特质,因为她居然说"人是靠心灵感官生活"的。人能这样生活吗?不能。但是,人靠什么生活,有标准答案吗?她的生活与你我的生活是一样的吗?或者,可以要求她的生活与你我一样吗?

我和妻子所在的中文系一九八四级,同系、同级、同班结婚的有十几对。更难得的是,其中的好几对毕业时天各一方,比如一个在广西或广东,另一个在西藏或青海,七八年后才重新走到一起。那时的他们不可能知道"人的一生中至少要有两次冲动"的说法,"文青"一词也还没有出笼,但他们中文学的毒,委实太深。所以,面对经常会有的学生的提问:"老师,你相信这个世界上有真爱吗?"我们哑口无言,就好像我们面对的是这样的问题:"老师,文学有用吗?"

我知道的仅仅是,真爱一定会远离陈词滥调。而文学,不可能驱逐遍地狼烟的蠢话,但至少可以让你意识到,今天,真爱之所以被频频打上问号,是因为我们的语言已不足以去描摹、传达或者畅想,什么是真爱。

性别定式

吾妻研究女性主义多年,读完博士还不过瘾,又去做了个博士后,读书算是读到了头。有些时遇见朋友,他们会打趣地问:听说你老婆是搞女性主义的,怎么样,你在家里过得还可以吧?然后一脸坏笑。

在一般人心目中,女性主义就是霸道、蛮横、高高在上颐指气使的代名词;丈夫有位钟情于女性主义的妻子通常意味着,他在家里没有地位,没有财权,说话不作数。不知道众人如此顽劣的印象是从哪里来的,但我相信这是域外理论"旅行"的结果,逃不脱国情的改造。

当然,朋友们只是开开玩笑,无伤大雅。让我感到吊诡和必须严肃对待的是另一件事。

十几年前,吾妻在《中华读书报》发表文章,质疑自称为女性主义的一些学者在搅浑水,她们理应对女性主义的"污名化"负责。没曾想,该文被一字不漏地收入某作家兼女性主义学者研究性别问题的专著里,被当作批判的靶子;更没料到的是,该作家兼学者将吾妻与刘再复等名人相提并论,使之"变性"而成为"顽固的男性文人"中的一员。对我来讲,这个玩笑开得有点过头。吾妻的文章当然可以批判,但倘若有人对女性主义者稍有不满,即被想当然地划归男性阵营,这也太荒唐了吧。你不赞同某人观点,商榷就是,何必一定要揪其性别;倘若你觉得某人的性别会影响他/她对两性的看法,在资讯、网络如此发达的时代,有 N 种途径可供查证,打个电话问问报纸的责任编辑也不过是分分钟的事。

吾爱吾妻,故直接或间接地受其影响,对女性主义颇有好感。但这件事深深教育了我,让我理解了为何吾妻研究女性主义这么多年,又悄没声息地远离了这个行当,变回孤家寡人;也理解了吾妻何以当时不与大咖去过过招,趁机捞点名声——女性主义本就是项寂寞难耐的事业。

苏珊·桑塔格于我是"女神"级学者,说到"性别定式"时,她讲了个故事:有一次,她和儿子戴维·里夫应邀参加某大学的研讨会,结束后与另外四位女性去喝咖啡。四位女性都是大学教师,落座后其中一位对戴维说:"哦,可怜的家伙,不得不跟五个女人坐在一起!"大家都笑了。然后桑塔格说:"你们有没有意识到刚才的话是在贬低你们自己?"如果情况相反,一个女人跟五个男人坐在一起,你能想象其中一个男人会说:"哦,可怜的家伙,不得不跟五个男人坐在一起,没有一个女人做伴。"桑塔格说,她知道戴维受够了这些女人的不自尊、女人对女人的厌恶,"而且别忘了,她们是职业女性,可能还自称是女权主义者,她们的表现完全是下意识的"(《我幻想着粉碎现有的一切》,唐奇译)。

我知道如果我因此赞扬桑塔格身上有股剽悍之气,就会被所谓女权主义者斥责为"臭男人"。不过,在两性以及女性写作问题上,桑塔格的很多观点让我服膺。她自认为是激进的女权主义者,而不是女权主义的激进分子;她认为妇女运动是世界上发生的最伟大的事情之一,"这是一个人开心地活在二十世纪的理由之一"。有尊严是困难的,桑塔格说。我觉得,有尊严的女人更加困难,有尊严的中国女权主义者难上加难。

顺便说一下,吾妻决不允许我在朋友面前叫她"老婆",无论她在还是不在。"太难听了。"她说,"你记住了吗?"

纸上河山

二〇一五年九月,我所在的大学借鉴南京大学等名校的做法,开设新生研讨课。课程的初衷是帮助新生尽快实现从高中生到大学生的角色转换,引导他们适应大学生活,了解所在专业的情况,合理规划自我的发展。至于具体怎么安排一个学期的教学内容,教授们也不得不"摸着石头过河",各自施展起十八般武艺。

我穿插安排了四次专题讲座,其中一位特邀嘉宾是青年作家、出版人,业已成为武汉热门文艺地标之一的漫行书店联合创始人林东林。东林在朋友圈中有个别名,叫"林四多":想的心思多,读的书籍多,走的地方多,写的文章多。加之他是八〇后,与学生的距离更近些。我只是说了一个大致的主题,他自定的讲座题目"纸上河山:我的行走与写作之路",我非常喜欢,也让我觉得没有找错人。

我承认,安排这个讲座,除了上述理由外,也有我的个人兴趣:我自己是一个喜欢读书、写作,也喜欢行走的人。喜欢读杂书,写杂七杂八的文章;喜欢漫无目的、随心所欲地在大地上行走,或者说,是喜欢这样的一种生活方式。虽然古人早就说过"读万卷书,行万里路",但我不想让学生觉得,他们未来的人生道路,就是这两种。这未免有些狭隘,也不可能是学中文的人的专利。无论是读书、写作,还是行走或是其他,表明的其实是我们对丰富的、未知的,甚至可能是神秘的世界的好奇与热情;而我们以各种方式去探索这个世界——不论是现实的还是纸上的世界——最终目的,无非是为了探索自我的心灵。二〇〇六年诺贝尔文学奖获得者、土耳其作家帕慕克,在他的获奖演说《父亲的手提箱》中说:"我相信,文学是人类在探索和了解自身过程中积累的最有价值的宝藏。""写作、阅读,就好像是离开一个世界,在另一个世界的不同、生疏及惊奇中寻找安慰。"(邓中良、缪辉霞译)行走也是如此,尽管帕慕克本人在长达三十年的时间里,宁可在他的工作室里每天待上十个小时。我在东林的几部书中,比如《身体的乡愁》《线城》等,感悟到的也是这一非常重要的主题,比如他说:"世界是自己的,与世界无关。"而我可能会对学生说:世界是他人的,与自己有关。阅读、写作也好,行走也好,目的只有一个:进入他人的世界,并在那里发现你自己。正因为如此,曾经书写了在伊斯坦布尔弥漫的"呼愁"中长大的帕慕克说,他最终领悟到的是:只有当你成为他人,你才会成为你自己。

我的学生未来的四年时光,将在各幢教学楼的楼梯上奔走。那一天,他们安静地坐在漫行书店富有特色的、通往二楼的木质台阶上听着讲座。这其实也是我带他们来到这里的一个原因。我非常喜欢的作家、诗人卡夫卡说:"在你还未倦于向上爬楼的时候,楼梯的台阶也没有偷懒,它们在你向上攀登的脚下紧跑。"我在讲座前的简短发言中说,你们脚下的台阶就像卡夫卡说的,在和你们向上攀登的脚赛跑;终点对于你们来说,可能显得还很遥远。唯愿同学们至少在大学时光里,能像东林老师那样,多读一些书,多思考一些问题,多走一点路,多写一点文字。

作为见证的文学

二〇〇七年暑假,为备课搜罗了一批"打工诗歌"和"底层写作"的资料。直到今天,我仍然记得当年作为打工诗人群体代表的郑小琼,在接受《人民文学》"新浪潮"散文奖时所发表的获奖感言:

> 文字的力量在现实面前永远是那样脆弱。……当我从报纸上看到在珠三角每年有超过四万根的断指之痛时,我一直在计算着,这些断指如果摆成一条直线,它们将会有多长,而这条线还在不断地、持续地加长之中。此刻,我想得更多的是这些瘦弱的文字有什么用?它们不能接起任何一根断指。

"瘦弱的文字"是不是就一无是处呢?不是。她接着说:

我仍不断告诉自己,我必须写下来,把我自己的感受写下来,这些感受,不仅仅是我的,也是我在南方打工的工友们的。我们既然在现实中不能改变什么,但是我们已经见证了什么,我想,我必须把它们记录下来!

我不知道郑小琼当时是否接触过奥登,后者有句名言:"诗歌没有使任何事情发生。"奥登之所以有此言,是因为二战后他不无沮丧地想到,把全世界的诗歌都加起来,也不能从毒气室里救出哪怕一位犹太人。我也不清楚她是否读到过卡夫卡日记中的一段话,在那里,卡夫卡描画了那些内心存有诗意,却被时代远远抛在身后的"现代人"的悲剧及其可能的作为:"无论什么人,只要你在活着的时候应付不了生活,就应该用一只手挡开点笼罩着你的命运的绝望……但同时,你可以用另一只手草草记下你在废墟中看到的一切。因为你和别人看到的不同,而且更多;总之,你在自己的有生之年就已经死了,但你却是真正的获救者。"(《卡夫卡书信日记选》,叶廷芳、黎奇译)我能确定的只是,文学的见证功能在这样一批写作者的心中,再一次顽强地复活了。

阿赫玛托娃是"白银时代"的杰出诗人,被誉为"俄罗斯的萨福",但是她的个人命运,不是用坎坷、苦难可以形容的。十月革命后她选择留在祖国,没曾想她的第一任丈夫、著名诗人古米廖夫因莫须有的"反革命叛乱罪"被处决。她与第二任丈夫的婚姻只维持了三年。在随后的"大清洗运动"中,先是她与第一任丈夫的儿子被作为"阴谋分子"而逮捕和流放,接着她的第三任丈夫、文艺理论家布宁也被逮捕和流放。她本人也一直生活在随时被捕的阴影之中。在长达十七个月的时间里,她总是站在列宁格勒各所监狱门外等待探监的队伍之中。有一次,一位用头巾掩藏起面孔的妇女"认出"了她,并且插入队伍中,低声问她:"你能写写这件事吗?"她回答:"能。"那时,"像是一丝微笑掠过了曾经是她的脸的地方"(《安·阿赫玛托娃传》,守魁、辛冰译)。后来,她履行诺言创作了《安魂曲》。一九五七年四月,在为《安魂曲》写下的简短的代序中,诗人是这样描述这一场景的:

> 有一次,有人"认出"了我。当时,一个站在我身后的女人,嘴唇发青,当然她从未听说过我的名字,她从我们都已习惯了的那种麻木状态中苏醒过来,凑近我的耳朵(那里所有人都是低声说话的)问道:"您能描写这儿的情形吗?"我就说道:"能。"于是,一丝曾经有过的淡淡笑意,从她的脸上掠过。(乌兰汗译)

在苏联大清洗时代,写诗是一件非常危险的事情。诗人不得不每写下一段,就低声读给来访的可靠的朋友听,朋友记住后可以再读给其他人。凭借这种口耳相传的古老方式,《安魂曲》幸运地保存下来,直到一九八七年才全文刊发在《十月》杂志:

> 我知道一张张脸怎样憔悴,
> 眼睑下怎样流露惊恐的神色,
> 痛苦如同远古的楔形文字,
> 在脸颊上烙刻粗砺的内容,

> 一绺绺卷发怎样从灰黑
> 骤然间变成一片银白，
> 微笑怎样在谦逊的唇间凋落，
> 惊恐怎样在干笑中战栗。
> 我也并非是为自个儿祈祷，
> 而是为一起站立的所有人祈祷，
> 无论是严寒，还是七月的流火，
> 在令人目眩的红墙之下。　（乌兰汗译）

法国女性主义作家埃莱娜·西苏说，当阿赫玛托娃做出回答的时候，她就是把"相认作为礼物"，奉献给那些因为现实苦难而掩面的人们，因为"写作是为了反抗遗忘，它同时也即是这种反抗的见证"，"以写作感受地狱的消逝，同时又不忘地狱的存在，这是人的权利"（《从潜意识场景到历史场景》，孟悦译）。

文学可以说是见证的产物，几无例外；但是，处于社会底层的写作者所理解的见证是一种反抗：反抗遗忘，反抗遗忘中的麻木与冷漠——

> 而未来的某一天，在这个国家，
> 倘若要为我竖起一座纪念碑，
> 我可以答应这样隆重的仪典，
> 但必须恪守一个条件——
> 不要建造在我出生的海滨：
> 我和大海最后的纽带已经中断，

也不要在皇家花园隐秘的树墩旁，
那里绝望的影子正在寻找我，
而要在这里，我站立过三百小时的地方，
大门始终向我紧闭的地方。
因为，我惧怕安详的死亡，
那样会忘却黑色玛鲁斯的轰鸣，
那样会忘却可厌的房门的抽泣，
老妇人像受伤的野兽似地悲嗥。
让青铜塑像那僵凝的眼睑
流出眼泪，如同消融的雪水，
让监狱的鸽子在远处咕咕叫，
让海船沿着涅瓦河平静地行驶。

虚幻与真实

文学史上说的"拉美文学大爆炸"时期有四位代表作家,马尔克斯因其未经授权的《百年孤独》几乎成了地摊读物而在中国家喻户晓,随后拿下诺贝尔文学奖的略萨也声名远播,墨西哥的富恩特斯和阿根廷的科塔萨尔,则不为一般读者所知。科塔萨尔有篇极短小说叫《花园余影》,写的是:一位庄园主几天前开始阅读一本小说,小说中的一对年轻情侣正蓄谋复仇。由于有许多紧急事务要处理,他的阅读不时被打断。那天黄昏时分,他重新拿起小说。此时,小说中的男子提着刀子进入房间,来到这位庄园主的背后……

这篇有些诡异的小说讲的是一个普通的文学常识:文学是虚构的,你不要信以为真。不过,美国新批评派的两位干将布鲁克斯、沃伦在《小说鉴赏》中提醒我们,文学的目的是创造一种"想象中的现实";然而,"想象中的现实"离不开现实,包括小说中的天气描写,庄园主签署的授权信,也包括他"用左手来回地抚摸着椅子扶手上的绿色天鹅绒装饰布"这样反复出现的细节。

文学确实是一个虚幻世界,这个虚幻世界只要有它"自己的"法则,就可以成立;但这并不意味着文学可以在现实之外另造一个虚幻乐园——后者是对文学的另一大误解,贻害无穷。比如,青春期文学或轻文学之所以广受年轻人的欢迎,是因为大家觉得现实世界太沉重,无法承受,所以希望找到一些阳光的、轻松的、愉悦的东西;这类文学似乎也可以把貌似沉重的东西转化为娱乐或笑料。但米兰·昆德拉告诫我们,生命中有许多的"轻"也是不能承受的。他认为,文学是对人的存在的可能性的勘探。人的存在的可能性是无限多样的,轻与重这样对立的字眼根本无法概括。可以说,人的存在的复杂、诡异、荒谬决定了文学繁复的面貌。

就说穿越小说吧。穿越小说在网络内外的大受追捧,不过是再次证实了文学写作,哪怕是泛化了的文学写作,都不可能脱离写作者置身的历史语境。我们今天身处什么样的时代?是虚拟取代现实、模拟的影像比事物的本相更为真实的时代,人与现实的关系因此变得非常可疑。许多长篇大论说穿越小说是写作者逃避现实的产物,其实,这并不能说明写作者对现实感到失望,恰恰说明,今天的现实是无法把握也无从确定的,因而很难让人产生自我身份的认同感和归属感。此外,时间对于今天的我们很少具有延续的意义,盛大节日上聚集的人群欢呼的"倒计时"中所体现的时间概念真是很奇妙——尽快归零,重新开始,再度归零。我们生活在一个要尽快遗忘过去的时代,崇尚的是抓住当下,及时行乐。所以,穿越小说并不纯粹是写作者个人的"白日梦",它们折射的是集体无意识:自我身份认同的焦虑感,以及个体生命在历史进程中的迷失。

法国后现代哲学家博德里亚尔(一译波德里亚)说,在这个时代,古老哲学问题中的"我是谁?"已被"谁是我?"所取代。从这个角度看,从遭遇意外变故的那一刻开始,所有穿越小说中的"我"都已变成幽灵,带领另一群据守在电脑/手机前的幽灵,一起进入虚拟世界。写作者和读屏者共有的迷惑是:谁是我,如果我不再是我自己?

文学是虚幻的,这是它最为真实的一面。

难以消受的礼物

英国作家扎迪·史密斯随笔集《改变思想》的最后一篇,是纪念大卫·福斯特·华莱士的。标题下引了华莱士的一段话:"我喜欢的一位老师常说,好小说的任务就是让不安的人感到安慰,让安逸的人感到不安。我觉得,严肃小说的一大用意,就是为所有像我们一样头脑孤绝于脑壳中的读者,赋予借由想象,进入其他自我的权限。……我们都在现实世界里独自受苦,真正感同身受是不可能的。不过既然一部小说可以让我们凭借想象,对某个人物的痛苦给予同情,那我们或许更容易想象出,别人也会对我们的痛苦给予同情。这让我们感到鼓舞和救赎;减轻了我们内心的孤独。或许真的就是这么简单。"

这段话深得我心。可惜我读小说少,不知华莱士何许人也。百度一下,才知道他已于二〇〇八年九月在家中自缢。网页跳转到一个视频,是华莱士二〇〇五年在凯尼恩学院毕业典礼上的演讲。史

密斯文中引用了演讲的开场和结尾:

> 有两条小鱼往前游着,它们刚好碰到一条老鱼朝另一边游去。老鱼冲它们点头,说:"早上好,孩子们。水怎么样?"两条小鱼游了一会儿,最后其中一条望着另一条,问:"水究竟是什么东西?"

> 大写的"真理"与死亡到来之前有关。与真正的教育的真正价值有关,后者与知识几乎无涉,全然在于简单的认识,认识到什么是真实和必不可少的,它始终隐藏在我们周围的光天化日之下,我们必须反复提醒自己:"这就是水。这就是水。"要做到这一点。要在成人的世界里,日复一日地保持清醒和活力,难度超乎想象。

维基百科称华莱士的作品是后现代主义文学;另一则材料则说他为现代派小说开辟了道路;华莱士呢,一直认为自己是"现实主义者"。他觉得他在小说里大量运用流行元素,跟一百年前的人写树木、公园等没什么不同,"毕竟我生活的这个世界就是这样"。试图以某种概念来界定一位非同寻常的作家,基本上属于华莱士所说的,没有反复提醒自己"这就是水。这就是水"的人。

一个有才华的作家,该拿自己的才华怎么办呢?是向读者展示甚至炫耀,以便把他们转化为"粉丝",还是把它分享出去?华莱士并不认为一个人具有才华是一件很特别的事,而且对作家来说,才华只是工具,是他碰巧"拿到了一支好钢笔"。因此,重要的是与他人分享你的才华。"……艺术佳作与平庸之作之间的重大区别,就在于艺术的核心目的是什么,就在于文本背后的意识想要达成什么。它与爱有关。与遵守这一项准则有关:道出你能施予爱的那一部分,而不是你只想被人爱的那一部分。我知道,这话听起来一点也不时髦……不过看起来,真正伟大的小说家似乎就是这样做的……"想来华莱士当引卡夫卡为知己,因为后者的伟大,在于他的全部作品与爱有关——不是渴望爱,而是施予爱。尽管不被理解,不被接受,没有回应,但这种施予不会停止。

西蒙娜·薇依也说:"正义与真理的精神不是别的,而是某种专注,那就是纯粹的爱。"

纯粹的爱的施予,正如史密斯文章标题所言,是华莱士给予我们的一份"难以消受的礼物"。

乡愁的离散

现在的年轻人还有所谓的乡愁吗？还能理解乡愁对于父母或祖父母一辈的意味吗？望着课堂上一茬茬越来越接近"〇〇后"的学生，我情不自禁地思忖，却不知道答案在哪里。

提到乡愁，最著名的文学作品当然是余光中的《乡愁》。由于我的学生大部分会走上中学语文教师的岗位，课堂上我会有意选择语文教材中的名篇来重读。备课中发现，选择此诗做公开课或示范课的中学语文老师很多，他们对诗的意象、结构、韵律等的讲解真是用心良苦，板书设计已到了不可更易一字的精当程度。遗憾的是，在抓住"乡愁"这一看似独特的情感和主题条分缕析时，没有一位老师会继续追问：这样一首口语化的诗歌，为什么能触动那么多的心灵，产生如此强烈的艺术震撼力？仅仅是因为它写了"乡愁"，或者，仅仅是因为它书写了身在台湾的大陆人，对祖国母亲深情依恋这样一个"特定"的乡愁主题吗？余先生几年前说过，他创作的诗歌大约有一千首，以乡愁为主题的只占十分之一，"不过这十分之一给祖国同胞的印象似乎非常深刻，尤其《乡愁》一诗，凡我到处几乎人人能背，简直成了我的名片"（《从出生到出版》）。平心而论，在余先生一百首左右有关乡愁的作品中，《乡愁》至多算是二流之作，想来余先生本人也不会否认。此时，单纯讲主题，并不能完全解释这首诗的巨大影响力是如何产生的，需要从文学传播史和接受史的角度重新来审视：它是何时传入中国大陆，又是何时进入中学语文教材，教参对它的剖析和阐释是怎样的，前后有无变化，彼时的政治、文化意识形态有什么特点，等等。某个文本的一举成名，往往有多种因素的综合作用，这本是常识，却让很多抱定"只谈文本"的人百思不得其解。即便可以"只谈文本"，也不要忘记，最早的诗歌使用的就是口语，表达的是远古先人日常生活中的喜怒哀乐。从《诗经》《古诗十九首》到唐诗宋词，运用口语写作的经典诗歌俯拾皆是，这已经形成一个强大的文学创作和文学欣赏的传统，我们也一直置身于这样的传统。就《乡愁》而言，看起来属于形式要素的口语这种语言方式，与诗人想要传达的主旨是浑然一体的；也就是说，乡愁并不是在某个特定时刻、在某个特定地理环境才被突然唤醒的，而是每时每刻都渗透在怀乡者的日常生活当中，成为一种常态——一种不正常的常态。

不过最棘手的问题，还是如何让学生理解乡愁的所指，以及会连带出现的漂泊、迁徙、流亡这些词语的意指。也许，这无关乎学生是出生在繁华都市还是穷乡僻壤，而在于时间加之于每个个体生命的意义，已经发生了剧变。对我这样出生于六十年代的人以及我的父辈来说，时间是具有延续意味的，它在延续中有积淀，有传承；在某个节点上,我们感觉生命是在倒着往回走,直到走进记忆中大地温暖的怀抱。对今天的年轻人来讲,时间是碎片,是一种覆盖,只有不断到来的下一个新的碎片才是有意味的。

那天,在武汉地铁二号线广埠屯站的洗手间里,我看见一个年轻人一边站立着小便,一边双手疾速地在手机屏幕上滑动。他不像我这么关心自己的前列腺;他一定有着比我幸福的童年,所以,他享受着更加幸福的现在。

乐山睡佛与鲁迅

据某报二〇一四年年底的报道,该报记者"首次独家发现"乐山睡佛头像中"惊现鲁迅脸谱",称这是"睡佛发现二十余年后又一新发现"。报纸以鲁迅木刻肖像作品与实地拍摄的睡佛照片作对比,有图有真相。

这则报道很有意思;有意思的不是"独家发现",或"惊现……发现……又一新发现"这样耸人听闻的导语,而是把木刻肖像当作鲁迅本人的无意识。

报纸所刊木刻一望即知是赵延年先生的创作,而记者竟无一字提及——这当然不是无知,而是记者确实把它当作了真人/真身。但这也不能怨他。如你所知,赵先生的这一系列作品确实"逼真":他一九六一年创作的《鲁迅像》,被称为"至今为止大约近千幅《鲁迅像》中最为优秀的作品,简直无人可以比肩"。

然而，也正如你所知，再怎么形神兼备、惟妙惟肖的木刻肖像，仍然是艺术作品，是艺术的再创造；再怎么"逼真"也只是"逼真"而已，不是"真"。"如假包换"的"逼真"效果的获得，与赵先生六十年代独创的黑白木刻"平刀晕刻法"和"正面透印法"技巧，与鲁迅在政治、历史、文学传播中"被塑造"出来的形象，以及经历过那个时代的大众接受的形象，无法剥离。

有意思的事情还有。赵先生前后创作了一百三十多幅鲁迅作品，他并没有见过鲁迅本人。也就是说，他的所有木刻作品都是对鲁迅的影像——另一种艺术创作——的模仿。乐山睡佛若真的显灵，在某个角度、某个时间、某种光线下看起来像赵先生刻刀下的鲁迅肖像，只不过是大自然无心的玩笑。即使它看起来真的"像"木刻脸谱，也不过是人类眼中的"模仿的模仿"，柏拉图所说的"影子的影子"——如果真有上帝的存在。

我在赵先生画册中，在六七十年代出版的鲁迅各种作品集的封面或内封中，在绍兴鲁迅故居里，多次与赵先生作品迎面相撞。在我心里，如在你心里一样毋庸置疑："这就是鲁迅。"或者，"没有比这更像鲁迅先生的了"。同样毋庸置疑的是，你与我更无缘与鲁迅相见。

赵先生于二〇一四年十月二十三日离开人世，享年九十一岁。谨摘录以下资料作为迟到的纪念：

一九四二年，在长沙日本战俘营为一群日本俘虏素描，每个俘虏都在画像旁签上了自己的名字。

一九四四年，以《负木者》参加"抗战八年版刻展"，被誉为"中国木刻界最年轻的奇才"。

一九六一年，创作久负盛名的《鲁迅像》。"鲁迅先生'横眉冷对千夫指,俯首甘为孺子牛'的精神品质跃然纸上。白色的长衫、黑色的围巾与黑色的背景,反衬出鲁迅的冷峻与深厚。画面左侧用疏密有致的斜刀刻出利剑般的刀痕,而右侧则先将头部轮廓刻出,然后再用斜刀提亮背景,线条粗粗细细、长长短短,在深沉的气氛中,有思想的激荡,有心潮的起伏。"(《激扬之黑白》,人民网)

"文革"中,被关进牛棚,"我和潘天寿先生一起被'造反派'推上木凳,挂上木牌,倒上墨汁,从此成了'牛鬼'"(《钱江晚报》)。

二〇〇五年,作品在北京鲁迅博物馆展出。中国美术学院院长许江说:"那是一把在二十世纪颤抖的历史长空上横亘着的一把造像之刀。"

二〇一〇年,向浙江美术馆捐赠一千零三十七件作品及相关文献。

剩下的问题是:在另一个世界里,他将携带自己的作品,与鲁迅先生谋面吗?

电视毁灭文明?

我的偶像苏珊·桑塔格是个极其讨厌电视的人。她在访谈录中多次提到,她是个"天生的"、也就是"毫不费力的"不看电视的人,"我认为电视是文明的消亡 —— 政治的消亡,文化的消亡"(《苏珊·桑塔格访谈录》,姚君伟译)。

当然,首先,桑塔格是美国人;其次,她是名人;再次,她对"艺术是严肃的"信念从没有改变,这是电视让她头疼和心烦的地方。所以,让我去评判这番话是危言耸听还是一针见血还是别的什么,无关痛痒;也不必再去引用已被我和我的学生们翻得稀烂的尼尔·波兹曼《娱乐至死》中的意见。

让我略感吃惊的是我年轻的同事余老师,每次见面他都热情地、满面微笑地打招呼。二〇一五年的本科生毕业典礼上,他代表教师发言,说到他家里没买电视机,而且将来也不会买,"我是一个以读书教书为生,以读书教书为乐的人,我不需要太多不请自来的信息来干扰我读书和思考。人,其实活得越简单,就越幸福"。当然,他是教古典文学的,这也没什么好奇怪的 —— 我身边还有研究古代汉语的老师不用手机,更别提微博、微信、支付宝这类东西。我对余老师感到吃惊也纯粹是庸人自扰:那他可爱的女儿要看动画片怎么办?

我自己拥有的第一台电视是在海南工作以后,一位朋友转让的岛上一家工厂组装的牌子,叫"黄海美"。那时还没有有线,能够接收的频道节目大都说粤语,看着不爽。电视那时给我留下深刻印象的是里面播放的一部台湾电影《稻草人》。我对台湾电影的喜爱是从它开始的,至今收藏着这部电影的影碟。

笨重的"黄海美"后来被我千里迢迢带回武汉,直到研究生毕业才换掉。今天的我对电视并没有那么拒斥,也谈不上依赖。更多的时候,它充当了我和妻子吃饭时的笑料。最无可奈何的是每次回老家陪伴父母,晚上只能跟着他们看电视剧。通常我可以在看书的间隙,抬头盯着屏幕一两分钟后,说出人物要说的下一句话。有一次正赶上热播一部跟历史、转折、领袖有关的电视剧。一位下放陕北的知青被通知到城里去,他拿到了大学录取通知书。我管不住自己的嘴巴,开始"剧透":接下来他会在黄土高原上狂奔,然后大吼一声,仰面躺在地上;然后镜头从他激动得扭曲的脸上摇起来,茫茫无际的高原啊带着无限憧憬……可怕的是,导演居然让我这么不入流的想法一一得逞,好像是我在遥控这一切。更可怕的是,那一刻我居然会为自己猜中剧情而沾沾自喜。没有比这更愚蠢的了。

但我喜欢看美剧,打着保持英语听力水准的幌子;但美剧似乎跟我们的电视没有什么关系。

我敬重桑塔格的理由,自然不是因为她不看电视——我相信她会捍卫每个人选择看或者不看电视的权利和自由——而是她身上越来越罕见的热诚、专注,以及必须为值得做的事情付出代价的信念。电视消解了这一切。某种意义上,对电视的玩物态度塑造了一个人的人生态度,并有可能把玩物是人生合适的、也许是最佳的态度的观念,植入他的潜意识。

我钦佩余老师也是出于同样原因,尽管学生们不一定都能理解他基于自己人生体验的苦心。要知道,真理常常是古怪的、不合时宜的、遭人嫌弃的,在它被发现之前。

摇摆不定的罗盘

文学批评在今天的地位，真的很尴尬。且不说批评的指导文学创作的功能早已不在——"指导"这个词散发着一股地窖里的霉味——就连批评最基本的工作，阐释作品，也因苏珊·桑塔格的"反对阐释"而变成一种令人生厌的行为。批评家因此被描画为"吸血鬼"：他们饥不择食地咬住充满生命力的作品躯体的任何一个地方，让自己变得红光满面。

我推测批评沦落至此的重要原因之一，是网络文学的兴起。当人们异口同声地称赞网络文学最大的好处是没有审查的时候，传统报刊、出版社编辑们的厄运就开始了，而批评家属于躺着中枪的那一伙：批评当然是审查，而且在网络写手看来，是属于鼻子里面插两根葱的审查。编辑是国家认可的职业，有职称，有证书；批评家虽然也有"职业"的，他们有职称和证书吗？

另一个重要原因,是人人都应该、必须有个性,而且一定要表现出来——这种虚假的文学民主氛围,助长了挑战"权威"的幼稚言行。自二十世纪以来,许多作家诗人意识到,现代人是一群浑浑噩噩、面目模糊且可憎的人;对这群人来说,他人就是我的镜子,我从他人面孔上可以看到自己长什么样。由这样一群现代人组成的社会终将走向一条不归之路——地狱。这就是萨特"他人即地狱"的真实含义,也就是写了《失乐园》的弥尔顿表述过的,"我就是我自己的地狱",因为"我"跟众人一样缺乏内省,把自己看作独一无二的存在。凡是今天仍然想当然把萨特的名言理解为打我小报告的、给我穿小鞋的、当面称兄道弟背后捅我刀子的、在私人聚会上偷拍视频上传微博微信的……就是我的"地狱"的那些人,正是萨特们耿耿于怀又无可奈何的。

说白了,个性与自由一样,从来就是社会历史的产物。它们既不是与生俱来的,也不可能只通过"个人奋斗"就可以攫取。正因为它们并不是人类生存的普遍状态,所以才成为作家诗人、哲学家思考和追求的目标。雅斯贝尔斯说,"如果我只是我自己,我就是荒芜"。现时代文学领域里如果存在着大片"荒芜",那是因为人人都想成为自己,而缺乏对遥远的、陌生的、看似与己了无干系的人的关怀与同情。

人类一直面临着各种各样的选择。今天面对书籍或文学的汪洋大海,人们需要一个罗盘。这个罗盘的角色,在布罗茨基看来,应当由文学批评来扮演——鉴于他的批评家角色,当然要警惕这个比喻里的"王婆卖瓜"的意味——不过,他紧跟着叹息道,"唉,这罗盘的指针摆幅很大。时而北方,时而南方,时而是其他方向……"(《怎样阅读一本书》,刘文飞译)批评家似乎在这三种角色里游来荡去:要么是雇佣文人,像我们一样无知无识;要么是吹鼓手,与出版业一同牟利;要么是天才作家,我们被他的文字所吸引,而忘了去阅读他推荐的书。

布罗茨基对批评家还算是善意的,至少没有使用像"吸血鬼"、"文学太监"、跟在诗人作家屁股后面摇尾的狗这样的称谓。至于我自己,不愿意被人叫作"批评家"的原因,不是出于故作谦逊。我不过是众多写作者中的一位。每位有追求的批评写作者心里都有一个残缺的作家诗人的梦。我顶多把这个梦,与我喜欢的那些作家诗人的梦,叠合在了一起。

"这就是水"

我读硕士、博士的专业是文艺学，一个来自苏联的二级学科；研究方向是文学批评学，一个在我读硕士时尚属新兴的领域。我的导师王先霈先生与我未曾谋面的范明华先生，在我大二时合著了国内第一本《文学评论教程》（华中工学院出版社一九八六年版），两年后被原国家教委定为高校文科教材。文学批评学，简单地说就是对文学批评的批评/研究。今日的文学批评虽远没有当年的辉煌，其名声似乎也并不那么光彩，但毕竟是在谈论文学作品，桥梁与纽带的作用多少还在，作者和出版商们也需要有人摇旗呐喊。批评之批评尽管也会因研究的需要，涉及批评文本中谈论的文学作品，并有自己的判断，但终归是隔山打牛，心不在焉，关注的人就更少。

在文学批评学领域内，单就西方而言，对我影响很深的人物，首先是英国唯美主义作家、批评家王尔德，是他让我牢牢树立起文学批评也是一门创造性艺术的观念。"艺术在自身中而不是自身之外发现了它自己的完美。""生活是艺术的最好的学生、艺术的唯一的学生。"这些惊世骇俗的观点,并不一定意味着王尔德要求艺术脱离生活,这是望文生义者、以己度人者很容易发生的误解。法国批评家茨维坦·托多罗夫说,"奥斯卡·王尔德是英语文学中最富有理论色彩的代言人"(《濒危的文学》,栾栋译)。王尔德一方面认为,"生活对于艺术的模仿远远多过艺术对生活的模仿。……一个伟大的艺术家创造一个典型,而生活就试去模仿它,在通俗的形式中复制它"(《谎言的衰落》,萧易译),但同时并不否认艺术与生活之间的关系。有关这一点,托多罗夫的如下论述很有见地:

> 艺术阐释世界,赋予未形以形态,以至于一旦受过艺术熏陶,我们就会发现周围各种事物不为人知的方面。透纳并未发明伦敦的雾,但他是第一个感受伦敦的雾,并且将之展现在画布上的人。在某种意义上,甚至可以说,他使我们开眼。文学亦然:与其说巴尔扎克发现了他的那些人物,不如说是他"创造"了这些人物。但是,一旦这些人物被创造出来,就会介入当时的社会,从那时起,我们就不断与他们碰面。生活本身"非常缺乏形式",由此引出了艺术的作用:"文学的功能在于从粗糙的现实存在中,创造出一个将会比常人眼中所看到的更美妙、更持久和更为真实的世界。"(王尔德《谎言的衰落》)然而,创造一个更为真实的世界,包含着文学不会断绝其与世界的关系的意思。(《濒危的文学》)

实际上，王尔德只是比同时代的人更早领悟到了语言和写作技艺的重要，或者说，他更早认识到词语在写作中的真实地位。比如他说："语言，它是思想的母亲，而不是思想的孩子。"此外，他的叛逆者形象和对自己的梦想家的定位——"梦想家是那种只有借助月光才能找到自己道路的人，他所受的惩罚是他比世人更早地看见曙光"（《谎言的衰落》）——也让当时诗心萌动却不得不受理论逻辑束缚的我，心有戚戚焉。也许，当时的王尔德让我幻想，能成为一位既葆有诗心和诗意，又能在理论天地自由遨游的学者，是很不错的选择。这种想法让今天的我既快乐，又痛苦不堪。

第二位是前面提到的、原籍保加利亚的法国结构主义文学批评代表人物茨维坦·托多罗夫。很自然，我对他的阅读是从他作为结构主义符号学家和叙事学家的著作开始的，诸如《巴赫金、对话理论及其他》《象征理论》《散文诗学——叙事研究论文选》等，但这些论著的具体内容已被我抛在脑后，我对叙事理论也终究是浅尝辄止。真正让我对他发生兴趣，并将我卷入其中的，是他的一本薄薄的小册子《批评的批评》（王东亮、王晨阳译）。它有个很怪异的副书名"教育小说"，我至今也不明就里。后来读到郭宏安先生一九八六年发表在《读书》的书评，他译为"小说学步"。他说"学步"是表自谦，这很好理解；说"小说"则"不能不透露出他本人的确已经发生了某种实质性的变化"，还是让人摸不着头脑。教育小说，Bildungsroma，始于启蒙运动时期德国的一种小说形式，代表作是歌德的《威廉·迈斯特的学习时代》。其基本主题是一位年轻人对世界上的种种事情进行深入研究，故此有在"教育/教化"中"成长"的含义。也许可以从这个角度去理解托多罗夫所用副书名的自谦态度。

《批评的批评》吸引我的是有关文学批评是一种对话的观念,而托多罗夫对对话的理解,完全不同于我们平常挂在嘴边的这个词的不言自明的含义:两个或多个人在一起说话。他认为:"对话批评不是谈论作品而是面对作品谈,或者说,与作品一起谈,它拒绝排除两个对立声音中的任何一个。"也就是说,批评家不能单纯把作品看作纯粹的客体,而要视之为有生命力的主体,由此,两种不同的、甚至对立的声音在碰撞,在相互激发。更具启发意义的是,他认为"对话批评"需要双方以某种共同信念为前提,即与所谈论的作品一同去"探索真理"。而且,真理是作为对话双方的一种"前景"而非起点、一个"调节原则"而非既定事实而存在的。换言之,双方要相信在探讨中可以无限趋近真理,并以此作为调节,对话才得以成立。这可以解释,为什么今天人人都知晓"对话"的重要性,而一旦遭遇争议就只见得一地唾沫加一地鸡毛,并无真正意义上的对话实践。因为类似"真理"这样的词,早已被人当作"大词"或"圣词"解构掉了。如果你不知趣地与今天的作家、诗人谈论真理、使命、责任、道德等,多半会让他们觉得自己遇上了外星人。托多罗夫的如下论述让我觉得痛快淋漓,也曾被我多次引用:

> 两百年来,浪漫派以及他们不可胜数的继承者都争先恐后地重复说:文学就是在自身找到目的的语言。现在是回到(重新回到)我们也许永远不会忘记的明显事实上的时候了,文学是与人类生存有关的、通向真理与道德的话语。让那些害怕这些大词的人见鬼去吧!萨特说:文学是对社会与人生的揭示。他说得对。如果文学不能让我们更好地理解人生,

那它就什么也不是。

《批评的批评》宣告着一位"形式主义大师"的"转向",即从关注文学作品的各种"内在要素",转到强调"文学与人的存在有关系,是一种趋向真理和道德的叙述",这里面包含着托多罗夫二十年学术研究和文学批评的反思与实践。此后,每遇托多罗夫著作中文版出版,必搜罗之。最近几年则集中阅读了华东师范大学出版社"六点图书"推出的他的著作,如《走向绝对》《个体的颂歌》《日常生活颂歌》《启蒙的精神》,以及北京大学出版社推出的《我们与他人》等。但我始终对他的"转向"的原因和过程不甚了了。直到最近阅读《濒危的文学》(郭宏安译为《文学在危难中》),在作者的前言中才见端倪。他坦承,当他大学五年的学习结束,需要写硕士学位论文的时候,一个难题摆在面前:如何才能既讨论文学,又不屈从于保加利亚当局意识形态的要求?"我介入了一条可使自己摆脱被统编的道路。这条道路主要是关注一些没有意识形态内容的研究对象;关注文学作品中涉及文本物质材料的东西,涉及其语言形式的东西。"他说,早在二十世纪二十年代,俄罗斯的形式主义文学思想家已经开辟了这条道路,并且不乏追随者。后来,他得到一次机会,可以去欧洲——"铁幕"的另一边——学习一年。他毫不犹豫地选择了巴黎,他相信在那个文学艺术之都,那个自由的国度,保加利亚极权统治所强加给他的、如同其他人一样的集体精神分裂症,将有机会得到治愈。对风格、构成、叙事方式等文学技巧的分析,虽然对他来说已成习惯,但在保加利亚,由于这些外在于意识形态的文学的研究并不能够更好地为共产主义事业服务,长期被忽略,被边缘化;而一到巴黎,所有的禁忌与顾虑不复存在,反倒让他眼花缭乱,无从下手。索菲亚大学文学院院长把他介绍给索邦大学文学院院长,后者面对无法用法语准确表达意愿的他,建议他跟随一位教授研究保加利亚文学,这让他有些沮丧。还是中国诗人说得好:"众里寻他千百度。蓦然回首,那人却在,灯火阑珊处。"在一位心理学教授的指引下,他找到了和自己一样对那些"奇怪的问题"感兴趣的人:热拉尔·热奈特,索邦大学的助教。"我们在蛇街的一个阴暗的走廊里见面了。那里有一些上课的教室。我们彼此产生了好感。"热奈特又将他带到罗兰·巴特的研究班的课堂里,他在巴特门下修完了第一个博士学位。

在法国定居并成为法国公民后,托多罗夫继续从事形式主义文论的传播与研究工作,与热奈特也有着长达十年的合作。法国宽松自由的社会环境,尊重个体自由的多元价值观,使得他既有的切入文学作品的视点发生变化。当一个全新世界里的文学作品,没有像极权主义社会里的文学那样,受到先定的意识形态枷锁的捆绑,那么,对这样的作品所携带的思想和价值的不理不睬,就显得很不明智。因此,托多罗夫对文学分析的"方法"的爱好逐渐衰退,需要在更广阔的场域中关注文学、关注作家的信念,开始在他心中树立;而对作家的分析和阐释,不能不将他与特定时代的思想、文化、道德、政治等联系在一起。托多罗夫意识到:"文学不是凭空产生,而是由活生生的话语总体所酝酿而且带有其诸多特征;如果说文学边界在历史过程中变化不定,这绝非偶然。"可供使用的材料如此之多,必定冲破研究者习以为常的思维模式和分析方法,心理学、人类学、历史学的资料和概念陆续进入他的视野,个人记述、回忆录、书信、见证材料、无名氏的民俗文献等非虚构文本,也成为他思考叙事写作,进而思考

什么是文学、人类为何需要文学的重要材料。在《濒危的文学》一书前言的结尾,托多罗夫对"为什么喜欢文学"问题的自问自答是:

> 因为文学有助于我的生活。我再不会像年轻时那样,要求文学给我免除与人交往时所遭受的伤痛;与其说文学排除切身的经历,不如说揭示了与这些经历持续联系的领域,使我更好地理解这些领域。我不认为自己是唯一看到这一点的人。文学比日常生活更精练,更动人,但是并非与生活截然相反。文学拓展了我们的世界,促使我们用其他方式构想并组织世界。我们所有的人都是由其他人所成全:首先是我们的父母,其次是我们周围的人;文学使我们与其他人互动的可能无限开放,因而使我们无限丰富。文学给我们提供了使现实世界更有意义和更美的那样一些不可替代的感受。文学远非一种仅使有教养者惬意的消遣品,它让每个人更好地回应其人之为人的使命。

托多罗夫自身的经历及其文学研究的"转向",已验证了文学能让人"更好地回应其人之为人的使命"。

《濒危的文学》第六节是谈"文学何能",这也是我作为大学文学教师面对学生无法回避的问题。对此,托多罗夫先讲了两个真实故事。一个是约翰·斯图亚特·密尔在《自传》中回忆自己二十岁,在饱受病痛折磨之时阅读华兹华斯诗歌的奇妙感受。另一个故事发生在二战时期的巴黎。一个名叫夏洛特·德尔波的年轻女子因密谋抵抗德国占领者而被捕,关押在巴黎监狱的单人牢房中,经受着"暗夜与迷雾"的折磨,且被禁止阅读任何书籍。但她楼下的女难友可以在图书馆借到书。于是,德尔波将被子撕破搓成布条,从窗口把楼下的书吊上来。就这样,司汤达《巴马修道院》中的主人公东戈住进了她的监号,他话不多,却打破了她的孤独。不久,德尔波被送往奥斯维辛,东戈不得不与她告别。但是很快,莫里哀《恨世者》中的阿尔西斯特来到她身旁,向她解释了通往地狱的实情,并向她展示了如何与人团结互助。接着,唐璜、安提戈涅等渴望完美的英雄们纷纷前来探视她。后来,德尔波被释放回法国,但很久都不能恢复正常的生活,直到有一天阿尔西斯特回到她身边,把她从困境中拉扯出来。德尔波深有感慨地写道:"诗人的创造物较之血肉之躯的创造物更真实,更不可穷尽。因此,诗人是我的朋友,我的伙伴。凭借诗人,我们又在存在者的链条和历史的链条中与其他人联系起来。"

我们和托多罗夫一样没有经历过德尔波那样的极端情境,但文学之于每个人的作用是如此具体而真切,就像托多罗夫所说:"它们使我能够给自己的情感以形式,给自己的细碎生活之川以规整。它们让我梦想,使我为不安或失望而震颤。"也正如意大利作家卡尔维诺所言,每个人都会拥有"自己的"经典,"'你的'经典作品是这样一本书,它使你不能对它保持不闻不问,它帮助你在与它的关系中甚至在反对它的过程中确立你自己"(《为什么读经典》,黄灿然、李桂蜜译)。

由此,不难理解托多罗夫对现时代人们"把文学封闭在令人窒息的紧身背心中,玩弄形式游戏,虚无主义者的悲歌和唯我中心主义者数不胜数"的状况忧心忡忡。他呼吁把文学从中解放出来,让文学重返人的世界。就我们自己的文学情形来说,或许玩弄形式游戏的风潮已经刮过,再也无法掀起大浪,但虚无主义和"唯我主义"的文学浪潮却始终涌动不息,要把人们从现实世界中推搡出去。尤其是"唯我主义"这样一种来自于"自得自恋的文学实践",几乎被当成是文学的革命或解放,被当作文学的"本真面貌"。这种文学就是早年张爱玲所说的"我我我"的文学。这样的数不胜数的作品,只不过一再印证着托多罗夫的判断:"世界越是可恶,自我越是迷人!而且,讲自己的坏,破坏不了这种快感。重要的是讲述了自己。讲的什么还在其次。"

郭宏安在书评《脆弱的平衡》中说:"如果说《批评之批评》是对法国文学批评中以结构主义为代表的形式主义君临一切的局面的一种反思,《文学在危难中》(即《濒危的文学》——引者)则更像是对法国当代文学理论、文学作品及其批评的一种挑战,一种抨击,或者说,一种悔恨中的反思。"对文学批评的研究不可或缺的正是这样一种"悔恨中的反思",我在这一研究领域接受"教化"并"成长",逐渐养成了对一切不言自明、不言而喻的东西保持审慎和警觉的习惯。这就是美国作家大卫·福斯特·华莱士在他生前唯一的一次演讲中所强调的,必须时时刻刻一遍又一遍地提醒自己:"这就是水。"也就是,去尽力摆脱头脑里的各种"默认设置",重新打量和思考周遭的文化环境所灌输给你的一切。比如,认为文学批评的目的是使人信服乃至折服,是让作家、诗人"惊叹"批评家说出了他们想说而没有说出来的话,等等。要知道,文学批评的目的只有一个,那就是托多罗夫所言,与文学作品一道去探寻真理。这些真理并非如人们所臆想的那样渺不可及,它们很可能就像小鱼们每日生活于其中的水一样简单而未被仔细审视。它们也可能就蛰伏在"陈词滥调"里,比如,文学来源于生活,文学要有益于现实人生,文学要引导人们求真向善寻美,文学是一种道德话语,文学展示了他者的世界,等等。

如果说,今天的文学批评与文学一样处于"濒危"之中,它们最大的问题并不是一味的"颂赞"——须知去颂赞那些值得颂赞的,去鼓励那些值得鼓励的,始终是文学批评的重要职责——而是自我批判意识的极度匮乏,其中包括,对不言自明的陈词滥调的批判,以及对看似陈词滥调的真理的反思与坚守。

我觉得,文学教会我们如何观察生活,文学批评教会我们如何思考生活,文学批评学则致力于校正文学与生活的关系。

辑外 在人的道路上

文学:在专注、执着与爱之中

文学院二〇一〇级的同学们,

　　大家好。

　　非常感谢胡院长和各位院领导、老师,给了我这次机会。记得是三号中午,胡院长说院里决定让我在你们的毕业典礼上发言,并且告诉我,以前站在这里发言的是戴建业老师、张三夕老师,我当天午睡就没睡着。下午遇到毛德胜老师,他又通知了我一遍。我看着他鼓励的眼神,心里稍微有了点谱。

　　也非常感谢一〇〇六班的同学们,我们很幸运地走到了一起。作为你们的班导师,我因此成为二〇一〇级当中的一员,跟二〇一〇级的同学们也就有了一份特殊的感情。当然我很惭愧,因为跟大家相处的时间实在有限。我也不敢保证,将来你们返回母校的时候,我能叫出你们的名字。一想到这些,我就觉得,我实在是有愧于你们当中有些人封给我的"男神"这个称号。我真心希望我是,但不是。这就是现实。

这学期给二〇一三级的同学上文学理论课,一不留神扯起了野棉花。(希望张院长不要批评我。)今天不是上课,我想再扯一扯。我们文学院二号楼西边有一座假山,假山与三号楼之间的直线上,有一棵茶树。这棵茶树是在一九八四年我们入校不久后种下的。当时都说它很名贵,原因是,伴随这棵茶树栽下的,还有一座高大、粗犷的铁笼子,把它与其他的植物分隔开来。我在这里读完本科,当了六年中学老师,然后回来读硕士,再出去工作,再回来读博士。二十年间,我曾经无数次经过那里。那棵茶树就那样长着。我从来没有见过它有一根枝条,一片叶子,一朵花,伸出过铁笼。飘落在地上的那些除外。我自然无从体会它的难言之隐,就像它不可能记得,究竟有哪些一闪而过的面容,许多年以后会一而再、再而三地来到它身旁。

二〇〇六年,文学院接纳了我这个学生,我非常荣幸地站在了我的老师们站过的二号楼的讲台上。还是一样的阶梯教室,我的学生们还是一样的年轻,一样的懵懂,一样的憧憬。有一天在去二号楼的路上经过那棵茶树,无意中碰到一些叶子,我才突然发现,笼罩住这棵茶树的铁笼子,不知什么时候消失了。它的枝叶向四周伸展开来,它的花朵非常的大。一刹那间我非常激动,甚至有些不知所措。

我对二〇一三级的小朋友们说,再路过那里的时候,你们可以稍微停下脚步,看看它。今天,我也想对你们说,在你们即将离开校园的时候,如果有时间,去看看它吧。在这里,在这座山上,你们有你们的劳累、伤心、失望、不如意,以及友情、爱情、惊喜甚至狂喜,它也有它的痛苦,和无法言说的快乐。

如果你们把这个故事当作一个文本,那么你们听到的一定比我说的要多。这是我一直希望教给你们的。一个文本关联着一个世界,这个世界里有你有我有他(它)。就在今天,你们当中也许有不少人可能并没有想清楚,你究竟在这里获得了什么。但我想没有关系,就像我本科毕业后以为我已经远离了这座山,却没有想到,其实我一直都是在围绕着它打转。每次去上课走在校园的林荫路上,我都会问自己为什么,但没有答案。你们最宝贵的青春年华中有四年在这里度过,无论你们有多少的收获,有多少的遗憾,你们的一生已经与这座山,与我的老师和你们的老师,与更多的学长、学姐们联系在了一起。

我没有更多的话要说,但愿意借这个机会,作为一个从这所学校和这所学院已经本科毕业二十六年的学长,送给同学们几个词。

第一个是专注。你们未来的人生之路还很漫长,可供你们选择的道路也有很多,但无论你们最终选择了什么,我都希望你们能够专注地做好眼前的每一件事。当我还是学生的时候,我希望我是一名各方面都能均衡发展的学生;当我是高中语文教师的时候,我希望我没有辜负我的学生们对我这个初出茅庐的老师的期望;当我是图书编辑的时候,我希望我能配得上"专业"这两个字;如果你们觉得我现在作为一名大学教师还算合格,我其实不过是努力把我的老师曾经教会给我的,知识,智慧,关心,同情,爱……尽我的所能传递给你们。我不知道未来我还会做什么,还能做什么,这个世界留给我的机会越来越少,这是我特别羡慕你们的地方。但我不会为了一个虚无缥缈的未来,疏忽了我现在的职责。

第二个是执着。执着于你们内心的信念,不要轻易被外物诱惑而失却了你们的独立。这项任务当然不是大学四年就可以完成的。我希望你们还能记得这所大学的前身、中华大学的校长陈时先生在二十世纪二十年代所定的校训:成德达材,独立进取。刚才胡院长谈到对真理的追求,我非常赞同。有一位法国随笔家说:"当你寻找真理,最可怕的是你找到它的时候。"因为你一旦找到了它,你就再也不会听任自己跟随个人或小圈子的偏见,或者轻易地相信流行的陈词滥调。

第三个是爱。不仅爱你所爱,爱你的偏爱,也去爱那属于爱的全部。尝试着去爱与你不同的人,爱那些看起来似乎与你相隔遥远、与你没有太大关系的陌生人。美国学者乔治·斯坦纳说:"让你漠不关心的事情,你就是它的共谋。"一个文本是一个世界,一个世界是一个整体,我们共在这个世界,没有什么是与我们自身不相关的。

专注,执着,爱——这只是我的希望,不是什么人生箴言。

魏天真老师让我带句话给即将毕业的你们。她的原话是这样的:相信你们忘不了文学院,也希望你们不要忘了文学。当然,对我来说,魏老师的每句话都是正确的。所以,我相信你们不会忘了文学,不会忘了你们是文学院的学生,你们在这里接受了四年的文学和语言的熏陶。不论你们将来所从事的职业与文学有关还是无关,也不论文学当下和未来的处境如何,我们都很清楚,文学是我们观察、认识世界和自我的另一扇窗口。美国学者苏珊·桑塔格说:"文学是一座细微差别和相反意见的屋子,而不是简化的声音的屋子。作家的职责是使人们不轻易听信于精神抢掠者。作家的职责是让我们看到世界本来的样子,充满各种不同的要求、部分和经验。"我们在文学的宽阔的世界里渴望与这样的作家相遇合,所以,我们将与各位一起,与文学终身相伴。

再次感谢文学院的各位领导和老师,谢谢大家!祝愿在座的每一位都有一个光辉灿烂的前程!

(本文为作者在华中师范大学文学院2014届本科毕业生学位授予仪式上的发言)

为人生的文学

尊敬的各位导师,亲爱的同学们,

晚上好!

二〇一四年,当时的胡院长安排我在文学院本科生学位授予典礼上讲话,下来后听说许多学生,特别是女生,都听哭了,也有的是一边哭一边笑。然后有人在我实名认证的新浪微博和博客上留言说,不愧是文学院的老师,真会煽情。我觉得特别委屈,明明是文学院的学生感情丰富,他们自己想哭,哭完了又觉得好笑,跟我有什么关系呢。你们看我这么一个严肃的人,怎么可能是煽情高手呢?况且,我也不认为真正的文学跟煽情有什么关系。在座的各位历尽艰辛写完学位论文并顺利通过答辩,已经成为专业的文学研究者。你们也知道,在文学史上,几乎没有哪一部流传下来的经典名著是靠煽情获得声誉的,几乎没有哪一部值得我们一读再读的经典名著不是严肃的,或者让人变得严肃起来。那里面有严肃的人生、严肃的思考、严肃的批判、严肃的自我解剖,或者,在貌似荒诞、搞笑、一点正经没有的文字的背后,是一颗颗严肃、严谨、严苛的心灵。而我觉得,严肃这种人生态度和求实、求真的为人、为学的品格,正从我们这个时代,从我们这个时代的文学,从我们的大学课堂,从我们每个人的身上,一点一点地流失。

二十多年前,我在一所中学当语文老师,萌生了报考母校研究生的想法。在选择专业和导师的时候,不止一个人告诉我,文艺学专业的王先霈先生非常严肃,对学生也非常严格,让人望而生畏。当时已回母校读现当代文学研究生的魏天真对我说,她在校园里遇见了先生,连话都不敢说。我想,这正是一个机会。我的座右铭是,走自己的路,让别人去望而生畏吧。那时的研究生入学考试是在春节后,春节前我去给先生拜年,闲聊之余,先生要我找一本德国作家鲁多尔夫·洛克尔的《六人》好好读一读。我心里一阵狂喜,因为我很庸俗地认为先生这是在提示考试重点。我找来三联版"文化生活译丛"中的这本书,封面上写着"巴金试译",说的是经典文学作品中六位人物所选择的不同人生道路。由于我满脑子都在琢磨命题老师会怎么出题,我并没有读懂这本书。进了考场,我翻遍了文学理论试卷,也没有找到与《六人》有关的试题,有一种欲哭无泪的感觉。这里还有一个插曲。试卷的最后一题要求对所附的一篇文学作品做出评论,分值五十,但却怎么也找不到作品。我举手报告了考官,考官马上打电话询问,后来宣布,只做前面的五十分。我被录取后问同宿舍的从安徽肥西考来的周兴陆同学,这一题他究竟是怎么做的。他说他当时就蒙了,又不敢问,只好胡乱诌了一篇。当我告诉他其实那道题不用做的时候,他痛心疾首地说:"老魏,我写了好几千字啊!"没有评论对象而天马行空、洋洋洒洒写出几千字的高论,这只能是天才所为。所以,周兴陆老师现在是复旦大学中文系的博导,我呢,只是一个硕导。读书期间,导师经常带我出去开会。记得有一次去参加武汉作家邓一光的作品研讨会,轮到我发言,刚说了一半,导师起身走出了会议室。我赶紧压缩了发言稿,匆匆结束,在忐忑不安中反省自己有没有放空炮。我多次听导师在不同的场合说到,日本学者研究中国作家刘心武,连他在《北京晚报》上发表的豆腐块文章都不放过。那时还没有电脑,没有互联网,做学术研究的甘苦,只有研究者心里明白。导师并没有对他的学生耳提面命,但我明白这其实是在提醒我们,文学是一项严肃的事业,文学研究同样是一项严肃的工作,我们应该全力以赴,在人生的每一个阶段,做好应该做好的每一件事。去年我为二〇一五级的本科生开设新生研讨课,特意请来王先生给我的学生谈一谈文学。先生说到,一九九二年他到复旦大学去参加教育部的会议,与南开大学的罗宗强先生住在一个房间。两位先生初次见面,晚上躺在床上闲聊。当王先生谈到我们华师历史系张舜徽先生的时候,罗先生一下子从床上坐了起来。王先生很奇怪,说你怎么坐起来啦。罗先生说,谈论张先生怎么能躺着,那不站起来能行嘛。罗先生说得很真诚,他是从心里非常尊重张舜徽先生这样一位前辈,一位长者。张先生是研究文献学的,是非常实在的学问,而我们研究文学却说不清楚什么是文学。我读本科的时候,在桂中路上经常可以看到拄着拐杖慢慢行走的张先生,面带和善的笑容。我们文学院的张三夕老师是张先生的弟子。我对张先生的了解非常有限,不过我想,没有严肃、严谨、严苛的治学精神和数十年如一日的艰辛付出,张先生是不可能赢得同行和后学的发自内心的敬重,也许还有敬畏。

二十多年来,我拥有了好几种《六人》的不同版本,包括一九四九年的初版本。我时常从书架上取出这本书翻阅,包括准备这篇发言稿的时候。我的心里依然有一个谜团:王先生当年为什么特意让我读这本书?我从没有当面问过先生,他确实很严肃,不过我的新生研讨课的学生,都觉得他是一位和蔼可亲的爷爷。我知道答案就在这本书里。在著名翻译家傅惟慈先生的译本的封底,印着这样一段话:"我们的社会里,历来太少浮士德、唐璜、堂吉诃德之类人物,他们虽然看来拙笨,其实社会之进步,端赖此类拙者。"我想,他们都是对人生抱有严肃、严谨、严苛的态度的人,哪怕像堂吉诃德那样,把生活当作一场游戏,那也是严肃无比的游戏,其中没有掺杂任何功利的因素;一当回到现实世界,他会被当作疯子。不仅在作家创作这些文学人物所处的时代,即使在今天,拙笨的人会被认为太严肃了,太认真了,活得太累了,太不值了。问题是,有一种可以让我们效仿的轻松惬意的人生吗?在座的各位,尤其是修完博士学位的同学,特别是修完博士学位的女同学,已经经历过许多人对你们的求学、对你们选择的生活方式的质疑,甚至挑衅。女博士被称为"第三种人""灭绝师太",我因此要特别恭喜你们成为与众不同的人,被他人标签化不是你们的错。我的妻子魏天真在武汉大学做过博士后,很荣幸地身兼"灭绝师太"和"东方不败"的美名。我也应该感到很庆幸,至今还没有被她灭掉。经历过人生劫难的傅惟慈先生晚年说,他很喜欢陶渊明的诗:"纵浪大化中,不喜亦不惧。应尽便须尽,无复独多虑。"我们做研究、写论文的时候一定要"多虑",多思考,多推敲,不轻易下结论;但一旦我们选择了自己的人生道路和生活方式,一旦我们认定了某一种理想,我们唯一该做的就是"应尽便须尽,无复独多虑"。

我心目中的大学应该是一个"理想国",它不是要把人训练成貌似严肃、刻板实则缺少独立意志、自由心灵的人。好的大学要培育的是人的理想主义精神,以及严肃、严谨、严苛地对待自己正在和将要从事的工作,而不是叫人混同于社会时尚和潮流,并且教会人以批判的眼光看待既有的一切。华师文学院作为具有百年文化传统和人文底蕴的学院,我相信在座各位已经从你们各自严肃、严谨、严苛的导师身上接受了熏陶和化育,正如我所经历的那样。不只是在今天,在过去的许多年代,理想主义者都被看作是拙笨的人,不合时宜的人;那些看似聪明、精明因而如鱼得水的人,早已把理想拖入他们人生的负面清单。不论在座的各位走出这所校园之后的理想是什么,都应该意识到,正是在对看起来不可实现的理想的永无止境的追求中,我们才获得了人之为人的价值,大学才获得了存在的理由,文学才不会消亡,国家和社会的进步才是可以期待的。如果因为某一种理想是无法实现的,因而放弃了它,那就像英国哲学家、历史学家柯林武德所言,我们实际上也就消除了进步被称为进步所依据的唯一标准。

我当然知道我不可能成为《六人》这本书中所描绘的任何一个,但我愿意和他们一道,去寻找自己的人生之路。我也希望和在座的各位一起,去探索人生的斯芬克斯之谜。

祝贺大家顺利完成学业!祝福大家!

(本文为作者在华中师范大学文学院 2016 届硕博学位授予典礼上的发言)

真无观:阅读、写作与文学批评

魏天真:看来确实是到了你的爆发期!二〇一五年你说写了二十多万字,今年写了多少?今天是今年的最后一天了,可以统计了。

魏天无:算是吧。二〇一五年写得多,一个重要的原因是二〇一四年九月父亲的病逝带来的冲击。我越来越感到我的生命进入了倒计时。我在日记里写道:"父亲安静地走了。我不得不开始加速。"我对时间的态度发生很大变化,总觉得有很多事还没有做。另外就是同时在《深圳特区报》副刊和《文学教育》《语文教学与研究》杂志开专栏,写作变成了任务 —— 当然是我乐意接受的任务 —— 报纸是每周一篇,杂志是每月一篇,加起来数量就很大。再就是二〇一五年底的时候,我的诗歌批评文章开始突破万字,那篇是关于深圳青年诗人许立志的《我们时代的诗人》,而且写得很快,也就是一天多的时间。这在以前是没有的,以前最长也就是七八千字。这可能也与那段时间我的阅读有关,比如布罗茨基的《小于一》、乔治·斯坦纳的《语言与沉默》,不知不觉受到影响。二〇一六年大概也有二十万字吧,元月份就写了差不多五万字,都是超过万字的诗歌评论,而且有意识地围绕一个问题来谈,形成系列,也就是"新世纪诗歌伦理状况考察",已经写了六篇,发表了三篇。最长的一篇是十一月底给诗人剑男写的评论《这一代人的爱与恨》,有两万多字。

真:你总是强调你是一个"批评写作者",似乎对别人叫你"批评家"感到懊恼,为什么呢?

无:鲁迅当年也不喜欢人家叫他"文学家"。我当然没有自大到要跟先生相提并论,但情形似乎是差不多的。一旦你应承了"批评家"头衔,对方就会按照自己对所谓"批评家"的理解来指手画脚,而这些人的理解多半是陈腐的,陈腐的观点往往是自以为是的观点。我是做文学批评研究的,我有我对批评的见解,我的见解是建立在长期读书、思考和写作基础上的,不需要别人来告诉我应该怎么做。当然,媒体采访或者各种会议上,人家介绍我是"批评家",那是惯例,场面上的话,也可能是表示尊重,但我从不会自诩为"批评家"。我跟作家、诗人一样,是写作者,只不过我写的是评论;评论也是一种创作,批评史上很多评论都是很优秀的、百读不厌的随笔。我对有些自称"(著名)批评家",别人不叫他"(著名)批评家"心里就有想法的人,敬而远之。

真:那你怎么界定你心目中的批评家?他们应该有什么素质?

无:首先是有创造的激情和活力。这方面我受英国唯美主义作家、批评家王尔德的影响比较大,认为批评也是精神创造活动,是一门艺术。其次是要有自己的文学信仰,也就是认为文学与人的存在,与人生的意义密切相关。文学要有益于人生。最后,要树立开放、多元、包容的文学观念。开放是说这个世界上存在各种各样的文学,并且一直处于动态之中;多元是说不同的文学是并存的,彼此不是你死我活的关系;包容是说要有气量,要容忍并接受与自己的文学信仰、文学观念截然不同的作家诗人及其作品。还是用我们俩那本书的书名,批评家要能够"与他者比邻而居"。

真:这两年你写了不少诗,这对于一个批评写作者来说意味着什么?你写些随笔,包括通常叫作散文的和思想性随笔的东西,这些都是一个批评写作者的功课吗?还是说,你认为自己是一个写作者,"批评写作""诗歌写作""散文写作"都是常规的业务?

无:我跟我这一代的很多诗人一样,大学开始写诗,忝列校园诗人的行列。毕业后教书,仍然在写诗,发表过很多,也获过奖。一九九四年回母校师从王先霈先生读文艺学硕士,就转向了批评写作。二〇一四年因为参加《深圳特区报》主办的"诗歌人间"活动,重新提笔写诗。这一晃就是二十年。但我写得不多。写诗对做批评肯定是有好处的,这个好处一般被认为是拉近了评论与所评诗歌的距离,减少隔膜。我觉得更重要的是,帮助自己站在诗人的角度来看待他的写作。英国评论家、作家,哈佛大学文学批评实践教授和《纽约客》专栏作家詹姆斯·伍德在他的《小说机杼》中提出,"以批评家立场提问,从作家角度回答",我非常赞同。把"批评家立场"和"作家角度"结合起来,是我未来批评写作的努力方向。这就需要有写作经验。至于写作散文和随笔算不算批评写作者的功课,或者说是常规业务,每个人情况可能不一样。总体上,有写作经验的批评者在批评写作上可能会更有特点,也更能进入文本的纵深处,尤其是对文本细微处的体察,而诗歌恰恰是一种很细微、很微妙的文体。我写散文是创作的需要。很多诗人的散文写得很好,比如我提到的布罗茨基,还有帕斯捷尔纳克、阿赫玛托娃、米沃什等,他们是我的榜样。你说的思想性随笔,更像是文艺随笔,是给报纸的专栏文章,一两千字一篇,其中相当一部分来自我的备课资料,在各种类型的课堂讲授过,只是换一种笔法写出来;还有一部分相当于读书笔记,督促自己边读书边思考。

真:感觉你今年的阅读量比去年更惊人呢,你读的那一堆书里有很多我甚至都来不及浏览,不推荐一点值得我细读的?

无:也没有吧,只是不停地在买书,买了就堆在那里,也不知道什么时候可以读完。读书很有乐趣,也让人绝望,因为一本书可以牵出好几本书,好像都是你值得看的,所以停不下来。我读书比较随意,看个人兴致。当然,某些书的阅读与某个时间段关注和思考的问题有关。由于写评论,读理论书比较多,不过近几年不太读大部头、成体系的专著,偏爱小书,并希望向这些书的作者学习,比如前面提到的《小说机杼》。诗集今年读得少,读小说、随笔比较多。有兴趣的话可以读读这几本,有的是二〇一六年出版的,有的不是:(1)《加缪手记》(全三卷)。这是今年我印象最深刻也最喜欢的书。译者黄馨慧来自台湾,中文文笔很好。(2)法国学者、理论家茨维坦·托多罗夫的《濒危的文学》(栾栋译),是这一年让我印象最深刻的理论书。(3)詹姆斯·伍德的《小说机杼》(黄远帆译),一本让人脑洞大开的小书,值得反复读。(4)奥地利作家、被认为是深刻影响了卡夫卡写作的罗伯特·穆齐尔的《穆齐尔散文》(张荣昌编选,徐畅、吴晓樵译)。(5)

陈世骧的《中国文学的抒情传统》(张晖编)。陈先生是比较文学专家，可以自如地在多种语言文学中穿行，见解独到。(6)英国学者、理论家和批评家特里·伊格尔顿的《文学阅读指南》。我写过随笔表达对这位老学究、老顽童，也是西方马克思主义批评代表人物的喜爱。他的书将颠覆那些以为理论是枯燥、乏味的代名词的人的感受；那些人，其实是一些不好好读书又自以为是的人。不好好读书者常自以为是，反之亦然。也正是这些人喜欢对文学、对文学批评指手画脚。(7)福楼拜的《庸见词典》(施康强译)。捷克作家米兰·昆德拉评价这本书说："让我们借用一下这个名称来说：现代的愚蠢并不意味着无知，而意味着固有观念的无思想性。"这还不能让人警惕吗？

真：这些阅读对于你的批评写作意味着什么？我是说，批评的灵感一般是来自于批评对象(作者、文本)，而你是不是受"大家""经典"的激励更多(事实上我是这样的)？

无：我想是三个方面吧。一个是借助"大家""经典"的思考和见解，来形成自己的思考和见解。这个在批评写作中是作为背景存在的，也就是理论储备。批评的灵感确实像你说的，来自诗人诗歌的激活，让你有话可说，使你欲罢不能。但诗人的灵感可以从天而降，诗人也可以自说自话，无所顾忌；而批评写作者的言论要有来历，并且应当让人看出你的意见的来处，了解你的思想脉络；自言自语的批评写作者相当可疑。第二个是培养纯正的审美趣味，它需要广博的阅读做基础。每个人都有自己的阅读和欣赏趣味，而且"个人趣味无争辩"。但如果一个人的趣味是建立在阅读五十本书的基础上，这个趣味对我来说没有什么价值。第三是思维方式上的磨炼，也就是，通过大量阅读"大家""经典"，来琢磨这些作者是如何思考问题，又是如何展开对问题的分析。阅读,经常性的阅读,同样具有激活你的言说欲望的作用。

真:有没有计划以后写什么?还有,你的学术研究与这些写作者的业务是不是有冲突?我个人认为,写作与教书是一点不矛盾的,而且为了更好地授课,教书的必须勤恳地写作;但所谓的科研似乎就不是这样了……

无:诗歌批评方面,这一两年主要想围绕诗歌伦理问题,继续写系列评论和论文,包括诗人评论和理论研究。计划写二十篇左右,结集成书。随笔写作会继续,也希望有机会结集。我非常同意你的看法,写作与教书不矛盾。给不同层次的学生讲文学文本解读、文学理论、西方现代诗论,没有一点写作经验,讲起来肯定是很枯燥、乏味的。至于说到目前大学体制里的科研,那就另当别论了。比如,我教文本解读和文学理论,指导学生写评论文章,但我自己在文学报刊上发表的评论,在大学里都不算科研成果。这很荒唐。我的研究专业是文学批评学,也就是对文学批评的研究,为此需要写批评文章,但除非你发表在指定的期刊上,否则也不算数。大学体制下的学者时下很讲究"挖井",也就是抓住一个领域中的一个问题深挖下去,似乎这样才配得上学者的称号。这里面有没有对诸多现实利益的考量,比如这样做更容易拿项目、发论文、评职称,我不便置喙;不过因此出现评小说的不懂诗歌,评散文的不了解戏剧,搞理论的不懂批评实践,就没有什么奇怪的。他们不是不知道特里·伊格尔顿既是文学理论家、美学家,也是文学批评家,有时候还是哲学家;既会写《文学阅读指南》,也会写《莎士比亚和社会》,还会写《如何读诗》,偶尔还写《人生的意义》这样的小册子;既是大学教授,也是小说家、戏剧家。当然,每个人都会选择适合自己的学术研究道路,有现实利益的考量也没什么可指责的。我只是不愿意被大学的科研体制牵着鼻子走,那很悲凉。那与跟着高考指挥棒转的学生,有什么两样呢?

真:你的批评主要是诗歌批评。你觉得诗歌写作者有没有问题?如果有的话,总体上看是什么问题?

无:肯定有问题。不只是诗歌写作者的问题,是所有写作者今天面临的共同问题,就是陶醉于个人的小趣味、小情趣、小得意,善于变脸;需要的时候可以把读者当上帝,不需要或者有碍于他的时候可以把读者贬得一钱不值。我读过很多西方古典、现代作家、诗人的创作谈、演讲、访谈录、传记等,思来想去,觉得中国作家、诗人最缺乏的还是胸襟和情怀,并不是什么技巧。跟这些人谈论写作者的真理、职责、使命、抱负等,你会觉得自己是外星人。写作在今天确实不是什么神秘的事情,人人在他愿意的时候都可以拿起笔;但写作确实是严肃的事业,关乎严肃的人生,需要韧性,需要沉潜,需要付出心血。如果一定要把范围缩小到诗歌,我觉得主要的问题是把诗歌当玩物的心态,以为自己可以把诗歌玩弄于股掌之间,缺乏对语言的起码敬畏。每一种类型、风格的诗都是历史地形成的,写诗的人不可能割断历史,也不可能把自我的写作与他人的写作隔绝开来。在一个寒冷的时代,写诗的人需要"撞身取暖",需要拥抱,需要彼此的激励和赞美,而不是现在这样,画地为牢,唯我独尊。所以,还是胸襟与情怀的问题。

真:在搞诗歌批评的时候,你感到有什么障碍,遇到过什么困难?作为一个写作者,一个搞评论的人,你也有不被理解的苦恼吗?比如说……

无:障碍在于并不是所有的诗,你都可以顺利地进入,与之形成对话。批评写作者有个人趣味和偏好,这很正常;他也需要有艺术容受力,这很重要,但同时他还需要有言说文本的能力。也就是说,作为写作者你不能只写你喜欢的、偏爱的诗人诗歌,你同时面对的是不同类型、不同风格、不同观念的诗歌,你需要具备不同的进入文本的角度和方法,并做出自己的判断。这就是障碍和困难。这还不是一个你对诗人诗歌熟悉与否的问题。我给不少诗人写评论的时候,根本不认识他们,也没有任何交往,我们只是相会在诗歌中,比如十五年前给黄沙子写评论,最近一两年给许立志、张二棍等写长篇评论。诗歌是一种隐秘的写作,评论也是,其中的痛苦只有写作者才能切身体会,其中的困难也只能通过不断的写作去慢慢解决。说到不被理解的苦恼,任何一位搞诗歌批评的人都会遇到;因为如果你是一位小说批评家,你的日子要好过得多。我自己还稍微好一点,因为我的专业不是现当代文学,我有自己的研究领域,诗歌批评可以写也可以不写。当然,是你自己选择了这条路,就不要抱怨,那很矫情。让我有时耿耿于怀的,是写诗的人对批评写作者的冷嘲热讽,甚至是侮辱和谩骂。好在我已老了,再也不会跟人去激烈地争辩或辩白。那不值得,没任何意义。做自己想做的事情,把它做好。

真:你说日子好过是什么意思?你希望过那种好过的日子吗?

无:从现实的既得利益考虑,写小说评论容易发表,关注度更高,名与利来得快一些。在中国,目前为止,文学批评基本上是小说批评,现当代文学史基本上是小说史,文学批评家也就是小说批评家的别名,做诗歌批评的有自己的专名,叫"诗评家"。因此,一个关于"网络文学"的研讨会,众人浑然不觉地把它开成"网络小说"研讨会,大家习以为常,我也见怪不怪了。好过的日子谁都想过,但我更想过有意思的日子。

  真:搞小说评论的人也许不这么看。另外我以为好日子肯定是有意思的日子,而有意思的事情,无论多有意思也需要费心费力地去做,那日子就不一定好过。好了,在最后一天有这一阵唠叨,今年也算差强人意,可以交代了。明年再说。

文学杂碎

一

一九七〇年四月二十日,德语诗人保罗·策兰在塞纳河投水自尽。消息传来,法国诗人、画家亨利·米肖写下一首诗:《日子,所有日子和日子的终结》。他把策兰的死比作"风落深渊的一天"。诗以这样一句结尾:

"水的漫长的刀子会中止言词。"

二

里尔克在《杜依诺哀歌》第九首中说,幸福"是在临近失去的时候过于匆促地抓住的利润"。

三

海德格尔《存在与时间》中的名言："可能性高于现实性"。

卡夫卡在日记里写道："可能的事情一定会发生。只有发生的事才是可能的。"

四

卡夫卡说，信仰就像一把砍头刀，这样轻，这样重。因此信仰者要引颈于断头台上。

葡萄牙诗人、作家佩索阿在《不安之书》中说，必须把头颅伸出去，以承担"生活的重轭"。

波德莱尔评价作为诗人的雨果时，不仅赞赏他是"绝妙的天才"，而且说他"像一个懒惰的小学生一样倔强，把脑袋顽固地伸向社会苦难的巨大深渊"。

五

伏尔泰有一次提到但丁时曾说，他的声誉将持续上升，因为人们极少读他的东西。

法国作家戈蒂耶说，这是一种讽刺，不仅针对但丁，而且针对全人类。

六

作为"人民公敌"的俄罗斯诗人曼德尔施塔姆生前少有作品发表。有一次,一个学生抱怨他没有发表作品,愤怒的诗人把这位学生掀倒在楼梯上,吼道:萨福发表过?耶稣基督发表过?

七

雪莱曾在那不勒斯海湾边创作的一首赞歌中说:"我是人们不喜欢的那种人,但我是他们会记得的那种人。"

八

一听到有作家诗人说为未来写作,许多人就愤慨不已。这种愤慨倒不是出自对这些作家诗人之作的冷静判断,而是出于作为作家诗人同时代人、近在咫尺的人的被羞辱感。愤慨者的逻辑是,如果同时代人都不读你们的作品,还说什么为未来的读者写作?!

据《巴尔扎克传》,巴尔扎克是第一个发现、颂扬并提携司汤达的同行。那时前者已名扬四海,后者籍籍无名。茨威格说:"法国最伟大的小说家心甘情愿地、自觉自愿地向他在创作小说方面最伟大的战友伸出象征胜利的橄榄枝,并且试图——在这点上他也超过时代上百年——把这位战友拔擢到应得的突出位置。"当时,司汤达的《论爱情》只卖掉二十二本,以至于他自嘲该书为"圣书",因为谁也不敢去碰它。《红与黑》出版后,评论家圣—伯夫认为根本不值得发表任何意见;后来虽说发表了意见,口气也相当鄙夷不屑:"书中人物毫无生气,只是一些精心设计的机器人。"《法兰西报》评论道:"德·司汤达先生并非傻瓜,尽管他写的书傻里傻气。"而巴尔扎克利用每一个机会,向这位陌生的同行致敬。他在写给司汤达朋友的信中的不吝赞美之词,让还在意大利某海港任领事的司汤达既震惊又感动,"您关心了一个被抛弃在大街上的孤儿"。

司汤达同样具有敏锐的艺术目光,他清楚地看到,巴尔扎克和他的同类,也被法兰西学院拒之门外。他接受了巴尔扎克的兄弟情谊,深感他们两人是在为别的时代而不是为他们的时代创作:"死后,我们将和那些人交换一下角色。只要我们活着,他们就有权控制着我们尘世间的肉体,但是一到死亡来临,遗忘已把他们永远笼罩。"

九

墨西哥诗人帕斯说:"自由无需翅膀,需要的是扎根。"

加缪说:"只有自由才能使人摆脱孤独,而孤独只能飞翔在孤独的人们的头上。"

十

人间是陵园,覆盖着回忆之声。(顾城《来临》)

十一

"我的存在……就像大雪覆盖的一根无用的木棍……在黑暗的冬季雪夜,在广阔的平原边缘,松散倾斜地插在耕过的土地上。"(卡夫卡)

十二

诗人最终靠作品说话。在他死后,他的作品替他活在人间,并在某一时刻再度开口。这种信念 —— 如果可以称为信念 —— 即使在今天,也因人 —— 因评论者和被评论者 —— 而异。有人希望即刻兑现,这无须奇怪:他们是不相信未来的人;他们与指向未来的诗歌了无因缘。

布罗茨基说:"不会存在不为人知的天才……将来,所有的姐妹们都能得到一副耳环。"

十三

翻译家范捷平在罗伯特·瓦尔泽《散步》的序言中介绍,一九二九年初,瓦尔泽被姐姐丽莎说服,自愿来到伯尔尼的瓦尔道精神病院住院治疗。根据瑞士法律,像他这样的穷人,住院费用是由原籍所在政府负担。医院给他提供了很好的写作条件,但他却再也没有动过笔。他说,他不是来写作的,是来发疯的,要写就不来了。

十四

英国诗人奥登在牛津读本科的时候,就预见自己会占据文坛这个舞台的中心。他的同学斯蒂芬·史本德告诉他,他怀疑自己是否应该去写散文。奥登的态度很明确:"你应该只写诗,不要写别的,我们不希望在诗歌上失去你。""可你真觉得我是那块料吗?"史本德怯生生地问。"当然,"奥登冷冷地答道。"可是为什么?"史本德问。"因为你承受耻辱的能力强。艺术是从耻辱中诞生的。"

十五

在一个向后进步的时代里,
除了站在那里,两手空空,手心朝上,我们得做些什么?
(T.S. 艾略特《〈磐石〉中的合唱词》,傅浩译)

十六

我们"感到自由"是因为我们缺乏恰当语言来表达我们的不自由。(《齐泽克的笑话》,于东兴译)

十七

一九六〇年春天,身患红斑狼疮的美国南方作家弗兰纳里·奥康纳,收到圣母癌症救援收容院一位福音传教修女的来信,信中请求她为一位死于癌症的小女孩写部回忆录。小女孩一生下来脸的一侧就长了个瘤子,一只眼睛被摘除,另一只眼睛却像星星一样闪闪发光。她在收容院生活了九年。出于各种考虑,奥康纳提议由修女来写,她负责修改润色。她对此书不抱太大希望,但对这位名叫玛丽·安的小女孩却十分钦佩。令她没有想到的是,她的出版商欣然接受了这部书稿,为此她输掉了一对孔雀。在为此书所写序言中,奥康纳说:

> 我们多数人已学会对恶无动于衷,我们紧盯着恶的面貌,却常在上面发现我们自己咧嘴笑的反影,因而并不与其争论,而善就不同了。很少有人长久盯着善的面孔,认清那上面也有荒诞,认清善在我们心中仍在构筑。恶的模式通常得到相应的表达。善的模式只得满足于一句陈词滥调的表述或是一句掩饰善的真实面目的词语。当我们看向善的面孔时,我们倾向于看到充满期望的玛丽·安式的面庞。(苏珊·巴莱《弗兰纳里·奥康纳:南方文学的先知》,秋海译)

十八

里尔克在《马尔特手记》中说,十九世纪法国诗人费利克斯·阿赫维去世前躺在一家医院里,处于安详而平静的临终状态。一位修女以为他已经死了,便扯着嗓门吩咐外边的人,到某处地方去找什么东西。修女没受过什么教育,把"走廊"说成了"走垄"。听到这个词,阿赫维便感到在死之前有必要纠正这个错误。他一下子变得非常清醒,向修女解释说应该读"走廊"而不是"走垄",然后咽下了最后一口气。"他是个诗人,特别憎厌用词不准确。也许他最关心的只有真理;也许他是不愿带着这样的印象离开人世:这世界将会如此毫不严谨地继续运转。"(曹元勇译)

十九

《加缪手记》第一卷中记载,法国剧作家、超现实主义先驱阿尔弗雷德·雅里临死前,人家问他要什么,"一根牙签。"他拿到牙签,放进嘴里,然后心满意足地死去。加缪说,大家听闻此事后只觉得好笑,却没有人看见其中可怕的教训:"只是一根牙签,顶多一根牙签,就像一根牙签——这就是这个精彩人生的全部价值。"(黄馨慧译)

二十

意大利作家卡尔维诺去世后,美国《时代》和《新闻周刊》都发表了文章,一家称他为"超现实主义者",另一家称他是"幻想大师",美国作家戈尔·维达尔认为他"不折不扣是个写实主义者"。卡尔维诺去世后意大利电视台播出了此前对他的访谈,他说:"唯有从文体的坚实感中才能诞生创造力:幻想如同果酱;你必须把它涂在一片实在的面包上。如果不这样做,它就没有自己的形状,像果酱那样,你不能从中造出任何东西。"(戈尔·维达尔《卡尔维诺之死》,俞宙译)

二十一

威廉·福克纳说:"的确,倘若有两种行业内部不应存在职业性嫉妒的话,那么它们就是娼妓业和文学创作了。"(《论批评》,李文俊译)

二十二

很久以前,我走在一条波兰的村路上,看见几只鸭子在污泥塘里洗澡,不免沉思起来。附近就有一条流过赤杨林的可爱的小河,使我吃了一惊。"为什么它们不到小河里去呢?"我问一位坐在小屋前木凳上的老农。他答道:"哼,要它们知道就好了!"(米沃什《作家的自白》,绿原译)

二十三

布莱克说,他从不认为死亡比从一个房间出来进入另一个房间更严重,死亡是一种解雇。

爱默生在随笔《经验》中说,死亡是所有现象之幻象的最后解药:"我们要怀着一丝满足感去看待死亡,可以说,至少现实不会躲避我们。"

二十四

只有我们的梦没有被侮辱过。(赫贝特)

二十五

普拉斯的丈夫、诗人特德·休斯的诗集《雨中的鹰》获得纽约诗歌中心的出版头奖。接到电报后,普拉斯手舞足蹈地在电话里给母亲报喜讯,结果一整壶的牛奶烧糊掉,两人不得不把窗户打开,散散牛奶的糊味。最后发现牛奶一直烧成黑色的干巴,便连壶一起扔掉了。随后两人在雨中散步,逛街,喜不自禁。两人在一个英国酒吧吃了午饭,买了好些书,又在国王酒吧对面吃了下午茶,然后吃了晚饭。"没有钱吃蜗牛和鹿肉,等下次我的诗歌稿费来了再去吃。"(《普拉斯书信集》,谢凌岚译)

二十六

西格里德·努涅斯在《桑塔格的规则》中说,桑塔格不喜欢教书的部分原因,在于她太爱当学生了,她一辈子都保留着学生的习惯和气质,以至她的儿子戴维跟女友开玩笑说,她是我们可怕的婴儿。"长期以来,她在我心里的形象和学生形象极为吻合,一种很狂热的形象:整晚熬夜、周围堆着书和文章、加快速度、一支接一支抽烟、阅读、做笔记、用打字机打字、奋发努力、勇于竞争。她要写出 A$^+$ 的文章。她要拿班上第一名。"有一次,因为苦于要完成一篇文章,桑塔格认为儿子和作者对她的支持不够,很生气地说:"如果你们不为我这样做,至少得为西方文化这么做。"(《导师、缪斯和恶魔:三十位作家谈影响他们一生的人》,李美华译)

二十七

莎拉·贝克维尔在《存在主义咖啡馆:自由、存在和杏子鸡尾酒》(沈敏一译)中说,在纳粹兴起的时候,受过最好教育的人,却往往倾向于不拿纳粹当回事,认为他们太荒唐可笑,不可能成气候。卡尔·雅斯贝尔斯后来反思,认为自己就是犯了这样的错误。无论如何,大多数不赞成希特勒意识形态的人,很快就学会了不表达自己的观点。如果一支纳粹的游行队伍从街上经过,他们要么溜之大吉,要么一边像他人一样不得已地敬礼,一边自我安慰说,我不信仰纳粹,所以这个动作不会有任何意义。心理学家布鲁诺·贝特尔海姆后来说,当时几乎没有人会为举起胳臂这样的小事而冒生命危险,但人们的那种抵抗能力,正是这样被一点点侵蚀掉的,最终,人们的责任心和正义感也会随之消失。

二十八

《巴黎评论》说,有人认为福克纳和海明威的去世为美国文学留下了空白。贝娄说:"我不知道是否可以称之为空白。也许只是一个鸽子窝吧。"(《巴黎评论:作家访谈3》)

二十九

一九三五年五月,瞿秋白在汀州狱中给郭沫若写信:"还记得在武汉我们两个人一夜喝了三瓶白兰地吗?当年的豪兴,现在想来不免哑然失笑,留得做温暖的回忆罢。愿你勇猛精进!"(《瞿秋白文集》文学编卷二)

费尔南多·佩索阿在他的诗《有些疾病》中写道:"多拿些酒来,因为生命只是乌有。"(杨子译)

三十

"他人即地狱"(Hell is other people)出自萨特的剧本《紧闭》(No exit)。萨特后来解释道,他并不是笼统地指他人就是地狱。他的意思是,在死后,我们被冻结在他人的视野中,再也无法抵抗他们的解释。活着的时候,我们仍然可以做些什么,来控制我们留给别人的印象;一旦死去,这种自由便会荡然无存,而我们只能埋葬在其他人的记忆和知觉当中。(莎拉·贝克韦尔《存在主义咖啡馆:自由、存在和杏子鸡尾酒》,沈敏一译)

在《另一种美》中,扎加耶夫斯基说"他人不是地狱"。他将这首诗作为同名长篇随笔集的题词:

> 我们只能在另一种美里
> 找到慰藉,在别人的
> 音乐,别人的诗中。

> 救赎与他人同在,尽管
> 孤独品尝起来
> 像鸦片。他人不是地狱
> 如果你在黎明时瞥见他们,
> 眉毛洁净,被梦清洗。
> 因此我才踌躇:该用哪个词
> "你"还是"他"。每个他
> 都暴露出某个你,但是
> 平静的谈话在别人的诗里
> 等候时机。 (李以亮译)

三十一

罗马尼亚作家、诗人、哲学家卢齐安·布拉加说,诗人是词语医院里的一位献血者。(卢齐安·布拉加《神殿的基石》,陆象淦译)

三十二

《巴黎评论》采访墨西哥作家卡洛斯·富恩特斯。在这篇访谈结束时,富恩特斯说:

> 当你年过半百时,我想你就该看看死亡的面孔,以开始严肃地写作。有的人太早看到结局了,比如兰波。当你开始看到后,你会觉得你得拯救这些东西。死亡是伟大的资助者,死

亡是伟大的写作天使。你必须书写,因为你要活不下去了。

三十三

多年前,有人曾引用了斯坦贝克的一句话:天才就是一个追着蝴蝶上了一座山的小男孩。后来他纠正说,他的原话是:天才是一只追着一个小男孩上了一座山的蝴蝶。(《约翰·斯坦贝克》,章乐天译)

三十四

有趣比无聊冒的风险小。(米兰·昆德拉)

三十五

法国新小说作家罗伯—格里耶在接受《巴黎评论》访谈时说,在英国,评论家充满了敌意。他的《窥探者》出版后,菲利普·汤恩比在《观察家报》上发表评论说,这本书是他读过的最无聊的两本小说之一。"我写信问他另一本是什么,他一直没有回复。"

三十六

意大利裔美国作家唐·德里罗写过一本以约翰·肯尼迪总统遇刺为题材的小说《天秤星座》,花了三年零三个月。他说,写作期间,刺杀者奥斯瓦尔德的一张照片就立在书桌的临时书架上。当他写到他非常渴望写到的最后一个句子时,感觉到一种深深的解脱和满足,"这时,那张照片从书橱上滑了下来,我只好停下来将它接住。"(《唐·德里罗》,但汉松译)

三十七

美国传记作家戴维·明特在《骚动的一生——福克纳传》中说:"福克纳的小说和一切伟大的小说一样,写我们间接知道,因而不完全知道的事情;但和一切伟大的小说一样,也写我们内心的和身边的、明明知道却又害怕承认的事情。如果说找到词语来表达我们不完全知道的事需要天才和睿智,那么找到词语来表达我们拒不承认的事需要勇气。"(顾连理译)

三十八

约翰·斯坦贝克将文学批评家称为"好奇心甚重的食人鱼",他们"带着愉快的移情换位感靠其他人的作品活着,然后用乏味无聊的语言训斥养活他们的食物"。他更信任他的狗:

> 我写的东西总是先念给我的狗儿,看看他们的反应如何——安琪儿,你知道的,它就坐在那儿听着,我感到它能听懂一切。但是查理,我总觉得它只是在等机会插嘴。多年前,我那条红毛蹲伏猎狗把我的《人鼠之间》手稿嚼巴嚼巴吃了,当时我说,它一定是个出色的文学批评家。(《约翰·斯坦贝

克》,章乐天译)

三十九

波兰诗人扎加耶夫斯基说:"……世界从未在任何地方被描述!没有哪个国家的现实被描述过!现实嘲笑描述。"(《另一种美》,李以亮译)

鲁迅曾说:"中国现在的事,即使如实描写,在别国的人们,或将来的好中国的人们看来,也都会觉得 grotesk(德语,古怪的,荒诞的)。我常常假想一件事,自以为这是想得太奇怪了;但倘遇到相类的事实,却往往更奇怪。在这事实发生以前,以我的浅见寡识,是万万想不到的。"(《〈阿 Q 正传〉的成因》)

四十

"我们并不向往的生活容纳了我们向往的生活。"(安东尼奥·波契亚《遗忘的声音》,蔡天新译)

(《文学杂碎》辑录自作者的读书摘录、笔记。为便于读者阅读,未一一详注出处。谨向各位著者、译者、出版者致谢)

后　记

　　这本小书是我的第一本随笔,在我手上耽搁了很长时间,才在朋友和编辑的催促中,忐忑不安地交出去。随后的命运,由它自己掌控。我曾说诗会自动寻找它的读者,说这话的我是旁观者,不是那些诗作者;我为诗和诗人祝福。作为这本小书的作者,我的愿望并未改变:它期望有热情的拥抱,期望能唤起读者与之交谈的欲望,但也不会为孤寂地躺在书籍的海洋里而伤感。世界太大。世界又很小。

　　因为职业,也是为了这份职业,此前的我更多的时间,花在学术论文和文艺评论的写作上。这本小书谈不上对这一状况的"纠正",我在几种不同的写作中都可以获得愉悦 —— 如果自认为写得好 —— 尽管愉悦的来源和方式并不完全一样。美国比较文学教授、学者乔治·斯坦纳曾说 —— 在他的学术著作里 —— 每一位批评家的身上都有一个成为作家的残缺的梦:如果可以当作家,谁愿意做批评家呢？但我读到的许多作家、诗人都是出色的批评家,许多批评家,包括理论家、学者也都是杰出的作家,尤其在随笔写作上。我把随笔之"随"不仅仅理解为"随意""自由"——究其实,哪一种写作是"随意""自由"的呢——更理解为一种"检视""反思":检视你的过往,反思你的人生,尤其当你正一步步走向你的世界终点的时候。

　　正在翻阅这本小书的读者也许会发现,书里的文章不仅涉及不同的题材,写法也是各种各样的。这得感谢随笔文体的包容性,以及西文"随笔"一词所含"尝试"的意味,不过更多地是因为它们大多来自我平常杂乱的阅读,备课中遇到的有趣资料,便随手记下来。在接近和步入知天命的阶段,我开始有意识地书写"人与事"一类的随笔,倒不是因为它们很珍贵,或者担心被遗忘,而是希望在书写过程中,在语言文字中,保持住对这个世界的亲密感受和清醒意识:世界是你的,也是我的;我可能不认识你,但我知道你和我一样,都曾经在这个世界上漫步过,就像极其喜欢在山间、林间、农舍间漫步的德语作家罗伯特·瓦尔泽,把自己的随笔集叫作《漫步人间》;也像深受瓦尔泽影响的卡夫卡,喜爱在下班后,与倾慕他的年轻文人古斯塔夫·雅诺施一起,在布拉格老城悠闲散步,聊天。

　　这本小书的大部分文章在《深圳特区报》《语文教学与研究》等报刊的专栏里发表过,没有刘静女士和老友、诗人剑男的邀约,我的"残缺的梦"还会继续做下去。青年作家、诗人、出版人林东林让我"残缺的梦"有了部分的实现。他为这本小书做了详细的策划方案,包括书名,包括部分文章标题的修改,以便使之更适应图书出版和接受的需要。

感谢老友、诗人袁志坚总编和总编助理徐飞先生。在回母校教书之前,我在出版社做过十年的图书编辑,深知"为他人作嫁衣裳"的甘苦。

我和妻子魏天真相濡以沫三十年。很多朋友、师长直言不讳地对我说,她的随笔比我的写得好。这是我一直承认的;而我每次这样对她说的时候,她一直怀疑我另有"动机"。

这本小书同样献给我的父亲,诗人、作家魏民,是他引领我走上诗歌和文学之路。愿他在天堂笔耕不辍。某一天,当我觉得准备好了,我将写下我的父亲。

也以这本小书,祝我亲爱的母亲健康长寿。

2017 年 10 月 1 日写于武昌素俗公寓
2019 年 11 月 27 日修改于出租屋
2020 年 2 月 9 日改定于封城期间的天天宅